W0215042

Zum Buch:

Als Jason von Maighread dazu überredet wird, sein Pub für die Babyparty von Chloe zur Verfügung zu stellen, hätte er eindeutig ahnen müssen, dass der ganze Trubel nichts Gutes bedeuten kann. Jason genießt seine Ruhe in den Highlands und bleibt einfach lieber für sich. Doch als der Sturm die Truppe zwingt, im Pub zu bleiben, übernimmt Jason die Verantwortung, schließlich ist das seine Pflicht als Hausherr. Wäre da nur nicht die Musikerin Vivian, mit der er schon von Anfang an besonders aneinanderzugeraten scheint. Vivian weckt eine Seite an Jason, die er schon längst vergessen glaubte.

Zur Autorin:

Susanne Oswald ist Bestsellerautorin – ihr Traum wurde wahr. Die gebürtige Freiburgerin liebt das Meer. Gemeinsam mit ihrem Mann am Strand spazieren zu gehen und den Abend vor dem Kamin mit Strickzeug auf dem Schoß ausklingen zu lassen, ist für sie das Schönste. Mit dem Kopf ist sie fast immer bei ihren Heldinnen und Helden, und es macht sie glücklich, ihre Fantasie Wirklichkeit und Buchstaben zu Geschichten werden zu lassen.

Lieferbare Titel der Autorin:

Ein Jahr Inselglück
Verliebt im Café Inselglück
Inselglück im kleinen Strickladen in den Highlands
Der kleine Strickladen in den Highlands
Wintertee im kleinen Strickladen in den Highlands

Susanne Oswald

Schneezauber im kleinen Strickladen in den Highlands

Roman

HarperCollins

1. Auflage 2023
Originalausgabe

Umschlaggestaltung von Bürosüd, München
Umschlagabbildung von Shutterstock
Gesetzt aus der Stempel Garamond
von GGP Media GmbH, Pößneck
Druck und Bindung von GGP Media GmbH, Pößneck
Printed in Germany
ISBN 978-3-365-00437-1
www.harpercollins.de

Klimaneutral
Druckprodukt
ClimatePartner.com/15109-2009-1001

MIX
Papier
FSC FSC® C014496

Für alle Heldinnen,
die den Zauber von Wolle
kennen und lieben.
Und für all jene,
die dieses Geschenk
noch entdecken dürfen.
Und für meine wunderbare Freundin Emma (Kerstin),
die nicht nur die Liebe zu Wolle mit mir teilt.
Du bist die Beste!

Kapitel 1

Maighread

Maighread und Vivian saßen in der Strickecke des *Wolle & Zeit*, gingen konzentriert die Notizen für den Auftritt der großartigen Musikerin in Jasons Pub am Nachmittag durch und besprachen Maighreads musikalische Wunschliste. Für heute hatte sie die Überraschungs-Baby-Shower-Party für ihre hochschwangere Freundin Chloe geplant. Und für den kleinen Bewohner in ihrem Bauch, der das Leben der Menschen in Callwell jetzt schon durcheinanderwirbelte, dabei war er – oder sie – noch gar nicht auf der Welt. Maighread hatte sich sehr viel Mühe gegeben, um die Party zu einem besonderen Event für Chloe und Scott zu machen, und sie hatte ein gutes Gefühl, dass es genau das werden würde.

Während Maighread hin und wieder eine Kundin bedienen musste, hatte Vivian die Zeit genutzt und die Songs, von denen Maighread vorgeschlagen hatte, dass sie sie heute Abend spielen sollte, direkt in eine stimmige Reihenfolge gebracht. Schließlich hatte sie die Liste um zwei eigene Vorschläge ergänzt.

Molly lag währenddessen neben dem kleinen Sofa in ihrem Körbchen und schnarchte leise. Manchmal wackelte die Hündin mit den Ohren oder zuckte mit den Pfoten. Sie schien aufregende Träume zu haben. Vielleicht war sie wieder auf der Jagd, denn bei ihrem Morgenspaziergang hatte Molly mit großen Sprüngen einem Hasen nachgesetzt. Vom Jagdfieber gepackt, hatte sie Maighreads Rufen ignoriert und erst auf einen schrillen Pfiff hin von ihrer Beute abgelassen. Wie gut, dass Maighread das Pfeifen auf zwei Fingern speziell für solche Momente geübt hatte.

Mit gesenktem Kopf und einem sichtbar schlechten Gewissen hatte Molly kehrtgemacht und war zu ihrem Frauchen gelaufen. »Was soll das denn, Molly?«, hatte Maighread ein bisschen mit ihr geschimpft. »Du tust gerade so, als seist du ein gefährliches Raubtier und würdest Hasen zum Frühstück verspeisen. Dabei würdest du es wahrscheinlich mit der Angst zu tun bekommen, wenn der Hase, statt wegzuhoppeln, den Spieß umdrehen und auf dich zuspringen würde.« Maighread schüttelte den Kopf. Normalerweise war Molly brav und gehorchte aufs Wort, nur ausgerechnet heute, wo sie es eilig gehabt hatte, musste sie die Wilde spielen. Aber wie immer hatte sie ihrem Liebling auch dieses Mal nicht lange böse sein können.

Direkt neben den Vorderpfoten der jetzt schlafenden Molly lag Schnuffi, ihr Schnuffeltuch und liebstes Spielzeug. Eigentlich hatte Maighread es für Chloes Menschlein gestrickt. Doch Molly hatte es in einem unbeobachteten Moment stibitzt und in ihr Körbchen getragen. Als Maighread es ihr wieder wegnehmen wollte, hatte die Hündin mit Winseln und einem zu Herzen gehenden Hundeblick gebettelt. Wie hätte Maighread sich gegen diese Liebe stellen sollen? Molly hatte gewonnen, und seither war das Schnuffeltuch immer dabei. Selbst beim Fressen lag es neben dem Futternapf.

Natürlich war längst ein neues Schnuffi für das Menschenkind fertig, das bald auf die Welt kommen würde. Und so hatte Maighread ihre Anleitung direkt auch selbst teststricken können. Es war eben doch immer alles für etwas gut.

Gedankenverloren fasste Maighread über die Sofalehne zu Molly hinunter und kraulte sie hinter dem rechten Ohr, während sie den Liedfetzen lauschte, die Vivian in der Reihenfolge abspielte, für die sie sich entschieden hatte. Maighread liebte Mollys seidiges Fell. Äußerlich sah die Hündin aus wie ein reinrassiger Border Collie, aber in Wirklichkeit war sie ein Mischling. Vor allem aber war sie Maighreads Seelentier und seit Jahren so gut wie immer an ihrer Seite.

Am Ende der Demo-Playlist angekommen, erklärte Vivian noch einmal kurz, was sie sich bei diesem musikalischen Ablauf gedacht hatte, bevor sie verkündete: »Ich denke, das war's.« Zufrieden lehnte sie sich in das Sofapolster zurück. »Oder hast du noch was?«

Maighread streckte sich und strahlte ihr Gegenüber zufrieden an.

»Nichts mehr, ich glaube, wir haben an alles gedacht. Ach Vivian, das wird fantastisch! Ich kann es kaum erwarten.« Ganz besonders freute Maighread sich auf Chloes Gesicht. Das würde ein Riesenspaß werden, und das war auch gut so.

Vor lauter Freude, weil alles so gut klappte, wollte Maighread Vivian etwas schenken.

»Moment. Ich habe noch was für dich«, sagte sie deshalb, stand auf und ging zu den Wollregalen hinüber. Während sie den Laden durchquerte, warf sie einen besorgten Blick aus dem Schaufenster.

Im matten Licht des Vormittags sah sie die dicken Flocken in hohem Tempo fallen. Es hatte vor etwa einer Stunde angefangen und schneite noch immer.

Normalerweise mochte Maighread Winterwetter. Das Weiß, das sich wie eine Decke über alles legte, veränderte nicht nur die Farben, sondern auch die Klänge der Welt. Als hätte jemand am Regler gedreht und das Leben leise gestellt. Alles wirkte dann wie verzaubert. Schnee war die perfekte Einstimmung auf die Weihnachtszeit und weckte bei ihren Kundinnen und Kunden die Stricklust. Wenn es draußen frostig und weiß war, hatte sie in ihrem kleinen Strickladen immer besonders viel zu tun.

Heute allerdings freute Maighread sich nur bedingt über die dicker werdende Schicht, die eher weißem Matsch als einem Puderzuckerüberzug glich. Hatte der Wetterbericht nicht vorhergesagt, dass es etwas wärmer werden würde? Vielleicht kam das noch. Maighread hoffte es sehr. Dann wäre der Spuk sicher schnell weggeschmolzen und würde ihr kein Kopfzerbrechen mehr bereiten. Aber die Wetterfrösche hatten auch gesagt, es würde trocken bleiben. Maighread seufzte. Mussten sie ausgerechnet heute mit ihrer Prognose völlig danebenliegen? Vielleicht hatten sie versehentlich die falschen Wetterkarten gelesen.

An jedem anderen Tag wäre es ihr egal gewesen. Doch für die Party in Jasons Pub war es leider wichtig. Das Ausflugslokal lag ein gutes Stück außerhalb und etwas höher in den Hügeln der Highlands. Zugeschneite Straßen waren da kein Vergnügen. Sie konnten ihr Vorhaben aber auch nicht verschieben, da Chloes Entbindungstermin schon ziemlich nah war. Das Baby sollte die Party schließlich im Bauch miterleben und noch nicht geboren sein. Außerdem ging es nicht nur um Chloe, sondern auch darum, bei Jason zu sein. Sie hatten ihn schon zwei Wochen nicht besucht, es wurde höchste Zeit.

Joshuas und Maighreads Freund hatte harte Monate hinter sich und durfte sich nicht zu sehr in der Einsamkeit vergraben. Sie mussten ihn dabei unterstützen, wieder ins Leben zu finden. Die Babyparty war die perfekte Gelegenheit dafür. Jason war früher ein sehr geselliger Mensch gewesen, und Maighread hoffte, dieses Gefühl wieder in ihm wecken zu können.

Alle waren eingeweiht – alle bis auf Chloe selbstverständlich. Sogar Scott hatte dichtgehalten und Maighread bei den Vorbereitungen geholfen. Ursprünglich hatte sie ihm gar nichts erzählen wollen. Schließlich war es auch sein Baby, und er hätte die Überraschung ebenso verdient gehabt wie die werdende Mama. Aber ohne seine Hilfe wäre Maighread nicht an Chloes und seine Babyfotos gekommen, und die brauchte sie unbedingt für das Wer-ist-welches-Baby-Ratespiel. Das war einer von vielen Programmpunkten, die sie auf die Beine gestellt hatte.

Maighread löste ihren Blick vom Fenster und ging zu dem Korb mit der *Hygge* – eine dicke und flauschig weiche Schurwolle der Firma Novita, die sie selbst sehr mochte. Sie nahm zwei Knäuel in der Farbe Flamingo. Vivian war ebenfalls aufgestanden und Maighread durch den Laden gefolgt. Sie hatte bereits den Mantel an und war bereit für den Aufbruch.

»Für dich«, sagte Maighread und drückte der Musikerin die Wolle in die Hand. »Die hat dir doch so gut gefallen. Zwei Knäuel reichen für eine hübsche Mütze.«

»Hey, cool! Danke, Maighread. Ich freue mich!« Vivian stopfte die Wolle, ohne lange zu fackeln, in ihren Rucksack und schob ihn sich über die Schulter. »Dann mache ich mich jetzt auf den Weg«, sagte sie. »Ich fahre direkt hoch, setz mich ins Pub und stricke. Vielleicht ist die Mütze fertig, bis ihr kommt.«

Maighread lachte. Genau so hätte sie es an Vivians Stelle auch gemacht. »Dann bis später. Chloe wird ausflippen vor Freude, wenn sie dich sieht.«

»Das ist der Plan«, sagte Vivian und zwinkerte Maighread zu.

Das Glockenspiel erklang. Eisige Winterluft strömte in den Verkaufsraum und wehte ein paar Flocken mit herein, als Vivian schwungvoll die Tür des *Wolle & Zeit* öffnete.

Sie hatte nur einen der Knöpfe an ihrem Wollmantel geschlossen und trug den Schal lässig locker über den Schultern, statt sich den Temperaturen angemessen dick darin einzumummeln. In der nackten rechten Hand hielt sie ihren über und über mit allerlei Stickern beklebten Geigenkasten, den sie immer bei sich hatte. Maighread konnte sich nicht erinnern, Vivian je ohne ihr heißgeliebtes Instrument gesehen zu haben. Die Musikerin hatte Schriftzüge wie »Make love, not war«, Namen von Mozart bis zu Black Sabbath und Bilder wie die weltberühmte Zunge der Rolling Stones und die schottische Flagge darauf gesammelt. Auch der Zebrastreifen mit den Beatles fehlte nicht. So bunt wie dieser Koffer, so bunt war auch seine Besitzerin. Genau das hatte Maighread von Anfang an fasziniert, deshalb hatte sie Vivian im Herbst zum Yarn Festival nach Callwell eingeladen.

Vivian ließ den Kasten sacht hin und her pendeln und warf einen Blick auf die Straße. Sie schien die Kälte gar nicht wahrzunehmen. Maighread dagegen spürte sie umso mehr. Fröstelnd kroch sie tiefer in die dicke Strickjacke und versteckte ihre Finger so gut es ging unter den Handstulpen, die sie bei der Kälte selbst im eigentlich gut beheizten Laden nicht auszog. Es ging ihr dabei mehr um das herrlich kuschlige Gefühl.

Maighread liebte es, Wolle auf der Haut zu spüren, und kostete die kalte Jahreszeit voll aus. Ohne Angst haben zu müssen, ins Schwitzen zu kommen, mummelte sie sich nach Herzenslust in Tücher, Pullover, dicke Socken, Jacken und Mützen. Sie konnte einfach nicht genug davon bekommen.

Während sie dastand und Vivian beobachtete, wanderten ihre Gedanken kurz zum frühen Morgen und nach Callwell Castle zurück.

»Ich könnte als mobile Litfaßsäule für meinen Laden auf die Straße gehen«, hatte sie beim Anziehen geulkt.

Joshua hatte sie in seine Arme gezogen, ihr einen intensiven Kuss gegeben und dabei seine Hände unter dem Wollpullover auf Wanderschaft gehen lassen. »Also ich weiß nicht«, hatte er nach eingehender Prüfung gesagt. »Litfaßsäulen sind doch sehr viel runder als du. Wobei ich deine Rundungen an genau den richtigen Stellen liebe, sie sind perfekt.« Als wollte er sich vergewissern, schob er seine Hand wieder unter Maighreads Pulli.

Doch sie hatte sich aus der Umarmung gewunden. »Keine Zeit«, hatte sie erklärt und Joshua schnell noch einen Kuss auf die Lippen gedrückt. »Ich habe noch so viel zu tun, damit heute Nachmittag wirklich alles klappt. Denkst du an die Windeln? Und an die Lieferung für Shelter Scotland?«

Maighread hatte sich angewöhnt, die gestrickten Sachen, die sie für den Laden nicht mehr brauchte oder selbst nicht mehr trug, zu sammeln und in unregelmäßigen Abständen nach Glasgow in einen von der Organisation Shelter Scotland geführten Sozialladen zu bringen. Dort konnten Menschen aus armen Verhältnissen günstig einkaufen. Es gab so viel oft unverschuldete Armut. Selbst Leute, die einer regelmäßigen Arbeit nachgingen, hatten teilweise Probleme, ihren Lebensunterhalt zu bestreiten. Die Lebenshaltungskosten explodierten, ohne dass es entsprechende Lohnerhöhungen gab. Egal ob es um Kleidung, Lebensmittel, Miete oder Energie ging – einfach alles wurde immer teurer.

Maighread liebte den Gedanken, anderen mit ihrer Spende etwas zu ermöglichen, was für sie sonst unerreichbar wäre.

Da sie nur hochwertige Wolle verarbeitete, waren ihre Stricksachen heiß begehrt und immer im Nu ausverkauft.

»Das Paket liegt schon im Auto. Ich fahre gleich los«, hatte Joshua versprochen. »Und ich vergesse auch nicht, eine Decke über die Windeln zu legen, damit Chloe sie nicht versehentlich entdeckt«, hatte er hinterhergeschoben und seiner Liebsten zugezwinkert, die gerade schon Luft geholt hatte, um ihn an die Vorsichtsmaßnahme zu erinnern.

Seit Maighread die Baby Shower für Chloe plante, machte sie, vor lauter Angst, Chloe könnte etwas mitbekommen, alle um sich herum verrückt. Sie war sich zeitweise schon selbst damit auf die Nerven gegangen. Aber das war es wert gewesen, denn sie hatten es geschafft, das Geheimnis zu hüten. Soweit Maighread es beurteilen konnte, war Chloe bisher vollkommen ahnungslos.

Joshua war in seine Jeans geschlüpft, und Maighread hatte sich die dicken Wollsocken, gestrickt aus einem Garn der 7-Brothers-Serie, übergestreift. Wie immer, wenn sie ein neues Paar Socken das erste Mal an den Füßen hatte, hatte sie vor Freude mit den Zehen gewackelt. Die Glitzersocken aus der *Lapintaika Aran* waren erst am Abend zuvor fertig geworden. Die Farbe hieß Potion. Das melierte Rot gefiel Maighread ausgesprochen gut. Und das Funkeln des eingewebten Glitzerfadens passte perfekt in die Vorweihnachtszeit. Kein Wunder also, dass sie bereits das nächste Paar angeschlagen hatte. Dieses Mal in Glass-Bead-Grün, was ebenfalls perfekt zu Weihnachten passte. Zum Glück strickten sich die Socken mit dieser dicken Wolle fast wie von selbst. So blieb ihr noch genug Zeit für all die anderen Projekte, die auf diversen Nadeln auf ihre Fertigstellung warteten. Joshua hatte festgestellt, dass Maighread nicht nur ein Wolloholic, sondern auch ein Strickoholic war, und ihr versichert, dass er sie genau so verrückt liebte, wie sie war.

Bei der Erinnerung an das Funkeln in Joshuas Augen, als er sie in den Armen gehalten hatte, zog ein Schauer Maighreads Arme hinauf. Und das lag eindeutig nicht an der kalten Luft. Nach der Party würde sie sich wieder mehr Zeit für ihren Liebsten nehmen, sie freute sich schon auf ruhige Stunden voller Zweisamkeit. Aber jetzt musste sie sich zuerst um die letzten Details kümmern.

Entschlossen tauchte Maighread aus dem kurzen Tagtraum auf und betrachtete Vivian, mit der sie in der letzten halben Stunde nicht nur den Auftritt besprochen, sondern ihr auch detailliert den nicht ganz einfachen Weg zu Jasons Pub beschrieben hatte. Ob sie sich nicht doch noch überreden ließe, mit ihr und Joshua zu fahren? Maighread holte Luft und wollte gerade ansetzen, da wandte Vivian sich zu ihr um.

»Und mach dir keinen Kopf, ich finde den Weg schon«, sagte sie, als hätte sie Maighreads Gedanken gehört. Sie hielt den Zettel mit der Wegbeschreibung hoch. »Du weißt doch: Lebe wild, frei und glücklich, dafür bist du auf der Welt!«

»Wie wäre es, wenn du bei uns mitfährst und da wild, frei und glücklich bist?«, versuchte Maighread einen erneuten Vorstoß.

Doch damit kam sie bei Vivian nicht weiter.

»Lass gut sein, Maighread«, sagte sie, und sowohl der Ton ihrer Stimme als auch ihr Gesichtsausdruck ließen keinen Zweifel daran, dass sie keinen Bock auf Maighreads Gluckengehabe hatte. Einen Moment sah sie Maighread ernst an, dann atmete sie durch und lächelte versöhnlich. An ihrer Entscheidung änderte das allerdings nichts. »Weißt du, ich bin schon ein großes Mädchen, ich schaffe das. Und so kann ich abdüsen, wenn mir der Sinn danach steht.« Dann grinste sie in Mollys Richtung. »Wenn ich doch vom Weg abkomme, müsst ihr eben einen Suchtrupp losschicken! Molly findet mich bestimmt. Was, meine Süße? Du lässt mich doch nicht im Stich, oder?«

Molly hob den Kopf, als sie ihren Namen hörte, aber sie stand nicht auf. Erst wollte sie herausfinden, ob es sich lohnte, ihr warmes Plätzchen zu verlassen. Da nichts weiter passierte, legte sie das Kinn wieder auf die elegant übereinandergeschlagenen Vorderpfoten und schloss die Augen. Nur die Augenbrauen, die sich hoch und runter bewegten, verrieten, dass Molly wachsam blieb. Schließlich wollte sie keine Gelegenheit für einen Hundekeks verpassen.

Vivian lachte. »Ich pass wohl besser auf, dass ich mich nicht verfahre«, meinte sie. »Molly sieht nicht so aus, als hätte sie Lust auf einen größeren Sucheinsatz.« Gut gelaunt trat sie ins Freie. »Bis später!«

Mit diesem letzten Gruß hob sie die Hand zu einem Abschiedswinken und stapfte mit schnellen Schritten durch den Schneematsch davon. Hinter ihr schwang die Tür zum kleinen Strickladen langsam zu.

»Die rechte Abzweigung«, rief Maighread ihr durch den kleiner werdenden Türspalt noch hinterher. »Nicht vergessen!«

Doch ihre Mahnung verklang ungehört. Die knallroten Haare mit der quietschgrünen Strähne, die der Musikerin fast bis an den in einer engen schwarzen Lederhose steckenden perfekt knackigen Po reichten, verschwanden aus Maighreads Blickfeld.

Sie seufzte. Vivian war wie ein erfrischender Sommerwind – oder nein, korrigierte sie ihren Gedanken, eher wie übermütige Böen an einem Sommertag. Hoffentlich nahm sie Maighreads Warnung nicht zu leicht. Sie kannte sich in der Gegend noch nicht so gut aus, und ihr Navigationssystem würde ihr im entscheidenden Moment nicht weiterhelfen. Bei der Route zum Pub gab es einen Informationsknoten. Wenn man den Angaben der Webdienste folgte, landete man auf einem Wanderpfad. Wer trotz aller Widrigkeiten weiterfuhr, endete auf einer Aussichtsplattform, auf der das Wenden schon bei gutem Wetter einem Höllenkommando gleichkam. Je nach Fahrzeug und Witterung war es schwierig bis unmöglich. Das hatten Maighread und Joshua am eigenen Leib erfahren – zu ihrem Glück an einem wunderschönen Spätsommertag. Und sie hatten die im ersten Moment missliche Situation am Ende auch zu nutzen gewusst.

Bei dem Gedanken an den unverhofften Ausflug huschte ein Lächeln über Maighreads Lippen. Joshua hatte den Wagen mit etlichen Anläufen und zentimeterweisem Vor und Zurück mühsam gewendet. Maighreads Hände waren wegen des gefährlichen Manövers vor Anspannung feucht geworden, und sie hatte sogar das Strickzeug weglegen müssen. Ihr Herz hatte sich angefühlt, als wolle es einen Geschwindigkeitsrekord brechen. Das Wenden mit den Hinterreifen so nah am steilen Abhang war so gar nicht nach ihrem Geschmack gewesen. Nachdem Joshua es geschafft hatte, hatte er erleichtert geschnauft und kurz entschlossen den Motor abgestellt. Jetzt erst hatte er Maighread gezeigt, dass auch ihm unwohl gewesen war.

»Wenn wir schon mal hier sind, können wir auch den Moment nutzen, ein bisschen die Natur genießen und unsere Nerven beruhigen, findest du nicht?«, hatte er sie gefragt. »Der Besuch bei Jason läuft uns nicht weg.«

»Die Belohnung hast du dir verdient«, hatte Maighread spontan zugestimmt. Den Spaziergang und die unverhoffte Zweisamkeit mitten im Nirgendwo hatten sie beide sehr genossen.

Himmel, was war heute nur mit ihr los? Jetzt träumte sie schon wieder. Wenn sie so weitermachte, war es Mittag, und sie hatte nichts erledigt. Doch das ungute Gefühl, wenn sie an Vivian auf dem schwierigen Weg dachte, machte Maighread zu schaffen. Hoffentlich verfuhr sie sich nicht. Es war im Spätsommer schon schwierig gewesen, bei Nässe und Glätte wäre das Wenden halsbrecherisch. Vivian müsste vermutlich im Rückwärtsgang den schmalen Weg zurücksetzen.

Und selbst wenn sie die richtige Route nahm – Maighread war nicht wohl bei dem Gedanken, Vivian bei diesem Wetter allein fahren zu lassen. Auch wenn Vivian ein – wie sie sagte – »großes Mädchen« war. Maighread fühlte sich für die Musikerin verantwortlich, schließlich hatte sie Vivian für den Nachmittag gebucht. Aber nun war es eben so. Vivian hatte ihren Standpunkt deutlich gemacht und jede Hilfe energisch zurückgewiesen.

Typisch Vivian, genau so hatte Maighread sie kennengelernt. Immer auf ihre Unabhängigkeit bedacht. Und natürlich hatte die Musikerin recht. Sie war eine erwachsene Frau und obendrein eine erfahrene Weltenbummlerin. Außerdem hatte Maighread sie vor dem Fehler in der Technik gewarnt, ihr den Weg zu Jasons Pub genau erklärt und eine Skizze gezeichnet. Was sollte also schiefgehen? Gleichzeitig sah Maighread vor ihrem inneren Auge Vivians silbergrauen Volvo einen Hang hinuntergestürzt und zwischen den Bäumen hängend.

Halb genervt, halb amüsiert schüttelte sie über sich selbst den Kopf. Ihr Panikmonster malte sich schon wieder die schlimmsten Szenarien aus. Das konnte es leider verflixt gut. Aber immerhin kannte sie sich selbst und konnte gegensteuern. Entschlossen konzentrierte sie sich auf die schönen Dinge und beachtete das ungute Bauchgrummeln einfach nicht weiter.

Schon legte sich ein Lächeln auf ihre Lippen. Es war fantastisch, dass Vivian nach ihrem Auftritt beim Callwell Yarn Festival Ende September noch in Glasgow geblieben und für die Babyparty jetzt noch einmal an den Loch Lomond zurückgekommen war. Chloe war verliebt in Vivians Geigenspiel, sie würde ausflippen, wenn sie von der Überraschung erfuhr. Unwillkürlich musste Maighread seufzen, da war der Gedanke wieder: Hoffentlich kam Vivian heil bei Jason an.

Verflixt, der gute Vorsatz hatte nicht lange gehalten. Wie immer, wenn sie etwas Besonderes plante, war Maighread schrecklich aufgeregt und nervös. Regelmäßig überrollten sie Panikwellen mit der Gewissheit, etwas Wichtiges vergessen zu haben. Was rational betrachtet totaler Quatsch war. Erstens hatte Maighread inzwischen einige Erfahrung mit der Planung von Events, zweitens hatte sie alle Punkte fein säuberlich notiert und – was noch wichtiger war – das meiste auch bereits abgehakt, und drittens war es eine private Veranstaltung, und kein Mensch würde sich aufregen, wenn etwas nicht bis ins kleinste Detail perfekt wäre. Maighread versuchte, ihr unsicheres Ich mit dieser Aufzählung zu überzeugen – mit mäßigem Erfolg. Schon tauchten die nächsten Schreckensszenarien in ihrem Kopf auf und versuchten, sie verrückt zu machen.

Der wunderschöne Weihnachtskranz, den Chloe Maighread gebunden hatte, schaukelte noch ein bisschen, nachdem die

Tür längst ins Schloss gefallen war. Das Klingeln der Türglocke war noch nicht ganz verhallt, da öffnete sich die Tür schon wieder.

Ach du Schreck! Mit einem großen Satz hechtete Maighread zur Sitzecke, warf Babypulli, die To-do-Liste und ihr Strickjournal auf das Sofa und ein Kissen darüber. Dann wandte sie sich zur Tür und versuchte, möglichst unschuldig zu lächeln.

Kapitel 2

Chloe

Wie so oft saß Chloe, nachdem Scott sich verabschiedet hatte, an ihrem Lieblingsplatz in der Küche. Ein Kissen im Rücken, die Füße auf dem Schemel und über den Beinen eine Decke, träumte sie mit offenen Augen vor sich hin. Ihr Strickzeug lag unbeachtet in ihrem Schoß.

Auf dem Tisch stand ihre neue Lieblingstasse mit einem Storch, der ein Baby in einer Windel trug. Amely hatte sie ihr geschenkt. Auf einer Seite der Tasse war die Windel, in der das Baby lag, hellblau, auf der anderen rosa. Chloe drehte die Seiten immer abwechselnd zu sich hin. Manchmal versuchte sie zu deuten, zu welcher Seite sie tendierte, und fragte sich, ob ihr Unterbewusstsein ihr dadurch vielleicht einen Tipp geben würde, ob sie einen Sohn oder eine Tochter bekommen würden. Und dann musste sie über sich selbst lachen, denn natürlich wusste Chloe, dass so etwas Humbug war. Abgesehen davon wollte sie es gar nicht wirklich wissen. Sie und Scott hatten beschlossen, dass das Geschlecht des Kindes eine Überraschung sein sollte.

Während sie so dasaß, nippte Chloe hin und wieder gedankenverloren an ihrem inzwischen nur noch lauwarmen Tee. Sie hätte stundenlang so sitzen können – wenn da nicht das Problem mit der Blase gewesen wäre. Je weiter die Schwangerschaft fortschritt, desto häufiger musste Chloe rennen.

»Ich könnte direkt ins Bad ziehen«, hatte sie letzte Nacht zu Scott gesagt, als sie das dritte Mal wieder ins Bett gekrochen war. »Oder zumindest ins Gästezimmer, damit du in Ruhe schlafen kannst.« Sie fühlte sich schlecht bei dem Gedanken, dass sich Scott wegen ihrer nächtlichen Unruhe müde durch den Tag schleppen musste. Doch davon wollte ihr Liebster nichts hören. Er hatte Chloe an sich gezogen, ihr den Nacken geküsst und gemurmelt: »Untersteh dich, mich hier allein zu lassen. So kann ich mich schon daran gewöhnen. Wenn unser Menschlein erst einmal auf der Welt ist, werden wir für eine längere Zeit auch nicht mehr durchschlafen können. Außerdem habe ich schon viel anstrengendere Phasen durchgemacht in meiner Zeit im Krankenhaus. Als Bereitschaftsarzt lernst du, im Minutentakt zu schlafen.«

Scott tat wirklich alles, damit Chloe sich wohl und geliebt fühlte. Er war schon immer ein sehr aufmerksamer Partner gewesen. Seit er wusste, dass Chloe ein Kind in sich trug, achtete er noch mehr auf ihre Bedürfnisse und umsorgte sie liebevoll.

Chloe seufzte. So schwer es ihr auch fiel, wenn sie jetzt nicht aufstand, würde es ein Malheur geben. Sie schlug die Decke zur Seite, nahm die Füße vom Schemel und verließ ihr gemütliches Plätzchen. Es wurde sowieso Zeit, sonst wäre der Vormittag vorbei, und sie hätte nichts gemacht außer in den Tag geträumt.

Chloe lächelte den Storch mit der himmelblauen Windel im Schnabel an, stellte ihre Teetasse in die Spüle und ging zuerst ins Bad und dann ins Schlafzimmer. Wenn sie jetzt ohnehin unterwegs war, konnte sie auch direkt ihre Schwangerschaftsgymnastik-Übungen machen, dann hatte sie das für heute wenigstens erledigt.

»Na dann wollen wir mal«, murmelte sie und schnaufte mürrisch. Allein das Umziehen jedes Mal war nervig. Die früher einmal superbequeme Leggins kniff im Schritt, und das ehemals riesige Oversized-Shirt spannte so sehr über dem Bauch, dass man den Abdruck ihres herausstehenden Nabels sehen konnte. Die Geschwindigkeit, in der sie an Umfang zulegte, war beängstigend.

Bei jeder Ultraschalluntersuchung rechnete Chloe damit, dass der Arzt sagte: »Sie bekommen Zwillinge!« Doch obwohl er immer wieder beteuerte, dass ganz sicher nur ein Baby in ihr heranwuchs, konnte sie die Angst vor einer Doppellieferung nicht ganz loswerden. Sie hätte gern Scotts Bestätigung gehabt, aber da sie das Geschlecht des Kindes nicht wissen wollten, musste er beim Ultraschall immer weggucken. Als Arzt hätte er es sonst sicher sofort gesehen. Doch auch ohne Bildbeweis wurde Scott nicht müde, ihr zu versichern, dass sein Kollege sicher kein Baby übersehen hatte. Der Bauchumfang sei keineswegs außergewöhnlich. Chloe fiel es schwer, das zu glauben. Ein Menschlein allein konnte sich doch unmöglich so dick machen. Sie sah an sich hinunter und hatte schon keine Lust mehr auf ihre Übungen, bevor sie überhaupt angefangen hatte.

Es gab so viel schönere Dinge für Schwangere als diese lästige Gymnastik. Sie könnte sich einfach ins Bett fallen lassen und noch ein kleines Schläfchen machen. Müde genug fühlte sie sich. Oder sie könnte spazieren gehen. Frische Luft war schließlich gesund, und sie könnte beim Gehen ja immer wieder den Beckenboden anspannen. Die nass fallenden Flocken, die sie beim Blick aus dem Fenster erspähte, ließen diese Idee allerdings schneller verpuffen, als sie aufgekommen war. Aber zu Maighread in den Strickladen könnte sie gehen, meldete sich trotzig die nächste Idee, um der verhassten Übungsroutine zu entkommen. Gemütlich auf dem Sofa sitzen, Tee trinken, plaudern und an dem Lätzchen weiterstricken, das sie letzte Woche begonnen hatte. Auf den einen Tag kam es doch wohl nicht an. Sie übte schließlich ansonsten brav und fast regelmäßig. Außerdem hatte Scott ihr aufgetragen, sich zu entspannen und Stress zu vermeiden. Diese Turnerei stresste sie.

Die Versuchung, ihrer Unlust nachzugeben, war groß. Allerdings meldete sich ihr schlechtes Gewissen. Sollte sie? Sollte sie nicht? Bevor sie einen Entschluss fassen konnte, piepte ihr Handy.

Was für eine willkommene Ablenkung von dem inneren Kampf! Neugierig zog Chloe das Telefon aus ihrer Jackentasche und aktivierte das Display. Scott hatte ihr eine Nachricht geschrieben. Er war nach dem Frühstück in die Praxis gefahren, um Schreibkram zu erledigen, den er während der Öffnungszeiten nicht schaffte. Zum Mittagessen hatte er zu Hause sein wollen, und nachmittags wollten sie alle zusammen einen Ausflug zu Jason machen, um ihn zu überraschen und ein bisschen aus seiner Einsamkeit zu holen. Neugierig tippte Chloe auf das Programm, um die Nachricht zu öffnen.

Liebling, es dauert doch länger. Ich muss nachher von der Praxis aus direkt zum Hof der Hendersons. Allison hat angerufen, ihre Mutter hat wieder Fieber.
Könntest du bitte mit Maighread und Joshua vorausfahren? Ich komme so schnell wie möglich nach. Und denk an deine Übungen, Chloe. Ich liebe dich! Und unseren Bauchbewohner ebenso. Pass gut auf euch beide auf. Kuss! <3

Chloe seufzte und strich verliebt mit dem Zeigefinger über den Text. Scott war einfach wunderbar. Callwell konnte froh sein, so einen engagierten Arzt bekommen zu haben. Ob er wohl geahnt hatte, dass sie gerade in Versuchung geraten war, sich vor dem Training zu drücken? Er kannte sie einfach zu gut.

Aber wie auch immer. Sie hatte es ihm versprochen und würde Wort halten. Also Augen zu und durch. So eine halbe Stunde war ja schließlich keine Ewigkeit.

Ich liebe dich, Scott McBrayer. Pass bitte auch auf dich auf. Unser Menschlein und ich brauchen dich! Ich werde jetzt üben und dann zu Maighread in den Strickladen watscheln. Kuss <3

Bevor sie wieder ins Hadern kommen konnte, schaltete Chloe entschlossen das Trainingsvideo an und schickte ihren inneren Schweinehund zurück in seine Hütte. Schon flimmerte das samtweiche Gesicht von Fee auf. Die Trainerin war selbst im achten Monat schwanger.

Als Chloe den Kanal entdeckt hatte, war sie zuerst begeistert gewesen. Sie hatte gehofft, sich besser zu fühlen, wenn die Übungsleiterin mit den gleichen Problemen zu kämpfen hatte wie sie. Doch die Freude währte nur kurz. Von wegen: gleiche Probleme. Verglichen mit Chloe war Fee eine Elfe. Und ein echter Sonnenschein. Immer gut gelaunt strahlte sie in die Kamera, während sie sich elegant auf ihre Matte niederließ und ihre Teilnehmerinnen begrüßte. Tag für Tag. Aber klar, wenn jemand auch schon Fee hieß. Als gäbe es keine Hormone, die das Seelenleben durcheinanderwirbelten. Keine Rückenschmerzen und keine Verdauungsprobleme.

Diese Frau schien von all den üblichen Schwangerschaftsproblemen verschont zu bleiben.

Wie jedes Mal fühlte Chloe sich bei dem Anblick der anmutigen Frau schrecklich dick und unbeholfen. Noch mehr als ohnehin schon.

Wie machte Fee das nur? Ihr Bauch war doch auch kugelrund. Und trotzdem bewegte sie sich, als wäre sie federleicht und der Bauch überhaupt nicht im Weg. Bei Chloe dagegen war nichts elegant oder leicht. Sie ächzte, als sie sich auf ihre Gymnastikmatte setzte.

»Na los, dann führ mir mal vor, was ich für ein Walross bin«, murmelte sie.

»Leg dich auf den Rücken, spüre, wie dein Körper sich mit der Unterlage verbindet, und lass alle Anspannung los. Konzentriere dich auf das Baby, das in dir wächst, und auf die Freude.«

Chloe folgte den Anweisungen. Nachdem sie endlich lag, fühlte sie sich wie ein hilfloser Käfer, der versehentlich auf dem Rücken gelandet war. Aber es half nichts, da mussten sie und das Menschlein in ihrem Bauch durch. Nur das mit dem Gefühl, sich mit der Unterlage zu verbinden, funktionierte. So gut, dass Chloe nicht wusste, ob sie je wieder hochkommen würde.

Im nächsten Moment musste sie über sich selbst lachen. Vor lauter Ächzen und Jammern vergaß sie manchmal, wie glücklich sie war. Und dazu hatte sie auch allen Grund. Egal wie kugelrund und schwerfällig sie war, sie trug ihr Baby unter dem Herzen, und die Schwangerschaft verlief ohne Komplikationen. Scott liebte sie. Er liebte jedes dieser gefühlt hunderttausend Pfund. Er sagte es ihr immer und immer wieder. Und sie wusste, dass das die Wahrheit war. Sie konnte es spüren.

Als sie daran dachte, ging es ihr gleich wieder besser, und sie fühlte sich bereit für die heutige Übungseinheit.

Scott hatte ihr liebevoll streng aufgetragen, jeden Vormittag eine halbe Stunde zu trainieren. Immer abwechselnd, an einem Tag Entspannungsübungen und am nächsten Tag Schwangerschaftsgymnastik.

Seit einer Woche beschränkte sich die Gymnastik allerdings auf Beckenbodentraining. Einerseits ging es darum, den Beckenboden zu kräftigen, denn immerhin musste er das Gewicht des Babys tragen, und dieses kleine Wunder in ihr wurde täglich schwerer. Andererseits sollten Schwangere sehr bewusst lernen, die Beckenbodenmuskeln anzusteuern, um sie während der Geburt entspannen zu können und sich dadurch leichter zu öffnen.

An diesem Punkt des Gespräches, als Scott ihr die Wichtigkeit der Loslassübungen erläutert hatte, hatte Chloe zuerst geblockt. Das schien ihr doch ein Stück drüber zu sein. Scott schien sich einzubilden, besser zu wissen, was bei der Geburt vor sich ging, als die Gebärende selbst.

»Also das mit der Kräftigung leuchtet mir ja ein«, hatte Chloe gesagt. »Aber loslassen?« Sie hatte die Skepsis nicht nur im Ton, sondern auch in ihrer Miene und Körperhaltung gezeigt. »Du meinst ernsthaft, es wird leichter, eine Melone aus mir herauszupressen, wenn ich meinen Beckenboden entspannen kann?« Sie war richtig sauer geworden, weil sie das Gefühl gehabt hatte, Scott verstand überhaupt nicht, was auf sie zukam. »Meinst du nicht, dass ich während der Geburt ein paar andere Probleme habe, als mich auf die Entspannung meines Unterleibs zu konzentrieren?«

Doch Scott war einfach er selbst geblieben. Ruhig und liebevoll. »Liebling, ich war schon bei vielen Geburten dabei.

Ich weiß, dass dich der Gedanke daran verunsichert. Aber bitte vertrau mir. Diese Übungen werden dir helfen«, hatte Scott sie gebeten. »Ich sage das nicht nur so, Chloe. Vergiss nicht, ich bin Arzt.«

Er hatte sie in den Arm nehmen wollen, doch Chloe hatte die Arme vor der Brust verschränkt und sich weggedreht.

»Und ich bekomme das Kind«, hatte sie trotzig erwidert.

Als ob ein Mann eine Ahnung davon hatte, was Frauen während einer Schwangerschaft und Geburt durchmachten. Am liebsten hätte Chloe Scott an den Kopf geworfen, dass sie ihn anmaßend fand. Aber ein Teil von ihr wusste, dass die Hormone sie dazu brachten, so genervt zu reagieren. Scott war einfühlsam und fürsorglich. Sie hätte sich keinen besseren Partner an ihrer Seite und Vater für ihr Baby wünschen können. Er erfüllte ihr die verrücktesten Wünsche, massierte jeden Abend ihre Füße und wurde nicht müde, ihr zu sagen, wie wunderschön sie war. Also hatte sie ihre Wut geschluckt und ihm zuliebe mit der Schwangerschaftsgymnastik samt Beckenbodenentspannung begonnen. Die morgendlichen Übungen waren inzwischen zwar zur Routine geworden, aber gern machte sie sie trotzdem nicht.

»Lege deine Hände auf die Knie, öffne sie etwas, damit dein Bauch dazwischen passt, und mache nun mit deinem Becken kleine Kreise. Erst in die eine Richtung, dann in die andere. Bleibe in deinem Tempo, und atme dabei tief in deinen Bauch hinein. Spürst du die Entspannung? Genieße es. Atme tief in deinen Babybauch hinein.«

Chloe gab ein dumpfes Ächzen von sich. »Entspannung? Die spinnt doch«, grummelte sie. »Hat man je ein Nilpferd entspannt auf dem Rücken liegen sehen?«

Sie ließ die Knie los und legte die Beine langsam ab – genau wie die Trainerin.

»Jetzt kommt eine Übung im Vierfüßerstand. Komm über die Seite hoch. Hände und Knie etwa schulterbreit, der Rücken ist gerade. Denke an die Atmung, und bleibe in deinem Rhythmus. Wechsle nun ein paarmal zwischen Katzenbuckel und Hohlkreuz. Im Katzenbuckel spannst du deinen Beckenboden fest an und lässt ihn bei der Abwärtsbewegung wieder los. Ganz langsam und in deinem Rhythmus. Achte auf deinen Körper. Du musst dich wohlfühlen. So sorgst du gut für dich selbst und für dein Baby.«

Chloe schnaubte. Sie würde viel lieber auf dem Sofa gut für sich und ihren Zwerg sorgen. Oder bei sich im Laden. Dort könnte sie Weihnachtsgestecke binden und ganz locker nebenbei den Beckenboden anspannen und entspannen. Aber nein. Stattdessen robbte sie hier wie ein gestrandetes Walross auf ihrer Gymnastikmatte herum, weil sie es Scott versprochen hatte. Es war nicht immer von Nutzen, wenn der werdende Vater gleichzeitig auch Arzt war.

Ihm zuliebe war sie auch nur noch selten im Laden. Nachdem sie sich vor ein paar Wochen etwas übernommen und abends ein schmerzhaftes Ziehen im Unterleib gespürt und einen viel zu hohen Blutdruck gehabt hatte, hatte er sie beschworen, kein Risiko einzugehen. Er wusste, dass sie sich nicht zurückhalten würde, wäre sie im Laden. Es gab viel zu tun, und Chloe war nicht dafür gemacht, anderen bei der Arbeit zuzusehen. Zähneknirschend musste Chloe sich eingestehen, dass Scott recht hatte. Doch die Untätigkeit ging ihr schrecklich auf die Nerven.

Immerhin durfte sie an drei Nachmittagen noch im Laden mitarbeiten. Alles andere hatte das Granny-Kleeblatt übernommen. Gwendolyn, Elisabeth und Eilidh wuppten ihren Laden, bis Chloe wieder konnte. *Chloes Kräuterträume* ohne Chloe, das war eine Vorstellung, die ihr so gar nicht behagte. Aber Scott war unerbittlich geblieben.

»Drei Tage je drei Stunden, und nur leichte Arbeiten. Es tut mir leid, Liebling, aber alles andere wäre unverantwortlich. Du lässt dich viel zu sehr mitreißen, wenn du im Laden bist. Gerade jetzt, mitten im Weihnachtsgeschäft. Ich weiß, dass es dir schwerfällt, aber denk an dich und unser Baby. Wir können froh sein, dass wir deinen Blutdruck wieder im Normalbereich haben, du reagierst in deinem Zustand sensibel auf Stress.«

Wieder hätte ein Teil von ihr gern mit Scott diskutiert, doch der andere Teil stimmte ihm zu. Sie hatte schließlich nicht nur für sich selbst, sondern auch für ihr kleines Menschlein im Bauch die Verantwortung.

»Autsch!« Chloe zuckte zusammen, als ein scharfer Schmerz durch ihren Rücken schoss. »Ich glaube, das reicht für heute.« Entschlossen tippte sie auf das Display ihres Tablets, und Fees Stimme verstummte.

Chloe setzte sich auf die Matte, lehnte sich gegen die Wand und gönnte sich noch ein paar Dehnungen und entspannte Atemzüge.

»Na, du Zwerg, alles klar bei dir?«, fragte sie und legte beide Hände auf ihren Bauch. Es dauerte nicht lange, dann klopfte von innen etwas gegen die Bauchdecke. Ihr Menschlein antwortete seiner Mama.

Kapitel 3

Maighread

»Ach, du bist es«, begrüßte Maighread ihre Besucherin erleichtert. »Und ich dachte schon …« Sie führte den Satz nicht zu Ende, sondern sagte stattdessen: »Guten Morgen, Amely. Schön, dass du da bist!«

Maighread war froh, Amely zu sehen. So konnte sie gleich ein paar weitere Punkte auf ihrer To-do-Liste abhaken. Sie hatte direkt die ersten Fragen auf den Lippen und war drauf und dran, Amely zwischen Tür und Angel damit zu überfallen, da überlegte sie es sich anders. Es fiel ihr zwar schwer, doch sie hielt sich zurück. Sie waren schließlich gut im Zeitplan. Ihre Freundin sollte erst einmal in Ruhe ankommen. Sie konnten es sich in der Strickecke bequem machen und einen Tee zusammen trinken, während Maighread ihre letzten Punkte für die perfekte Baby Shower abhakte.

Amely und Maighread hatten sich vor Jahren auf einem Wollfestival in Edinburgh kennengelernt. Amely war eine sehr begabte Färberin und genauso wollverrückt wie Maighread. Oder vielleicht fast genauso wollverrückt, denn kaum jemand konnte Maighread in diesem Punkt das Wasser reichen. Über die gemeinsame Leidenschaft waren die beiden sich nähergekommen und im Laufe der Zeit zu besten Freundinnen geworden.

Zu Beginn des Kennenlernens hatte Amely noch zusammen mit ihrer Mutter in Edinburgh gelebt. Die beiden waren eng miteinander verbunden gewesen. Nach einer Krebsdiagnose war Amelys Mutter jedoch innerhalb weniger Monate gestorben. Viel zu schnell und viel zu früh!

Dieser vollkommen unerwartete Schicksalsschlag hatte Amely komplett aus der Bahn geworfen. Sie hatte nicht mehr arbeiten können und war unfähig gewesen, ihr Leben wieder in die Hand zu nehmen. Sie war drauf und dran gewesen, sich in ihrer Trauer zu verlieren. Das hatten Maighread und Chloe natürlich nicht zulassen können. Kurzerhand hatten sie Amely nach Callwell geholt, um ihr die Zeit zu geben, die sie benötigte. Sie sollte sich ausruhen, verwöhnen lassen und langsam wieder auf die Beine kommen. Wirklich alle hatten sich um die angeschlagene und verloren wirkende Amely gekümmert und sie mit offenen Armen in ihren Kreis aufgenommen. Und es war ihnen leichtgefallen, weil man gar nicht anders konnte, als Amely in sein Herz zu schließen. Eilidh hatte sie bekocht, Maighread und Joshua hatten sie zum Wohnen nach Callwell Castle eingeladen, Chloe hatte ihr bei der Trauerbewältigung geholfen und sie am Ende sogar dazu gebracht, dass sie wieder färben konnte. Scott hatte sich um Amelys körperliche Gesundheit gekümmert, Elisabeth und Gwendolyn hatten sie in großmütterliche Obhut genommen, und Peter, Chloes Cousin und Inhaber der Destillerie *McDurmanns Whisky*, hatte dafür gesorgt, dass Amely immer etwas zu tun hatte – kleine Ausflüge, Kinobesuche, Ausritte, Bootsfahrten. Peter hatte sich ständig etwas Neues einfallen lassen. Die ganze Gemeinschaft hatte sich um Amely bemüht.

Auch wenn es nicht einfach gewesen war, hatten sie zuletzt mehr Erfolg gehabt, als Maighread zu Beginn zu hoffen gewagt hätte. Denn zu all der liebevollen Aufmerksamkeit hatte sich noch ein tieferes Gefühl gesellt – die Liebe.

Inzwischen lebte Amely mit fünf Alpakas, ein paar Hühnern, zwei Katzen und einem Hund am Rand von Callwell in einem alten Farmhaus mit Blick auf den See. Zum Einzug hatte sie von den Freunden ein selbst gemaltes wunderschönes Schild geschenkt bekommen: Stringer-Farm – passend zu Amelys Nachnamen.

Peter war an dieser Entwicklung nicht ganz unbeteiligt gewesen. Amely und er hatten sich ineinander verliebt. Peter war bereits hin und weg gewesen, als Amely als Ausstellerin zum ersten Callwell Yarn Festival gekommen war. Doch es hatte noch lange gedauert, bis die beiden endlich zueinander gefunden hatten. Auch bei der Liebe war Amely ihre Trauer im Weg gewesen. Doch sie hatte sich mit Hilfe ihrer Freunde aus dem inneren Gefängnis befreit. Amely hatte ihr Lachen wiedergefunden, und sie und Peter waren inzwischen unzertrennlich.

Vielleicht waren die beiden die Nächsten … Maighreads Blick streifte über Amelys flachen Bauch.

Mit Amely war wieder ein Schwall kalter Luft in den Laden geschwappt. Maighread fröstelte, während Amely sich den nassen Schnee von ihren Schultern klopfte und ihre Mütze vom Kopf zog.

»Hey, Maighread, guten Morgen. Na, das ist ja eine Begrüßung. Lass mich raten: Du dachtest, ich sei Chloe, und hast schnell alles unter die Sofakissen gepfeffert, was sie nicht sehen darf?« Amely grinste. »Entwarnung! Du kannst Notizbuch und Strickzeug wieder hervorkramen.«

Maighread drehte sich erstaunt zum Sofa und dann wieder zu ihrer Freundin. Konnte Amely etwa hellsehen?

»Woran strickst du denn?«, fragte Amely. Der Ton ihrer Stimme verriet Maighread schon, dass ihre Freundin sie necken wollte. Im nächsten Moment wusste sie, dass sie mit ihrer Vermutung richtiggelegen hatte.

Bevor sie antworten konnte, sprach Amely schon weiter. »An dem hundertsten Höschen oder zur Abwechslung an einem Pulli?« Sie kicherte über ihren eigenen Witz. »Ersatz, falls die achtzig, die du schon fertig hast, plötzlich alle in der Wäsche sind? Ach, was sage ich denn? Wäsche! Chloe wird nie waschen müssen. Sie kann ihr Kind auch so täglich frisch einkleiden, bis es volljährig ist – mindestens!«

»Hey, mach dich nicht über mich lustig«, schimpfte Maighread gespielt entrüstet.

Sie wusste genau, dass Amely nur Spaß machte und sie in Wahrheit bewunderte. Oft genug betonte die Freundin, dass sie nie an Maighreads Geschwindigkeit und Kreativität heranreichen würde und auf Maighreads Talent neidisch sei. Was aber natürlich totaler Quatsch war. Amely konnte vielleicht nicht in Maighreads Tempo stricken, dafür war sie eine begnadete Färberin. Sie erhob dieses Handwerk zur Kunst. Von Amely gefärbte Wolle war nicht nur bunt, sondern immer auch irgendwie magisch.

Maighread hatte große Hochachtung vor dem Können ihrer Freundin. Ein Teil von ihr wollte es gern selbst lernen. Es wäre auch kein Problem. Seit letztem Sommer gab Amely auf ihrer Alpakafarm auch Färbeseminare. Doch Maighread hatte es bis jetzt noch nicht geschafft, an einem dieser Termine dabei zu sein oder vielleicht auch bei Amely Privatstunden zu nehmen. Es gab immer viel zu viel zu tun.

Vielleicht war das auch richtig so. Maighread konnte schließlich nicht alles selbst machen, auch ihr Tag hatte nur vierundzwanzig Stunden. Wenn sie Zeit fürs Färben abzweigen würde, müsste sie das an anderer Stelle – also vermutlich beim Stricken – einsparen. Das war kein verlockender Gedanke. Es gab schließlich nicht nur Chloes Baby zu bestricken, sondern auch jede Menge anderer Projekte. Maighreads Stricknadeln waren nahezu immer in Aktion.

Irgendwie war es auch schön, dass jede der Freundinnen ihre Stärken und ihren Wirkungsbereich hatte. Sie ergänzten sich wunderbar. Amely mit den Farben, Chloe mit den Kräutern und Seifen und Maighread mit der Wolle und dem Stricken.

Auch wenn Amely natürlich schamlos übertrieb, ein Fünkchen Wahrheit lag darin. Maighread fühlte sich ertappt. Sie wusste, dass sie es mit der Babyausstattung ein bisschen überzog. Vermutlich würde sie einiges davon im Laden verkaufen oder auch spenden, weil das Baby es gar nicht auftragen konnte. Außerdem hatte sie einige Sachen doppelt gestrickt, einmal in Rosa und einmal in Hellblau, weil sie nicht wusste, was gebraucht wurde. Und dennoch – so viel, wie Amely behauptete, war es wirklich nicht.

»Ich mich lustig machen?«, fragte Amely mit Unschuldsmiene. »Das würde ich doch nie tun. Du weißt ja: Übertreibung macht anschaulich. Und dass dieses Kind das bestangezogene mit den meisten Höschen, Pullovern und Decken sein wird, das Schottland je gesehen hat – da wirst du mir doch nicht widersprechen, oder?«

Als Maighread das vergnügte Funkeln in Amelys Augen sah, konnte sie gar nicht anders. Sie stimmte in das Lachen ein.

Amely kannte Maighread wirklich schon ziemlich gut. Sie stand, während sie ihre Freundin neckte, noch immer an der Tür. An ihren Schuhen klebte Schneematsch. Zum Glück hatte Maighread extra eine Matte an den Eingang gelegt. Amely stampfte ein paarmal fest auf, schälte sich aus ihrem Mantel und legte ihn weg. »Brr, was für ein Wetter. Was, Molly, das ist nicht nach unserem Geschmack, oder?« Sie ging zu der Hündin und kraulte sie zur Begrüßung unter dem Kinn. Molly wedelte mit ihrem Schwanz, blieb aber in ihrem kuschelwarmen Körbchen liegen. Es war ganz deutlich, dass sie ebenfalls keine Lust auf diese nasse Kälte hatte. Die Hundedame wusste die Vorzüge eines warmen Plätzchens zu schätzen. Nachdem sie Molly gestreichelt hatte, stand Amely auf und kam zu Maighread. »Hoffentlich hört es bald wieder auf zu schneien, sonst wird die Fahrt zu Jason anstrengend.«

»Mir graut schon davor«, stimmte Maighread Amely zu. Die beiden Frauen umarmten sich. »Ich bin wirklich froh, dass du da bist«, betonte Maighread noch einmal.

»Ich kenne dich doch und dachte mir, du könntest vielleicht ein bisschen Ablenkung brauchen.« Sie zwinkerte ihr zu. »Wie oft bist du die To-do-Liste schon durchgegangen?«

»Mpff«, machte Maighread und untermalte den Laut mit einem verzweifelten Kopfschütteln. Der Zettel war vom vielen Draufstarren bestimmt schon ganz dünn geworden. »Gehen wir es noch mal zusammen durch?«, fragte sie und zeigte auf die Liste, die sie inzwischen wieder unter dem Kissen hervorgezogen und auf den Tisch gelegt hatte. »Du weißt sicher, ob Peter an alles gedacht hat.«

»Auch zweimal, wenn es dich beruhigt«, antwortete Amely. »Peter hat das Auto schon beladen, die Punkte kannst du abhaken. Aber du weißt schon, dass du nur eine Babyparty planst, keinen Staatsakt?«

Offensichtlich war Amely heute dazu aufgelegt, Maighread auf den Arm zu nehmen. Doch die ließ sich nicht beirren.

»Die Babyparty für Chloes Baby«, ergänzte sie mit gewichtiger Tonlage. »Das kommt einem Staatsakt ziemlich nahe.«

»Das stimmt natürlich auch wieder.« Amely sah sich um. »Also gut. Soll ich uns einen Tee kochen?«

»Das wäre super. Und ich mache Musik an.«

Kurz darauf klangen Weihnachtslieder durch den Laden, und Maighread ließ sich erleichtert aufs Sofa fallen. Das war ihre erste richtige Pause. Seit dem Öffnen heute war sie herumgewirbelt. Sie hatte Kundinnen bedient, die Wolle in den Regalen nachgefüllt und zwischendurch mit Vivian deren Auftritt besprochen. Da war es ihr gerade lieb, dass es vorübergehend ruhiger war. Auch wenn die Geschäftsfrau in ihr sich natürlich immer über reichlich Kundschaft freute.

Aus der Küche hörte Maighread Wasser rauschen und Tassen klappern. Kurz überlegte sie, ob sie Amely helfen sollte, aber dann entschied sie sich dagegen. Eine Kanne Tee aufzugießen, schaffte Amely ganz sicher auch ohne Unterstützung. Stattdessen schnappte sie sich lieber das Strickzeug. Maighread warf einen Blick auf die Notizen in ihrem Strickjournal, wo sie alles akribisch festhielt, was sie strickte. Nach einer kurzen Orientierung wusste sie wieder, wie es weiterging, wickelte sich den Arbeitsfaden um den Finger und begann, den Faden durch die Maschen zu ziehen.

Maighread strickte die letzte Reihe zwei rechts, zwei links und kettete die Maschen des Pullovers ab, den sie vor drei Tagen erst begonnen hatte. So winzige Babykleidung strickte sich im Handumdrehen, kein Wunder, dass der Stapel für Chloes Baby stetig wuchs. Mit sicheren Bewegungen zog sie Masche für Masche über und hob dabei immer wieder den Blick, um aus dem Fenster zu sehen. Noch immer wirbelten die Flocken. Maighread seufzte und drehte den Kopf weg. Sie wollte das lieber gar nicht sehen.

Die Dekoration auf dem Tisch zu bewundern, war da viel erfreulicher. Maighread hatte ihre gerade fertig gewordenen Tischsets daraufgelegt und mit einer dicken Kerze in einem kleinen Adventsgesteck dekoriert. Das Gesteck war natürlich Chloes Werk.

Als Michael Bublés *Have yourself a merry little Christmas* aus dem Lautsprecher klang, summte Maighread leise mit. Danach ging es mit *Amazing Graze* weiter, es war die Version von Peter Hollens featuring Home Free, gefolgt von Ed Sheeran & Elton John mit *Merry Christmas*.

Maighread hatte eine Weihnachtsplaylist zusammengestellt und ließ sie seit Tagen auf Shuffle laufen. Durch die sich immer wieder verändernde Reihenfolge wurde es nie langweilig.

Es dauerte nicht lange und die Maschen waren abgekettet. Maighread nutzte ihren Schwung und machte sich daran, die Fäden zu vernähen. Sie strich über das Vorderteil mit dem niedlichen eingestrickten Drachen. Dabei lächelte sie versonnen.

Obwohl sie es nicht wollte, konnte sie nicht verhindern, immer wieder zum Fenster und in das Schneetreiben hinauszusehen. Die Flocken bildeten einen dichten weißen Vorhang. Maighread war besorgt wegen des Wetters.

Zusätzlich sah sie immer auch zur Tür. Chloe hatte zwar gesagt, sie wolle den Vormittag zu Hause bleiben und sich ausruhen, damit sie nachmittags fit war, aber bei ihr wusste man nie. Und den Pullover für ihr Menschenkind sollte sie auf keinen Fall vor der Babyparty sehen.

Maighread war ganz hibbelig. Chloe machte es ihr wirklich nicht leicht, die Überraschungen zu planen. Aber bislang war sie ihr immer einige Maschen voraus – und so sollte es bitte auch die letzten paar Stunden bis zur Ankunft beim Pub bleiben.

Amely kam mit der Teekanne und Tassen wieder in den Ladenraum. Sie hatte auch noch einen Teller mit Shortbread auf das Tablett gestellt. Lieblicher Duft von Rosenblüten stieg auf, als Amely zuerst Maighreads Tasse und dann ihre eigene mit der karamellfarbenen Flüssigkeit füllte.

»Dann lass mal sehen«, forderte Amely auf, kaum dass sie sich gesetzt hatte, und angelte auch schon nach Maighreads Block.

Sorgfältig studierte sie die Liste, schnappte sich den Stift und setzte Haken hinter einige der Punkte. »Die Karaokeanlage ist bereits im Auto«, sagte sie. »Ebenso die Babypuppen für das Wickelspiel und Peters und meine Babyfotos. Die Geschenke von Elisabeth, Gwendolyn und natürlich von uns sind ebenfalls im Kofferraum. Auch der letzte Karton mit Deko – alles andere hast du ja schon zu Jason geschafft. Eilidhs Geschenk nehmt ihr mit, richtig?«

Maighread fädelte einen Faden ein, dann sah sie Amely an. »Ja, genau. Wir fahren mittags. Eilidh hat eine Suppe gekocht, die nehmen wir mit und essen sie bei Jason zum Lunch. Später gibt es Tee und Kuchen, und danach wollte Jason ein Winterbarbecue machen. Aber Eilidh hat umgeplant und macht ein komplettes Weihnachtsdinner. Elisabeth und Gwendolyn haben ihr bei der Vorbereitung geholfen. Sie scheint Angst zu haben, dass im Pub jemand verhungern könnte.«

»Wie schaffst du es eigentlich, mit ihr im gleichen Haus zu leben und trotzdem deine Figur zu halten?«, fragte Amely. »Ich sehe Eilidh nur alle paar Tage und muss trotzdem höllisch aufpassen. Wenn es nach ihr ginge, hätte ich mich längst verdoppelt.«

Maighread nickte. »Ja, Eilidh liebt es, andere zu bekochen. Ich habe mir angewöhnt, meinen Teller immer mit Gemüse oder Salat so voll zu laden, dass sie gar nicht merkt, dass ich von den schweren Sachen etwas weniger nehme«, offenbarte Maighread Amely ihre Strategie.

»Raffiniert«, staunte Amely und nickte anerkennend. »Na, auf jeden Fall könnten wir wohl bis voraussichtlich Ostern locker bei Jason überleben, ohne hungern zu müssen«, verkündete sie. »Das ist doch beruhigend.«

»Na ich weiß nicht«, meinte Maighread skeptisch. »Mir würde garantiert die Wolle ausgehen. Stell dir das nur vor! Eine Katastrophe! Und ich fürchte, auch Chloe wäre nicht ganz einverstanden«, gab sie zu bedenken. »Ich gehe davon aus, dass sie das Baby doch lieber in …«

Die Türglocke ertönte. Maighread fuhr erschrocken hoch, und schon stand Chloe im kleinen Strickladen.

»Autsch«, machte Maighread. Sie hatte sich vor Schreck die Nadel in den Daumen gerammt. Möglichst unauffällig reichte sie hinter ihrem Rücken den Babypullover an Amely. Die verstand, griff zu und hustete plötzlich laut los. Maighread sah aus dem Augenwinkel, dass Amely das Geschenk hinter sich unter das Kissen schob. Sie hörte wieder auf zu husten und sagte: »Entschuldigung, habe mich verschluckt.«

»Was macht ihr denn für erschrockene Gesichter?«, fragte Chloe und klopfte sich – genau wie Amely vorher – den Schnee von Jacke und Schuhen. »Habe ich euch bei etwas Verbotenem erwischt?«

»Erwischt?«, fragte Maighread und versuchte, tief zu atmen, um ihren Puls wieder zu beruhigen. »Du hast vielleicht Ideen. Hallo, Chloe«, sagte sie und ging auf sie zu. »Was machst du denn hier? Ich dachte, du wolltest dich ausruhen.«

»Ach, es ist doch fast Mittag, und mein Menschlein und ich sind so ausgeruht, wie man nur sein kann. Mir fällt die Decke auf den Kopf! Scott hat geschrieben und gefragt, ob ich mit euch fahren könnte. Er muss noch einen Hausbesuch machen und wird sich verspäten. Da dachte ich mir, ich fange dich im Strickladen ab, bevor du schließt, und fahre direkt mit nach Callwell Castle. Dann müsst ihr mich später nicht extra einsammeln. Das ist doch okay, oder?«

Maighread schluckte. Nein, das war gar nicht okay und passte ihr überhaupt nicht in den Kram. Aber sie ließ sich nichts anmerken und nickte. »Na klar ist das okay. Wieso auch nicht? Peter und Amely nehmen Gwendolyn und Elisabeth mit. Eilidh und die Hunde fahren mit uns. Das passt.«

»Und es hat endlich aufgehört zu schneien«, jubelte Amely los. »Das wurde ja auch Zeit.«

»Fantastisch!« Maighread war erleichtert. »Was ist, trinkst du noch einen Tee mit uns?«, fragte sie Chloe. »Amely hat ihn gerade frisch gekocht.«

Doch Chloe wehrte ab. »Das lasse ich lieber. Wenn ich jetzt noch einen Tee trinke, müsst ihr auf dem Weg zu Jason alle paar Meter anhalten, weil ich mal muss.«

»Schwanger sein ist nichts für Feiglinge«, kommentierte Amely.

»Das kannst du laut sagen«, stimmte Chloe ihr nachdrücklich zu und seufzte.

Maighread umarmte sie. »Ach komm«, beschwichtigte sie. »Klar, es ist bestimmt nicht einfach, aber dafür hast du ein Wunder in dir. Darf ich?«, fragte sie und zeigte auf Chloes kugelrunden Bauch.

»Na immer doch«, kam die Antwort prompt. »Greif zu.«

»Komm.« Maighread zog Chloe mit sich zum Sofa. »Wir setzen uns.«

Chloe ließ sich auf das Sofa sinken. Maighread schob ihr ein Kissen in den Rücken, und schon lag ihre Hand auf Chloes Bauch. Sie liebte das!

»Hallo, Menschlein«, sagte sie. »Wie ist die Lage? Alles klar bei dir?«

»Wie geht es Elsa und Mimi?«, fragte Chloe an Amely gerichtet und überließ ihren Bauch Maighreads Aufmerksamkeit.

Die beiden Alpakastuten waren die neuesten Mitglieder des Stringerzoos. Amely hatte sie nach einigem Hin und Her vor fünf Wochen übernommen.

»Prächtig!« Amely strahlte. »Sie sind beide ganz wunderbare Tiere mit einem sanften Charakter. Ich hatte anfangs ja Bedenken, aber sie haben sich problemlos integriert.«

Eigentlich hatte Amely mit der Vergrößerung der Herde noch bis zum Frühjahr warten wollen. Aber Elsas und Mimis Besitzer war verstorben und sie hatten ein neues Zuhause gebraucht.

»Huch«, machte Maighread und lachte, als Chloes Bauch sich unter ihrer Hand bewegte. »Da scheint jemand wach zu sein.«

»Und auf meiner Blase Trampolin zu springen«, ächzte Chloe. »Ich muss schon wieder.«

Sie stemmte sich vom Sofa hoch und ging durch den Laden nach hinten.

Genau darauf hatte Maighread gehofft.

»Schnell, pack den Block und den Pullover in deine Tasche«, flüsterte sie Amely zu.

Amely verstand sofort, und schon waren die beiden Sachen in ihrer Tasche verschwunden.

Maighread beobachtete die Tür, während sie flüsternd weitersprach. »Können Peter und du bitte eine halbe Stunde eher losfahren?«, bat sie. »Eigentlich wollten Joshua und ich das übernehmen und dafür sorgen, dass alles fertig dekoriert ist, wenn Chloe und Scott ankommen. Das geht jetzt nicht. Jason hat zwar versprochen, alles vorzubereiten, aber mir wäre wohler, wenn du einen Blick darauf wirfst. Es soll perfekt sein, du weißt schon.«

»Kein Problem, wir übernehmen das«, sagte Amely sofort zu. Sie sah auf ihre Uhr. »So lange ist das gar nicht mehr. Weißt du was? Ich werde gleich losgehen und Peter im Geschäft abholen. Deine Sachen nehme ich mit und gebe sie dir dann im Pub. Okay?«

Kurz überflog Maighread in Gedanken die Liste, dann nickte sie. Sie hatte alles erledigt, und selbst wenn – im Beisein von Chloe konnte sie ohnehin nichts mehr machen.

Die Tür öffnete sich, und Chloe kam zur Sitzecke zurück. »Jetzt weiß ich, was so merkwürdig ist«, sagte sie. »Du strickst gar nicht, Maighread. Bist du krank?«

»W…was?« Maighread sah Chloe erschrocken an. »Doch, natürlich stricke ich …« Sie sah sich um und entdeckte einen angefangenen Socken auf dem Verkaufstresen. »Socken!«, rief sie erleichtert. »Ich stricke Socken. Ich habe das nur eben einer Kundin gezeigt, die wissen wollte, wie das Muster bei der Seven Brothers rauskommt.« Innerlich atmete Maighread erleichtert auf, äußerlich verzog sie keine Miene.

»Socken, Handstulpen, und hast du mir nicht gerade erst erzählt, dass du einen Kurzschal auf der Nadel hast?« Amely sah Chloe an und schüttelte den Kopf. »Maighread und nicht stricken, du hast vielleicht Ideen.«

»Stimmt auch wieder«, meinte Chloe, und sie lachten beide.

»Ihr nun wieder. Selbstverständlich stricke ich nicht immer«, behauptete Maighread.

»Ach?«, kam es zweistimmig von Chloe und Amely.

»Na, manchmal kuschle ich Wolle, und hin und wieder greife ich zur Häkelnadel. Also bitte. Noch Fragen?« Maighread verschränkte die Arme vor der Brust und grinste die beiden Freundinnen an.

»Keine Fragen«, bestätigte Amely. »Aber auch nicht mehr so viel Zeit. Ich finde es übrigens großartig, dass du das heute für Jason organisiert hast«, sagte sie. »Es ist gut, Menschen wie dich zu haben, wenn man durch so eine schwarze Lebensphase gehen muss.«

Für einen kurzen Moment zog ein Schleier über Amelys Gesicht. Maighread wusste, dass sie sich an ihre eigene Trauer erinnerte und daran, wie schlimm das alles gewesen war. Und das, was Jason durchmachen musste, war vermutlich noch härter. Maighread konnte es sich nicht vorstellen, es schnürte ihr den Hals zu, wenn sie es versuchte.

»Er tut mir einfach so entsetzlich leid«, sagte sie, und bei dem Gedanken an das, was Jason ertragen musste, kamen ihr die Tränen. Schnell atmete sie tief in den Bauch hinein und stieß die Luft durch den Mund wieder aus. Sie wollte sich nicht von ihren Gefühlen mitreißen lassen, damit wäre niemandem geholfen. »Wir machen heute eine richtig schöne Feier, damit er spürt, dass wir für ihn da sind.«

»Das machen wir. Und ich bin sicher, dass es ihm guttun wird. Ich geh jetzt mal los und hole Peter ab. Wir treffen uns dann bei Jason. Um zwei?«

Amely beugte sich zu Chloe, die wieder auf dem Sofa Platz genommen hatte, und umarmte sie.

Dann wandte sie sich Maighread zu und umarmte sie ebenfalls.

»Ja, zwei Uhr passt«, bestätigte Maighread. »Fahrt vorsichtig.«

»Machen wir.« Amely schlüpfte in ihren Mantel, zog sich die Mütze auf den Kopf und war auch schon auf dem Weg nach draußen. »Schaut nur, die Sonne kommt raus«, jubelte sie und winkte noch kurz, bevor sie die Straße hinunter verschwand.

»Sag mal, ist was?«, wollte Chloe wissen. »Du wirkst nervös heute.«

»Das liegt nur an heute Nachmittag. Und am Wetter. Ich habe mir schon ausgemalt, dass alle Pläne am Schnee scheitern und wir gar nicht erst bis zu Jason in das Pub kommen.«

»Das wäre schade gewesen«, stimmte Chloe ihr zu. »So viele Gelegenheiten, ein bisschen zu feiern, werde ich nicht mehr haben, bevor unser Menschlein auf der Welt ist.«

»Das stimmt. Wahnsinn! Ein paar Wochen noch, und wir können das Baby endlich begrüßen. Oh, ich bin so aufgeregt!«, kiekste Maighread.

»Dann stell dir mal vor, du müsstest es zur Welt bringen«, konterte Chloe trocken. »Dagegen ist deine Aufregung ein laues Lüftchen.«

»Du wirst das großartig hinbekommen, Chloe. Da bin ich sicher. Und Scott sagt es auch.«

»Dann sollte ich das mit der Geburt vielleicht ihm überlassen.«

»Wie ich Scott kenne, würde er das sofort übernehmen, wenn es irgendwie möglich wäre«, sagte Maighread und ignorierte Chloes leicht trotzigen Unterton. Sie wusste, dass die Freundin, seit sie hochschwanger war, ein ziemlich dünnes

Nervenkostüm hatte. Und sie konnte es ihr auch nicht verdenken. So ein Menschenkind auf die Welt zu bringen, war das größte Abenteuer, das Maighread sich vorstellen konnte.

Um Chloe auf andere Gedanken zu bringen, lenkte Maighread das Gespräch wieder in sichere Gefilde. Und etwas Sichereres und Beruhigenderes als Wolle gab es für sie nicht.

»Ich muss dir unbedingt die neue Wolle von KingCole zeigen«, sagte sie deshalb. »Ich bin ganz verliebt.«

Schon lief sie zum Regal und zog verschiedene Knäuel der *Linendale* hervor. »Baumwolle, Viskose und Leinen«, sagte sie und legte Chloe die Wolle in den Schoß. »Fass mal an, wie weich die ist. Und sogar für die Maschinenwäsche geeignet. Was meinst du? Eine Sommerbabydecke? Oder ein Shirt für dich? Wenn du möchtest, such dir die Farbe aus. Und ich packe derweil ein paar Sachen für heute Nachmittag zusammen. Ein bisschen Ersatzwolle kann nicht schaden. Ich weiß auch noch nicht, was ich Lust habe zu stricken. Den Kurzschal nehme ich auf jeden Fall mit. Das sind nur noch ein paar Reihen. Und die angefangenen Socken auch. Vielleicht noch Wolle für ein Tuch. Hm, ich muss mal eben am Regal entlanggehen und schauen, welche Wolle mit mir spricht. Bin gleich so weit, dann können wir los.«

»Du hast so einen Knall, Maighread«, sagte Chloe. »Oh, falls dir tatsächlich mal nichts einfällt – ich habe meinen Teekannenwärmer versehentlich in die Waschmaschine gestopft. Das Tea Cozy kann ich jetzt für die Puppenküche aufbewahren, so sehr ist es eingegangen.«

»Ein Tea Cozy«, wiederholte Maighread und stöberte weiter in ihren Wollregalen.

Kapitel 4

Vivian

Genau wie Vivian es prophezeit hatte, waren Maighreads Sorgen vollkommen unnötig gewesen. Die Wiesen und Wälder der Highlands lagen unter einer geschlossenen Schneedecke, doch die Straße war geräumt, und rundherum taute es bereits. Äste knarzten und ächzten unter der Last des immer schwerer werdenden Schnees. In der sich auflösenden Winterwunderlandschaft platschte, rauschte und tropfte es. Rechts und links am Straßenrand hatten sich Rinnsale gebildet, die langsam zu kleinen Bächen anschwollen. Das Tauwasser floss den Hang hinunter Richtung See. Immer wieder rutschten ganze Ladungen nassen Schnees von den Ästen der Büsche und Bäume, die die Straße säumten, und krachten auf Vivians Windschutzscheibe.

Die Fahrt war keine besondere Herausforderung für Vivian, die ihren Volvo mit sicherer Hand die kurvige Straße hinauflenkte. Sie hatte ihr Ziel schon bald erreicht. Obwohl sie sich Zeit gelassen hatte, war sie viel zu früh dran.

Der Motor ihres Wagens war schon ein wenig in die Jahre gekommen, und Vivian wollte ihn nicht überfordern. Außerdem gab es viel zu sehen. Die Landschaft und der Himmel waren spektakulär, Sonne und Wolken schienen eine Art *Fang mich* zu spielen. Vivian beobachtete den Wechsel des Lichts voller Begeisterung. Wenn die Sonne zwischen den Wolken hindurchblitzte, funkelte und glitzerte der Schnee, als wäre die Welt ein kunstvoll geschliffener Diamant.

Es war einer dieser Momente, in denen sie bis tief in die Seele spüren konnte, weshalb sie Schottland so liebte. Es war das Land der Freigeister. Die Menschen waren ebenso lieblich und gleichzeitig rau wie die Natur. Unwillkürlich kam ihr der Loch-Lomond-Song in den Sinn, und die junge Musikerin stimmte die erste Strophe lauthals an.

»You'll take the high road and I'll take the low road, and I'll be in Scotland afore you.«

Rechts unten, tief im Tal, lag der Loch Lomond. Sogar von hier oben war erkennbar, wie sich die Wolken im See spiegelten und eine perfekte Illusion schufen. Himmel und Erde vermischten sich zu einem ineinanderfließenden Gesamtbild. Vivian hatte den Song zu Ende gesungen und begann gleich noch mal von vorn.

Seit Joshua ihr kurz nach dem Yarn Festival bei einem typisch schottischen Ceilidh, einem Beisammensein, bei dem gesungen, musiziert und traditionelle Tänze getanzt wurden, von seiner ersten Begegnung mit Maighread erzählt hatte, und dass sie gedacht hatte, er sei der weltberühmte Sänger Ed Sheeran, ging ihr der Song nicht mehr aus dem Kopf. Ed Sheeran als schottischer Schäfer war aber auch eine zu lustige Vorstellung. Kein Wunder, dass es sich Vivian ins Gedächtnis gebrannt hatte. Besonders, da sie zusätzlich Bilder im Kopf hatte, wie Ed Sheeran als Vampir mit wehendem Umhang und Grinsen im Gesicht über die Herde flog. Genau wie in dem Video zu seinem Song *Bad Habits*. Das war natürlich alles nur Vivians überschäumende Fantasie, aber für sie machte es die Geschichte noch witziger.

Andererseits konnte sie absolut verstehen, wie Maighread auf die Idee hatte kommen können, den weltberühmten Musiker zu sehen. Eine gewisse Ähnlichkeit bestand zwischen den beiden Männern tatsächlich. Wenn man dann noch den Stress der Situation und Maighreads emotionale Verfassung dazunahm, wurde das Ganze nachvollziehbar.

Auch wenn Vivian keine Details kannte, das, was Maighread erzählt hatte, genügte ihr, um sich ein Bild zu machen. Mit einer Autopanne im schlimmsten Sturm und auf dem Weg ins Ungewisse – es musste der Armen damals ziemlich elend gegangen sein. Da war es nicht weiter verwunderlich, wenn dann am Ende plötzlich ein trällernder Ed auf der Wiese stand.

Genau genommen war es sogar ein ganz besonderes Glück gewesen, dass Maighread ihren Mini an diesem bedeutungsvollen Tag genau an dieser Stelle abgestellt hatte, weil der Reifen platt war. Es war der Beginn einer zauberhaften Geschichte und Maighreads Rettung.

Vivian wusste, wie es sich anfühlte, wenn einem das Leben unter den Füßen wegbrach. Wo man gerade noch glaubte, auf sicherem Boden zu stehen, tat sich in solchen Momenten unvermittelt ein schwarzes Loch auf und drohte einen zu verschlingen. Und nicht immer gab es diese eine rettende Hand, die einen vor dem Schlimmsten bewahrte.

»'Twas there that we parted in yon shady glen …«

Vivian hatte sich ganz in ihren Gedanken und Emotionen verloren. Ihr Unterbewusstsein ließ Bilder auftauchen, die sie sicher verschlossen geglaubt hatte. Sie löste eine Hand vom Lenkrad und wischte sich mit dem Handgelenk über die Wange, wo etwas kitzelte. Erstaunt merkte sie, dass ihre Hand nass war. Sie weinte.

Was sollte das denn? Vivian unterbrach das Singen und sagte laut zu sich selbst: »Sei nicht albern, du dummes Ding!«

Der Verlauf ihrer Gedanken passte ihr überhaupt nicht. Energisch schob sie die Erinnerung wieder zurück in das Kämmerchen ganz hinten in ihrem Herzen und versuchte damit, auch die Gefühle, die geweckt worden waren, wieder loszuwerden. *No use crying over spilled milk*, die Redewendung, die sie in London in einem Pub das erste Mal gehört hatte, kam ihr in den Sinn. Und genau so hielt sie es. Sie weinte nicht über verschüttete Milch. Sie machte es lieber wie ein Kätzchen und schleckte die Milch auf. In Selbstmitleid zu baden, hatte schließlich noch nie irgendwem genutzt. Es kostete nur Kraft und nahm einem die Lebensfreude.

Vivian sang weiter und dachte wieder an den Ceilidh, bei dem sie sich auch jenseits ihres Auftrittes unerwartet wohlgefühlt hatte. Normalerweise liebte sie es, ihre Musik zu spielen, gab sich aber große Mühe, dabei nicht zu viel Nähe zu den Gästen und anderen Acts entstehen zu lassen. In Callwell war das von Anfang an anders gewesen. Vielleicht lag es an Maighread. Vivian wusste es nicht, aber in Callwell, und seit sie Maighread kannte, staunte sie oft über sich selbst, wie nahbar sie sein konnte.

Bei jenem gemütlichen Zusammensein war ihr das zum ersten Mal aufgefallen. Vivian war beeindruckt gewesen von Joshuas Version eines Ed-Sheeran-Songs, die er auf der Bühne zum Besten gegeben hatte. Joshua hatte eine samtweiche und volle Stimme. Als er und Maighread schließlich zum Duett ansetzten, legten die Töne sich wie ein Zauber über den Saal. Die beiden zogen die Zuhörer in ihren Bann – auch Vivian. Sie hatten sie auf eine Art berührt, die sie so nicht kannte.

Vivian war schon bei vielen Ceilidhs gewesen, doch in Callwell schienen die Menschen sich noch eine Spur näher und vertrauter zu sein als an anderen Orten. Sie hatte es genossen, für einen Abend Teil dieser Gemeinschaft sein zu dürfen. Allerdings war es auch schön gewesen, am nächsten Tag weiterziehen zu können. Vivian war nicht so sehr der sesshafte Typ. Zu viel Bürgerlichkeit machte sie unruhig.

Aber die lockere Freundschaft mit Maighread und Joshua gefiel ihr. Dafür, dass die beiden ziemlich spießig in ihrem Castle lebten, waren sie ganz schön cool. Vivian war froh, Maighread kennengelernt zu haben und durch sie in die Gegend gekommen zu sein. Allerdings konnte sie sich überhaupt nicht vorstellen, so brav wie Maighread für immer hier zu leben. Vivian brauchte ihre Freiheit. Brav und gesittet sein und an einem Ort bleiben konnte sie noch, wenn sie alt war. Und selbst dann würde ihr sicher die eine oder andere Idee kommen, wie sie das Leben ein bisschen aufpeppen könnte. Bis dahin blieben ihr allerdings noch einige Jahre voller Abenteuer.

»Biegen Sie in zweihundert Metern rechts ab, dann halten Sie sich links«, meldete sich die Stimme ihres Navigationsgerätes. Im nächsten Moment verschwand der angezeigte Weg vom Bildschirm. Der Pfeil, der ihren Standort anzeigte, schien sich im Nirgendwo über einer undefinierten Fläche zu bewegen.

»Die rechte Abzweigung«, hörte Vivian noch Maighreads Stimme in sich nachhallen, da hatte sie auch schon nach links gelenkt.

Was verboten war, machte doch grundsätzlich mehr Spaß. Und diese Aussichtsplattform hatte durchaus sehenswert geklungen, und außerdem war sie wirklich viel zu früh dran.

Dass sie ihre Mütze aus der *Hygge* fertig haben wollte, wenn die anderen ankamen, war ein Scherz gewesen. Sie hatte keine Lust, ein paar Stunden bei diesem Einsiedler im Pub zu sitzen und Konversation zu betreiben. Sie fragte sich sowieso, weshalb Maighread die Babyparty ausgerechnet an den Arsch der Welt hatte verlegen müssen. Irgendwie wollte sie diesem Jason wohl etwas Gutes tun – aber so richtig war sie nicht mit der Sprache herausgerückt. Na ja, es ging Vivian letztlich auch gar nichts an. Sie war für diesen Gig gebucht und konnte das Geld für den Auftritt auch gut gebrauchen.

Vivian stellte sich Maighreads Gesicht vor, wenn sie erfahren würde, dass ihr Hauptakt der heutigen Party auf Abwegen wandelte und die verbotene Abzweigung genommen hatte. Aber sie musste ja nicht bis nach oben fahren. Vivian mochte vielleicht verrückt sein, lebensmüde war sie aber sicher nicht. Sie lachte leise. Ein paar Meter fuhr sie den Weg noch weiter, dann stellte sie den Wagen in einer schmalen Bucht ab und stieg aus.

Sie schnappte sich ihre Geige und marschierte los. Mit leichten Schritten nahm Vivian den steil ansteigenden Weg, der schon bald – genau wie Maighread es gesagt hatte – immer schmaler wurde. Hier mit dem Auto hochzufahren, wäre tatsächlich ziemlich bescheuert gewesen. Vivian schüttelte den Kopf über die Leute, die das Navigationsgerät ein- und gleichzeitig ihren gesunden Menschenverstand ausschalteten. Und es musste einige davon geben. Anders ließen sich die Meldungen von fehlgeleiteten und in den See gestürzten Autos nicht erklären. Nur weil die Stimme aus dem Off ihnen gesagt hatte, sie sollten noch hundert Meter geradeaus fahren. Wäre es nicht traurige Realität – Vivian würde es für Satire halten.

Als sie zügig bergauf marschierte, ging Vivians Atem schneller. Sie schnaufte und keuchte, und ihr wurde ordentlich warm. Das war das Ergebnis ihrer Nachlässigkeit. Vivian merkte, dass sie lange nicht mehr trainiert hatte. Aber auch wenn es anstrengend war, die Bewegung tat ihr gut.

Nach zehn Minuten erreichte sie die Aussichtsplattform. Vivian stellte ihren Geigenkoffer auf einen Findling. Sie streckte sich und machte ein paar Dehnübungen, während sie den Ausblick genoss. Ein Stück links fiel ein Wasserfall in mehreren Kaskaden Richtung See. Eiszapfen schmückten den Weg des Wassers. Wäre es Sommer, würde sie hinüberklettern und ein wenig planschen. Das würde sicher Spaß machen.

Vivian gratulierte sich zu der guten Idee, hier heraufzukommen. Ansonsten hätte sie echt etwas verpasst.

Was für ein Panorama! Der See, der träge in der Tiefe lag und hier und da ein Funkeln sehen ließ, wenn die Sonne sich einen Weg durch die Wolken bahnte und auf eine der kleinen Wellen traf.

Winterschlaf am Loch Lomond – das wäre der passende Titel, wenn sie die Aussicht in einem Bild festhalten würde. Vivian ging die letzten Schritte zu der brusthohen Mauer am Rande des Aussichtsplatzes. Sie lehnte sich etwas nach vorn und sah hinter der Mauer die Felsen steil, teilweise fast senkrecht nach unten abfallen. Unbewusst strich sie prüfend über die Mauerkante. Die Steine waren ein bisschen feucht und zum Teil mit Moos bewachsen, aber frei von Schnee und Eis.

Im nächsten Moment hatte Vivian sich hinaufgeschwungen. Sie breitete die Arme aus und störte sich nicht an dem Steilhang, der direkt unterhalb der Mauer begann. Sicheren Schrittes balancierte sie auf den Steinen entlang. Sie lächelte nach links und nach rechts zu einem imaginären Publikum.

In Vivians Kopf dröhnte die Musik, die sie so lange nicht mehr gehört hatte und die ihr doch so sehr vertraut war. Tam ta tatatata tam ta taa ta. Sie spürte die Energie des Publikums, das den Atem anhielt. Es gab nur noch sie und das Seil. Nur die Geige fehlte, die hatte sie auf dem Findling vergessen. Dafür zeigte sie ihre Balancekunst. Sie ging in die Hocke, machte kleine Sprünge und sogar einen Spagat, der ihre Lederhose an den Rand der Dehnungsfähigkeit brachte. Vivian störte es nicht. Sie lächelte und verbeugte sich, um gleich zur nächsten Übung überzugehen. Handstand! Auch wenn sie es so lange nicht geübt hatte, ihr Körper hatte nichts verlernt, und ihr Unterbewusstsein hatte den Ablauf der Choreografie noch immer gespeichert.

Applaus brandete auf. Es klang wie ein aufheulender Motor. Lauter und immer lauter klatschten die Menschen. Vivian lächelte. Rufe ertönten. »Bravo!«, hörte sie. »Bravissimo!«

Das Nächste, was Vivian wahrnahm, waren ihre unsanfte Landung im nassen Schnee und ein Mann, der sich über sie beugte und sie anbrüllte.

»Sind Sie noch ganz bei Trost?«, brüllte er. »Es gibt doch wahrlich genug Tod und Elend auf dieser Welt. Da braucht es nicht noch mehr. Schon gar nicht solche Wahnsinnigen, die sich durch die eigene Dummheit in den Abgrund stürzen. Was fällt Ihnen denn ein? Haben Sie den Verstand verloren?«

Vivian blinzelte durch den Schleier ihres imaginären Auftritts, der noch immer über ihr lag, zu dem Fremden hoch. Braune kurze Haare, Augen, die im Zorn fast schwarz wirkten, markante Gesichtszüge und Dreitagebart. Eigentlich ganz hübsch, dachte sie. Der könnte mir gefallen. Wenn er nur nicht so schreien würde.

Die Zirkusmusik war verschwunden. Vivian hatte sich aus der Erinnerung befreit. Entschlossen kam sie auf die Beine und übersah dabei geflissentlich die ausgestreckte Hand ihres tobenden Gegenübers. So weit kam es noch, dass sie sich von so einem Idioten auf die Beine helfen ließ. Was fiel dem denn überhaupt ein?

»Was fällt dir eigentlich ein?«, fauchte sie ihr Gegenüber genau mit dieser Frage jetzt an. Sie stemmte ihre Hände in die Hüften und kniff zornig die Augen zusammen. »Wie kommst du dazu, mich einfach von der Mauer zu reißen? Ich hätte mir ernsthaft wehtun können.«

»Sie – du hättest bitte was?« Jetzt lachte der Mann laut auf. »Du bist doch wirklich nicht ganz bei Trost. Was glaubst du denn, was du dir getan hättest, wenn du in die andere Richtung gefallen wärst? Dachtest du vielleicht, du kannst fliegen? Hast du gekifft oder was anderes eingeworfen?« Er musterte sie streng.

»Du hast doch einen Knall!«, schnarrte Vivian zurück. »Bekifft auf so eine Mauer zu steigen, wäre glatter Selbstmord. Ich bin doch nicht bescheuert.«

»Dann willst du mir sagen, dass es nüchtern vollkommen normal ist, was du getan hast? Ehrlich, ich fass es nicht. Ist dir nicht klar, in welcher Gefahr du warst?« Er machte eine kurze Pause, musterte Vivian eingehend und schüttelte dann den Kopf. »Offenbar ist es dir echt nicht klar. Aber kein Problem. Du musst dich nicht bedanken. Schon in Ordnung. Gern geschehen. Und such dir das nächste Mal einen anderen Deppen, der dir aus der Patsche hilft.«

Damit drehte sich der Mann von ihr weg und stapfte zu seinem Gelände-Trike. Als er startete, dämmerte Vivian, dass sie keinen aufbrandenden Applaus und Jubelrufe gehört hatte, sondern den Motor dieses Fahrzeugs und die Schreie dieses unverschämten Kerls.

»Hau bloß ab!«, schrie sie hinter ihm her und klopfte Schneematsch von ihrem Wollmantel. »Und sei froh, dass ich dir nicht die Reinigung in Rechnung stelle.«

»Beklopptes Weib!«, kam es prompt zurück. Der Kerl machte eine wegwerfende Handbewegung und brauste davon.

Eine Weile stand Vivian nur da und starrte die Straße hinunter, wo ihr selbsternannter Retter längst aus ihrem Blickfeld verschwunden war. Sie war immer noch fassungslos. Egal was er sich dabei gedacht hatte, sie empfand seine Aktion als vollkommen übergriffig. Schließlich hatte sie sicher gestanden und war nicht einmal annähernd in der Gefahr gewesen, in welche Richtung auch immer zu fallen. Zumindest nicht, bis er eingegriffen hatte.

Mit schmerzverzerrtem Gesicht rieb Vivian sich den Hintern. Das würde vermutlich einen ordentlichen blauen Fleck geben. Nur gut, dass ihre Lederhose die Aktion heil überstanden hatte.

Vivian ging zu dem Findling, auf dem noch immer ihr Geigenkoffer lag. Eigentlich hatte sie ein bisschen mit Blick auf den See spielen wollen. Doch nach dem Zwischenfall war ihr die Lust vergangen. Sie beschloss, nun doch schon ins Pub zu fahren. Sie würde Jason eben klarmachen, dass sie keine Lust auf Small Talk hatte, das würde er sicher akzeptieren. Vivian war geübt darin, sich Menschen vom Hals zu halten.

Das kurze Stück bis zur Abzweigung ließ sie den Wagen rückwärts rollen und erreichte ohne Probleme bald die Stelle, an der sie nun Maighreads Anweisung folgte und rechts abbog. Schon zehn Minuten später erreichte sie das Pub. Jetzt freute sie sich richtig auf einen heißen Tee. Hoffentlich hatte Jason auch ein Stew oder eine Suppe im Angebot. Sie blinkte, fuhr auf den Parkplatz und merkte schon beim Einlenken, dass sie auf eine Eisfläche geraten war.

»Shit!« Vivian nahm die Füße hoch und versuchte mit Gefühl, das Lenkrad zu halten, ohne die Situation zu verschlimmern. Doch das alles ging viel zu schnell. Schon knallte es, als ihr rechter Kotflügel die kleine Mauer traf. Der Motor starb, und Vivian brauchte ein paar Sekunden, um sich von dem Schreck zu erholen.

Zitternd öffnete sie die Tür und stieg aus, um den Schaden zu begutachten. Der Kotflügel war hinüber und der rechte Vorderreifen ebenso.

Glück im Unglück, dass es erst passiert ist, als ich am Ziel war, dachte Vivian und gab dem ohnehin kaputten Reifen einen ordentlichen Tritt. »Mistding, verflixtes«, fluchte sie.

»Scheint nicht dein Glückstag zu sein«, ertönte es hinter ihr.

Sie fuhr herum.

»Du?«

»Vielleicht darf ich dir ja dieses Mal helfen, ohne dass du mir an den Kragen willst«, antwortete der Mann. Als sie ihn nur böse anfunkelte, hob er beschwichtigend die Hände und sagte: »Aber hey. Ich dränge mich nicht auf. Deine Entscheidung.« Er drehte sich um und stapfte Richtung Pub davon. »Falls du mich suchst – ich bin da drin. Ich habe nämlich noch andere Aufgaben, als sture langhaarige Schönheiten aus gefährlichen Situationen zu retten.«

Kapitel 5

Chloe

Maighread brauchte ewig, um zu entscheiden, welche Wolle und Nadeln sie mitnehmen wollte.

»Wenn du noch mehr einpackst, kannst du auf eine einsame Insel reisen und mindestens ein halbes Jahr stricken, ohne dass dir das Material ausgeht«, kommentierte Chloe, die langsam unruhig wurde und loswollte.

»Und häkeln«, konterte Maighread unbeeindruckt. »Ich habe auch Häkelnadeln eingepackt.«

Das durfte doch nicht wahr sein. Chloe rollte mit den Augen, was Maighread natürlich nicht sehen konnte – ihre Aufmerksamkeit galt den Schätzen in ihren Regalen.

Im Kräuterladen, der direkt neben dem *Wolle & Zeit* lag, hatte Chloes Großmutter Gwendolyn schon längst Feierabend gemacht und das Wochenende eingeläutet. Amely, Peter und Maighreads Granny Elisabeth hatten Gwendolyn vor einer halben Stunde abgeholt. Die waren inzwischen vermutlich schon bei Jason angekommen, während hier im kleinen Strickladen immer noch gepackt wurde.

Chloe wunderte sich, dass Maighread sich so viel Zeit ließ. Es schien ihr nichts auszumachen, dass sie so spät dran waren. Das passte eigentlich gar nicht zu ihr. Immerhin hatte sie die Party für Jason organisiert und müsste doch sichergehen wollen, dass alles wie geplant klappte. Das musste ein echt heftiger Anfall von Woll-Lust sein, wenn nicht einmal ihr Pflichtbewusstsein dagegen ankam.

»Ich habe es gleich«, kam es endlich dumpf von ganz hinten, tief aus dem Regal mit der *Exquisite* von den West Yorkshire Spinners. Das war eine von Chloes Lieblingswollen, eine Mischung aus Maulbeerseide und Falklandwolle. Damit hatte sie ihre erste Stola gestrickt, die *Timeless Elegance*, die sie bis heute liebte. Unfassbar, dass Maighread es wirklich geschafft hatte, sie zum Stricken zu bringen. Dabei war Chloe sicher gewesen, dass eher ein Kamel Stepptanz lernen würde. So konnte frau sich irren – selbst eine studierte Psychologin war nicht unfehlbar. Besonders wenn es um sie selbst ging.

Maighreads Handy piepste.

»Kannst du bitte mal schauen, ob es was Wichtiges ist?«, bat sie, da sie noch immer in dem Regal steckte und das Handy auf dem Tisch lag.

Chloe nahm das Smartphone und tippte auf das Display. Es war eine Nachricht von Joshua.

»Joshua möchte wissen, wo wir bleiben. Und ob du das heiße Spitzenhöschen trägst«, verkündete sie gleich darauf und bemühte sich, nicht loszulachen.

Es rumste. Fast gleichzeitig tönte ein »Autsch« zwischen der Wolle hervor. Maighread hatte sich den Kopf am Regalbrett gestoßen.

»Das hat er nicht geschrieben«, sagte sie und warf Chloe einen fassungslosen Blick zu.

Mit großen Schritten kam sie zum Sofa herüber und nahm Chloe das Handy aus der Hand.

»Du freche Nuss«, schimpfte sie gleich darauf. »Das steht da gar nicht! Hast du ein Glück, dass du so schwanger bist, sonst würde ich dich zur Strafe jetzt ordentlich durchkitzeln. Mich so anzuschwindeln.«

Jetzt prustete Chloe los.

»Aber einen Moment hast du es geglaubt«, feixte sie. »Und es hat funktioniert.« Chloe war sehr zufrieden mit sich. »Ich habe es geschafft, dich von der Wolle wegzulocken. Mehr wollte ich gar nicht. Also los jetzt. Nimm deine Taschen, und komm endlich. Dein Heißehöschenfan wartet.«

»Als ob.« Maighread steckte ihr Handy in die Hosentasche. »Wenn du es genau wissen willst, ich habe gar keine heißen Höschen. Viel zu unbequem.«

»Wem sagst du das?«, stimmte Chloe Maighread zu. »Stell dir mich mal in so einem Teil vor.« Sie sah auf ihren gewaltigen Bauch, der in einer dehnbaren Umstandsjeans steckte, und schüttelte den Kopf. »Nein, tu es lieber nicht.«

Es brauchte zwei Anläufe, bis Chloe vom Sofa hochkam. Maighread stand bereits an der Tür und hielt sie ihr auf.

»Was ist, kommst du jetzt endlich?«, drängelte sie. »Immer muss ich auf dich warten.« Gerade so, als wäre Chloe diejenige gewesen, die sich vertrödelt hatte. Chloe ließ ihr den Spaß.

»Nur die Ruhe. Mit Baby an Bord ist man eben keine flinke Laufmasche mehr«, sagte sie, womit sie Maighread zum Lachen brachte.

Gut gelaunt verließen die Freundinnen den kleinen Strickladen. Chloe wartete, während Maighread das Schild im Schaufenster auf »Geschlossen« drehte und die Tür verriegelte. Dann gingen sie zu Maighreads Wagen, den sie nur ein paar Meter vom Eingang entfernt geparkt hatte. Immerhin waren sie jetzt endlich so gut wie abfahrtbereit. Chloe staunte noch immer. Maighread schien die Ruhe wegzuhaben.

Als sie die Beifahrertür des Mini öffnete, wurde Chloe klar, dass es vor der Abfahrt noch eine unerwartete Hürde zu meistern galt. Die Frage war nur, wie.

»Da komme ich nie rein«, stellte sie beim Blick in den Innenraum des Wagens fest. In ihrer Erinnerung war der Sitzbereich deutlich größer gewesen. Es war aber auch eine Weile und etliche Kilo her, dass sie das letzte Mal mitgefahren war.

Maighread hatte ihre prall mit Wolle und Stricksachen gefüllten Taschen in den Kofferraum gestellt und kam um den Wagen herum.

»Sei nicht albern«, sagte sie nach einem kurzen abschätzenden Blick. »Natürlich kommst du da rein. Locker! Warte, ich mache Platz. Minnie ist größer, als sie aussieht.«

Minnie war der Name, den sie ihrem zitronengelben Mini Cooper gegeben hatte. Der Vorgänger war himmelblau gewesen und hatte Bob geheißen, nach ihrem Großvater.

Kurzerhand stieg Maighread auf der Beifahrerseite ein – so problemlos und elegant, dass Chloe sich gleich noch viel unbeholfener vorkam –, schob den Sitz bis zum Anschlag nach hinten und stellte die Rückenlehne so flach, dass es fast ein Liegesitz war.

»Bitte schön. Jetzt sollte es klappen«, sagte Maighread. Ohne auch nur das kleinste Zeichen eines Problems schwang sie sich vom Sitz hoch und aus dem Wagen. Mit einer Handbewegung deutete sie Chloe an, dass sie nun einsteigen konnte.

Die hatte noch immer ihre Zweifel, folgte der Aufforderung aber. Wie sie es erwartet hatte, war es, trotz aller Vorkehrungen, mächtig eng. Chloe wusste gar nicht wohin mit sich. Mit ihren Beinen, den Armen und vor allem dem Bauch. Sie kam sich vor wie eins von Maighreads Wollknäueln, das zusammengequetscht wurde, damit es noch in den ohnehin schon überfüllten Korb passte. Nur dass so ein Wollknäuel mit Enge deutlich besser zurechtkam als eine Schwangere mit Babybauch. Sie war erleichtert, als sie es endlich mit einiger Anstrengung geschafft hatte, sich neben Maighread auf den Beifahrersitz zu quetschen.

Drin war sie nun. Ob sie jemals wieder rauskommen würde? Das stand auf einem anderen Blatt.

Während Maighread den Motor startete, versuchte Chloe, eine bequeme Sitzhaltung zu finden. Ihr Rücken schmerzte.

»Vorsicht! Wertvolle Fracht«, sagte sie vorsorglich, als Maighread gewohnt zügig losfuhr. Die nahm sofort den Fuß vom Gas und zeigte eine schuldbewusste Miene.

»Ich werde fahren, als hätte ich mitten im Lacemuster gerade eine Masche verloren und jede Bewegung würde sie nach unten weglaufen lassen«, versprach sie.

Obwohl ihr gar nicht danach zumute war, musste Chloe lachen. Maighread dachte nur ans Stricken. Sie war unverbesserlich. Unverbesserlich und unglaublich liebenswert in ihrer Verrücktheit.

Chloe wusste, wie sehr ihre Freundin es liebte, zackig mit ihrer Minnie durch die Gegend zu brausen. Aber zu ihrer Erleichterung passte Maighread die Fahrweise wie versprochen der empfindlichen Fracht an.

Es klappte ziemlich gut. Eine Zeitlang jedenfalls. Sie hatten Callwell bereits verlassen, als Maighread für einen Moment ihr Versprechen vergaß. Sie lenkte die Minnie etwas zu forsch in die nächste Kurve. Es drückte Chloe so zur Seite, dass sie sich mit einer Hand am Haltegriff und mit der anderen am Sitz festklammerte.

Maighread bemerkte ihren Fehler sofort.

»Sorry«, kam es zerknirscht vom Fahrersitz. »Ich passe jetzt besser auf, versprochen. Alles klar bei dir?«

»Geht schon«, gab Chloe zurück und biss die Zähne zusammen.

Die nächsten Kurven nahm Maighread extrem langsam und vorsichtig, wofür Chloe dankbar war. Diese Fahrt in dem engen Auto brachte sie trotz Maighreads Rücksichtnahme an ihre Grenzen. Und das war nur die Strecke von Callwell nach Callwell Castle. Sie mussten gleich noch die Fahrt zum Pub hinter sich bringen. Wenigstens hatte sie im Jeep mehr Platz und musste sich nicht so hineinquetschen. Aber noch war es nicht so weit. Erstmal musste sie heil auf Callwell Castle ankommen.

Entspannt zu bleiben, wenn man vor lauter Enge fast nicht atmen konnte, war eine echte Herausforderung.

Zusätzlich zum dicken Babybauch schmerzte Chloe je nach Bewegung auch noch heftig der Rücken. Sie hatte sich bei dem verflixten Beckenbodentraining vorhin wohl einen Muskel gezerrt. Von wegen: *Spürst du die Entspannung?* Diese dauerlächelnde und strahlende Fee wurde für sie langsam, aber sicher zum Endgegner.

Noch ein paar Wochen, betete Chloe sich stumm vor, um sich Mut zu machen und ihre getrübte Laune wieder etwas zu verbessern. Es sind nur noch ein paar Wochen. Den Gedanken daran, dass es nach der Geburt mit der Rückbildungsgymnastik weitergehen würde, schob sie ganz weit nach hinten. Damit würde sie sich beschäftigen, wenn es so weit war.

Wenn nur dieser Muskel nicht so beleidigt wäre. Es war klar, Chloe würde sich weiter durch das Training beißen. Aufgeben war keine Option. Aber vielleicht wäre es eine gute

Idee, die Übung mit dem Hohlkreuz beim nächsten Mal wegzulassen, um weiteren Verletzungen vorzubeugen.

Während sie sich Callwell Castle näherten und Chloe ihre Gedanken schweifen ließ, legte sie sich ihre Hände auf den Bauch und streichelte darüber. Sie hätte auch eine Hand an die schmerzende Stelle am Rücken gelegt, wenn sie denn dran gekommen wäre.

Jetzt eine Rückenmassage, ach, das wäre schön! Leider waren die Massagen im Sitzen vornübergebeugt bei Weitem nicht so angenehm und entspannend, wie wenn man flach auf dem Bauch liegen konnte. Überhaupt. Auf dem Bauch liegen! Das war etwas, was Chloe sehr vermisste und worauf sie sich seit Wochen freute. Maighread hatte ihr bereits einen Massagegutschein geschenkt, zusammen mit dem Versprechen, mitzukommen und auf das Menschlein aufzupassen, während Chloe sich von Kopf bis Zeh verwöhnen ließ.

»Geschafft«, sagte Maighread und fuhr im Schneckentempo auf den Parkplatz neben Joshuas Jeep.

Chloe ächzte erleichtert. Diese Teilstrecke hatte sie überlebt.

Sie sah sich um, um Kraft zu sammeln für das Aussteigen. Die Blumenbeete im Rondell und auch der Rosenbogen, der im Sommer mit seiner Pracht und dem Duft der unzähligen Blüten die Besucher von Callwell Castle betörte, wirkten trist unter dem tauenden Schnee. Überall wechselten sich letzte Schneefelder mit Pfützen ab. Die Erde war so gesättigt, dass sie das Wasser kaum noch aufnehmen konnte.

Chloe seufzte, es half alles nichts, sie musste sich jetzt aus dem Mini befreien. Bereits mit einer unguten Vorahnung öffnete sie die Tür, schwang die Beine mit der Eleganz eines grauen Rüsseltiers nach außen und merkte sofort, dass sie, genau wie sie bereits geahnt hatte, das nächste Problem hatte.

War das Hineinkommen in dieses Zwergenauto schon eine Herausforderung gewesen, schien das Aussteigen ein unüberwindbares Hindernis.

»Ach du meine Güte«, entfuhr es Chloe.

Maighread, die bereits ausgestiegen war, erfasste die Situation sofort.

»Warte, ich helfe dir«, sagte sie und stieg wieder ein. Chloe hatte sich zur offenen Tür gedreht und versuchte, sich am Holmen des Autos hochzuziehen. Keine Chance. Ihr Hinterteil steckte auf dem Sitz fest wie ein Korken in der Champagnerflasche, und die Kraft in ihren Armen reichte bei Weitem nicht.

Maighread legte ihre Hände auf Chloes unteren Rücken und versuchte vom Fahrersitz aus zu schieben.

»Aua«, rief Chloe. Sofort löste Maighread ihre Hände.

»Entschuldigung«, sagte sie. »Habe ich dir was getan? Das wollte ich nicht.«

»Alles okay, du kannst nichts dafür. Ich habe nur einen gezerrten Rückenmuskel«, erklärte Chloe. »Das macht das Aussteigen nicht einfacher.«

»Mylady, darf ich zu Diensten sein?«, tönte es da direkt neben Chloe.

Erstaunt hob sie den Blick. Sie hatte Joshua gar nicht kommen hören. Er betrachtete sie mit einer Mischung aus Mitleid und Amüsement, verbeugte sich, als wäre er ein Diener, und reichte ihr galant die Hand.

»Mir scheint, Sie sind mein edler Retter, Mylord«, gab Chloe in dem gleichen vornehm angehauchten Ton zurück und lächelte Joshua dankbar an. Sie ergriff die angebotene Hand, Joshua machte sich bereit.

»Und los«, gab Chloe das Kommando.

Joshua zog, Maighread schob, und Chloe half so gut mit, wie es ihr möglich war. Endlich klappte es.

Ehe sie wusste, wie genau, ploppte Chloes Allerwertester wie der Korken aus der Flasche.

»Ach du meine Güte«, japste sie und stützte sich nach vorn gebeugt mit den Händen auf der Motorhaube ab. War das schön, als der Schmerz nachließ.

»Sei mir nicht böse, Maighread, aber das war vorerst das letzte Mal, dass ich mit dir in der Minnie gefahren bin«, verkündete sie. Sie fühlte sich so erschöpft, dass sie am liebsten die Party absagen und sich von Joshua nach Hause bringen lassen wollte. Maighread würde nicht begeistert sein, das war ihr klar. Trotzdem wagte sie einen vorsichtigen Vorstoß.

»Sagt mal, ich weiß, es soll für Jason ein besonders schönes Event werden. Und er hat das auch sehr verdient. Aber ich bin jetzt schon so müde, dass ich überlege, ob ich nicht besser zu Hause bleibe.«

Maighread sog scharf die Luft ein und sah Chloe mit entsetztem Ausdruck in den Augen an.

»Nicht dein Ernst«, hauchte sie fassungslos.

Sofort hatte Chloe ein fürchterlich schlechtes Gewissen. Maighread hatte ja recht. Es wäre nicht schön, die Freunde jetzt im Stich zu lassen. Also schüttelte sie den Kopf und lächelte Maighread beruhigend an.

»Nein, nicht mein Ernst«, sagte sie. »Natürlich nicht! Ich kann mich ja bei Jason ein bisschen auf das Sofa im Nebenzimmer legen und ausruhen, wenn ich es brauche.«

Und wie sie es brauchte! Sie würde nur kurz die Begrüßung mitmachen und sich dann schleunigst verziehen. Ein halbes Stündchen die Beine hoch, dann waren sie und das Menschlein bestimmt wieder fit.

Chloe trug einen Karton mit kleinen Gestecken, die sie für heute vorbereitet hatte, zum Jeep und wollte ihn eben in den Kofferraum stellen, als sie feststellte, dass Joshua den bereits voll beladen hatte.

»Hast du Jasons Großeinkauf erledigt, oder was ist das alles?«, fragte Chloe und war drauf und dran, die Plane anzuheben, um herauszufinden, was darunter verborgen war.

»Vorsicht.« Maighread fiel Chloe in den bereits ausgestreckten Arm. »Pass auf, dass du nicht den Topf mit der Suppe umwirfst. Oder die Schüssel mit dem Punsch.«

»Sag nur, das ist alles Verpflegung?«, fragte Chloe lachend.

»Ein paar Sachen für Jason sind auch noch dabei«, gestand Maighread und schob Chloe zur Beifahrertür. »Jetzt steig schon mal ein, damit wir gleich loskommen. Ich verstaue den Karton.«

Erst hatte sie ewig getrödelt, und jetzt schien sie es plötzlich eilig zu haben. Da sollte noch einmal jemand etwas gegen die Unberechenbarkeit von Schwangeren sagen. Maighread machte Chloes Stimmungsschwankungen heute ernsthafte Konkurrenz. Aber Chloe ließ es auf sich beruhen. Sie wollte ja selbst endlich losfahren. Das Sofa lockte.

Nur ein paar Minuten später waren sie schon wieder unterwegs. Chloe saß neben Joshua vorne im Jeep und lehnte sich relativ entspannt gegen die Rückenlehne. Auf jeden Fall war es sehr viel bequemer als im Mini und durchaus angenehm, da sie sich nicht von Armarturen und Autoblech eingequetscht fühlte. Langsam stieg Chloes Laune wieder.

»Hoffentlich reicht das Essen«, meldete sich Eilidh aus dem Fond des Wagens. »Joshua, hast du an das Shortbread gedacht?«

Chloe warf über den Rückspiegel einen Blick nach hinten. Sie traf Maighreads Blick, und die Freundinnen grinsten sich an. Eilidh war eben Eilidh. Wenn sie nicht für alle sorgen durfte, war sie nicht zufrieden.

»Eilidh, du weißt aber schon, dass Jason ein Pub betreibt«, sagte Chloe nun und wandte sich so weit nach hinten, wie ihr Bauch das erlaubte. »Ich bin ziemlich sicher, dass wir weder verhungern noch verdursten werden.«

Doch Eilidh wischte den Einwand in ihrer typischen Art weg. »Pff, der arme Junge wird froh sein, wenn sich mal wieder jemand um ihn kümmert. Maighread, das war eine wirklich gute Idee, die Feier für ihn zu organisieren. Das kann doch nicht gesund sein, sich so in der Einsamkeit zu verkriechen.«

»Ich freue mich richtig drauf«, sagte Maighread. »Wir werden bestimmt eine gute Zeit haben. Nur in der B-Note gibt es einen Abzug, was die Anfahrt anbelangt. Wir hätten vielleicht mit zwei Autos fahren sollen«, sagte sie und schob Mollys Hinterteil von ihrem Gesicht weg. Die Hündin drehte sich um, wedelte mit ihrem Schwanz und schleckte Maighread über die Nase.

»Ich habe dich auch lieb, du süßes Fellmonster«, sagte Maighread. Sie wischte sich mit dem Ärmel über das Gesicht und sagte: »Aber jetzt sitz.«

Molly gehorchte. Allerdings erst, nachdem sie sich zweimal gedreht hatte, und dann direkt auf Frauchens Schoß.

»Oh, Lennox, rutsch doch mal ein bisschen«, ächzte Maighread und versuchte, den Rüden ein Stück zur Seite zu schieben. Doch es war zu eng. Maighread gab auf, legte ihre Arme um Molly und sagte: »Na also gut, dann bleib halt hier.«

Es ging wirklich kuschlig zu auf der Rückbank. Maighread mit Molly auf dem Schoß saß eingequetscht zwischen Eilidh auf der einen und Bonny und Lennox auf der anderen Seite. Das sah fast so aus, wie Chloe sich in Maighreads Mini gefühlt hatte. Maighread tat ihr leid. Aber zumindest war sie weder schwanger, noch hatte sie einen gezerrten Muskel. Sie würde die unbequeme Fahrt überstehen.

Normalerweise hatten die Hunde im Kofferraum ihren Platz, doch der war ja bis oben hin voll.

»Oh, da hatte aber jemand Pech!« Chloe zeigte auf den Volvo mit dem demolierten Kotflügel, der auf dem Parkplatz vor dem Pub stand.

»Sieht so aus«, stimmte Joshua ihr zu. »Die Straßenverhältnisse sind tückisch. Aber es scheint nur ein Blechschaden zu sein«, kommentierte er, nachdem er genauer hingesehen hatte. »Und direkt vor dem Pub. Wie praktisch.«

Chloe war gespannt, wer da sein Auto geschrottet hatte und bei Jason gestrandet war.

Joshua parkte, und sie stiegen aus. Die Hunde rannten erst einmal in großem Bogen um den Platz, froh, der Enge entronnen zu sein und wieder festen Boden unter den Füßen zu haben. Maighread wartete einen Moment, dann pfiff sie durch die Finger und holte die Hundebande zu sich.

Hier oben hatte es nicht so sehr getaut wie unten im Tal. Chloe bewunderte das Haus, das unter dem Schnee wie einem Märchen entsprungen wirkte. Und Jason hatte sogar einen Weihnachtsbaum vor dem Haus geschmückt und drumherum etwas dekoriert. Schade, dass er keine Zimmer vermietete, hier würde sie gern ein paar Tage mit Scott verbringen. Sie könnten Schneespaziergänge machen und sich drin vor dem Kaminfeuer wieder aufwärmen. Sie sah es vor sich, wie sie in einem Buch schmökerte oder etwas strickte, während Scott ihr die Füße massierte. Der Ort schien wie gemacht für romantische Stunden.

»Was ist, können wir jetzt bitte reingehen«, sagte Maighread. »Oder wollt ihr hier draußen Wurzeln schlagen?«

Sie schien plötzlich angespannt.

Chloe wunderte sich, sagte aber nichts, sondern marschierte neben ihrer Freundin hinter Joshua und Eilidh her Richtung Pub. Sie war ja selbst froh, wenn sie ins Warme kam.

»Überraschung!«

Als Chloe eintrat, hallte es ihr vielstimmig entgegen. Im ersten Moment blieb sie verdutzt in der Tür stehen und versuchte einzuordnen, was da gerade vor sich ging. Wer wurde denn überrascht? Und wieso wusste sie nichts davon? Oder war Jason gemeint? Aber für ihn war es ja keine Überraschung, er wusste, dass sie heute kommen wollten.

Im nächsten Moment wurde sie von der Erkenntnis überwältigt.

»Nein«, hauchte sie und schlug sich die Hand vor den Mund. Mit großen Augen betrachtete sie die bunten Girlanden, Lichterketten und Luftballons. »Aber …«

»Herzlich willkommen zu deiner Baby Shower!«, rief Maighread.

Sie stand strahlend und mit ausgebreiteten Armen vor Chloe. Ihre Augen schimmerten feucht.

Im nächsten Moment begann in der Ecke hinter dem Tresen eine Geige zu fiedeln. Chloe hatte gar keine Zeit, sich in ihre Rührung fallen zu lassen, schon wurde sie von ihrer eigenen Begeisterung mitgerissen.

»Vivian!«, rief sie. Ein Blick in Maighreads Gesicht war Antwort genug. Sie hatte das alles ausgeheckt.

Chloe warf sich Maighread in die Arme und drückte sie so fest es ging an sich. Der schmerzende Rückenmuskel war ihr in diesem Moment vollkommen egal.

»Vorsichtig«, mahnte Maighread. »Pass auf unser Menschlein auf.« Sie streichelte Chloes Bauch.

Kapitel 6

Maighread

Jetzt war es so weit. Endlich! Viel länger hätte Maighread die Heimlichtuerei aber auch nicht mehr ausgehalten.

Wie würde Chloe reagieren? Das war in diesem Moment das Einzige, was zählte. Ganz nebenbei nahm Maighread wahr, dass Jason das Pub wundervoll dekoriert hatte. Luftballons, Luftschlangen und Girlanden zierten alles vom Tresen über die Glasleuchter bis zur Wandvertäfelung. Vielleicht hatte auch Amely noch Hand angelegt. Die Wirkung war jedenfalls fantastisch. Eine Mischung aus Weihnachten und Babyparty – genau wie sie es gewollt hatte. Es war gemütlich und romantisch und gleichzeitig fröhlich und bunt. Maighread freute sich. Sie nahm sich vor, die Dekoration später ausführlich zu bewundern und die Arbeit, die dahintersteckte, zu würdigen. Aber erst einmal hatte sie nur Augen für Chloe.

Maighreads Herz klopfte so heftig, dass sie ihren Puls im Hals fühlen konnte. Sie hielt den Atem an und trat einen Schritt zur Seite, um die Hauptperson der heutigen Feier besser beobachten zu können. Gespannt analysierte Maighread jede von Chloes Regungen.

Hatte es funktioniert? Hatten alle bis zum Schluss dichtgehalten? War Chloe überrascht, oder hatte sie es längst geahnt und das Spiel nur ihren Freunden zuliebe mitgespielt?

Zum Glück währte die Unsicherheit nicht lange. Chloes Verhalten beruhigte Maighread. Der Streich war gelungen. Die Überraschung, die Chloe ins Gesicht geschrieben stand, war eindeutig echt. Die Fragezeichen in ihrem Blick, weil sie zuerst gar nicht verstand, was vor sich ging. Dann die Veränderung, als ihr langsam dämmerte, dass die Überraschung ihr galt.

Maighread rief: »Herzlich willkommen zu deiner Baby Shower!«

Das räumte bei Chloe den letzten Zweifel beiseite. Maighread las das wechselnde Mienenspiel im Gesicht ihrer Freundin, als wäre es eine leicht verständliche Strickanleitung.

Dieses Staunen, das in ungläubiges Strahlen und Überwältigung überging, war die beste Belohnung für all den Stress der letzten Wochen. Und mit jeder Sekunde wurde das freudige Prickeln in Maighread stärker.

Und es ging nicht nur ihr so. Alle jubelten, und Chloe schäumte förmlich über vor Freude. Genau so hatte Maighread es sich immer wieder ausgemalt. In diesem Moment hätte sie selbst nicht glücklicher sein können. Anderen eine Freude zu machen, war doch immer auch ein Geschenk für einen selbst. Maighread liebte es.

Als dann auch noch Vivian anfing zu spielen, war es um Chloe geschehen. Sie war so überwältigt, dass sie vor lauter Freude Tränen in den Augen hatte und Maighread mit ihrer festen Umarmung fast erstickte. Sie drückte sie so doll, dass Maighread es mit der Angst zu tun bekam.

»Vorsichtig«, mahnte sie. »Pass auf unser Menschlein auf.« Sie streichelte Chloes Bauch.

Chloe lachte und lockerte ihre Umarmung ein wenig.

»Und ich dachte, wir sind wegen Jason hier«, schimpfte sie und strahlte Maighread an.

»Sind wir auch«, bestätigte Maighread. »Ich habe einfach zwei Fäden zusammengestrickt. Schlimm?«

»Ganz schlimm«, bestätigte Chloe und nickte dabei nachdrücklich. Dabei schimmerten immer noch Freudentränen in ihren Augen, und ein dankbares Lächeln, das ihre Worte Lügen strafte, lag auf ihren Lippen. »Aber jetzt psst«, kommandierte sie und hakte sich bei Maighread unter. »Ich möchte Vivian zuhören.«

Arm in Arm standen Maighread und Chloe da und wiegten sich zu den Klängen von Vivians Geige. Die Musikerin war inzwischen nach vorn getreten und lächelte Chloe an, während sie ihren Bogen mit scheinbar leichter Hand führte.

Es begann mit *Banks of Spey*, einem traditionellen Volkslied, dem Vivian ihren persönlichen Stempel aufdrückte, indem sie es etwas schneller und energiegeladener spielte, als es sonst üblich war. Danach ging es mit zwei Songs aus dem Musical *The Greatest Showman* weiter. Maighread musste sich bremsen, um nicht laut mitzusingen, und sie wusste, dass es Joshua ganz sicher auch in den Stimmbändern kitzelte. Es war eines ihrer Lieblingsmusicals. Aber das war Vivians Bühne. Karaoke kam später an die Reihe.

Vivian ging ganz in ihrem Spiel auf. Sie hatte zwischenzeitlich die Augen geschlossen und balancierte, während sie spielte, auf einer Fuge am Boden entlang. Sie schwenkte anmutig ihr Bein, setzte die Schritte voreinander, als wäre die Fuge ein Seil. Und dabei verlor sie nicht ein einziges Mal den Rhythmus oder die Körperspannung. Die Musik und ihre Bewegungen bildeten die perfekte Harmonie. Es war beeindruckend.

Maighread warf Chloe einen Blick zu, um zu sehen, ob sie Vivians Balancekunst auch so bewundernswert fand. Doch als sie Chloes Gesicht sah, erschrak sie heftig. Chloe war kreidebleich und hatte dunkle Ränder unter den Augen.

»Hey, alles okay?«, fragte sie hastig.

Chloe lächelte und nickte. Doch sie wirkte angespannt. »Alles okay. Mach dir keine Sorgen. Aber die Fahrerei war doch ein bisschen anstrengend. Ich glaube, ich muss mich mal ein bisschen hinlegen. Ich hatte es ja schon angekündigt, dass das nötig werden könnte. Gebt mir ein halbes Stündchen Ruhe, dann tanze ich wieder auf dem Tisch.«

Chloe versuchte, das harmlos wirken zu lassen, aber so, wie sie aussah, fürchtete Maighread, sie könnte jeden Moment umkippen.

»Komm.«

Ohne lange zu fackeln, bugsierte Maighread Chloe ins Nebenzimmer. Beim Hinausgehen gab sie Jason ein Zeichen. Der verstand, stellte das Glas, das er gerade in der Hand hatte, sofort ab und kam hinter Maighread und Chloe her.

Im Augenwinkel sah Maighread, dass Joshua aufstehen wollte. Sie warf ihm einen kurzen Blick zu und schüttelte den Kopf. Wenn er auch noch den Raum verließ, dann würden am Ende alle hinterherkommen und wissen wollen, was los war. Chloe brauchte keinen Menschenauflauf, sondern etwas Ruhe.

»Du musst mich nicht führen wie eine Schwerverletzte«, protestierte Chloe, als sie das Nebenzimmer betraten. Sie befreite ihren Arm aus Maighreads Griff. »Ich bin nicht krank, nur erschöpft.«

»Und genau deshalb legst du dich jetzt hier hin und ruhst dich aus«, antwortete Maighread. Sie deutete auf das gemütliche rotweiß geblümte Sofa, das Jason vor dem Kamin platziert hatte.

Über dem Kamin hingen die Weihnachtsstrümpfe, die Maighread gestrickt hatte. Das Fenster war mit Weihnachtsgirlanden geschmückt, und auf dem Tisch in der Ecke stand ein kleiner Baum. Maighread hatte ihm einiges an gestrickter und gehäkelter Dekoration gebracht, und Jason hatte sich wirklich Mühe gegeben und alles schön arrangiert. Lichterketten sorgten für zusätzlichen Zauber.

Maighread wandte sich an Jason. »Hast du vielleicht eine Decke?«, fragte sie. Dann fiel ihr ein, dass sie ihren Freund noch gar nicht richtig begrüßt hatte. Sie ging zu ihm und umarmte ihn. »Entschuldige, Jason, ich habe noch gar nicht Hallo gesagt. Wir sprechen gleich, ja? Erstmal möchte ich Chloe versorgen.«

»Selbstverständlich. Schau mal, Maighread, der Deckel von dem Hocker lässt sich öffnen, dort findest du ein größeres Kissen und eine Wolldecke.« Er sah besorgt zu Chloe, die bereits auf dem Sofa lag. »Was ist los? Probleme mit dem Baby?«, wollte er wissen. »Wo ist denn Scott? Ich habe ihn noch gar nicht gesehen.«

»Scott muss noch einen Hausbesuch machen«, meldete sich Chloe. »Er kommt später nach. Und mit dem Baby ist alles in bester Ordnung, nur keine Sorge.«

»Unsere werdende Mama ist nur müde. Und da die Party gerade erst losgeht, soll sie sich ein bisschen ausruhen, damit sie nachher wieder fit ist.«

»Oh, okay.« Jason nickte und kümmerte sich um das Feuer im Kamin. Er legte zwei ordentliche Scheite Holz nach. Es knackte und prasselte. Die Flammen züngelten und tanzten. Es war so gemütlich, dass Maighread direkt Lust bekam, sich zu Chloe zu kuscheln. Aber das war leider unmöglich. Erstens würde es auffallen, wenn sie wegbliebe, und zweitens brauchte Chloe keine Gesellschaft, sondern Ruhe.

»Wenn noch was fehlt, ich bin wieder drüben.« Mit einem kurzen Nicken verließ Jason den Raum.

Maighread breitete die Decke über Chloe aus und schob ihr das weiche Kissen unter den Kopf.

»Du ruhst dich jetzt eine halbe Stunde aus. Versuch, ein bisschen zu schlafen. Das wird dir bestimmt guttun. Wir wecken dich später, und dann steigt die Party. Die Bande drüben feiert einfach schon mal ein bisschen vor. Was ist? Hast du Hunger? Durst? Soll ich dir einen Tee bringen? Oder etwas von Eilidhs Suppe?«

»Jason sieht immer noch ziemlich traurig aus, findest du nicht?«, sagte Chloe, ohne auf Maighreads Frage einzugehen.

Die seufzte und nickte. »Ja«, sagte sie. »Das ist mir auch sofort aufgefallen. Es ist jetzt schon über ein Jahr her, aber er scheint die Trauer nicht überwinden zu können.«

»Es wundert mich nicht. Bei dem, was er durchgemacht hat. Vielleicht hätte ich mich mehr um ihn kümmern müssen«, überlegte Chloe laut.

Das war typisch Chloe. Statt an sich selbst zu denken, machte sie sich Gedanken um das Wohlbefinden der Menschen um sie herum. Aber Maighread wollte nicht, dass sie sich damit jetzt belastete.

»Wir sind alle für ihn da, Chloe. Und du hattest die letzten Monate mit dir und deinem Menschenkind, das in dir heranwächst, genug zu tun. Ich bin sicher, Jason wird es schaffen. Vermutlich ist es im Moment einfach besonders schwierig. Wegen der Weihnachtszeit, meine ich. Da schlägt die Einsamkeit doch immer besonders erbarmungslos zu. Deshalb ist es gut, dass wir heute hier sind. Wir werden den Kerl schon aufmuntern.«

Natürlich hatte Chloe Erfahrung mit Trauerbewältigung. Sie hatte auch Amely ganz wunderbar geholfen, als die Freundin damals kaum über den Tod ihrer Mutter hinweggekommen war. Aber sie musste auch an sich denken und sich um ihre Bedürfnisse kümmern. Nicht immer nur um andere.

Maighread beugte sich zu Chloe hinunter und gab ihr ein Küsschen auf die Wange. »Und jetzt hör auf, über Jasons Probleme nachzugrübeln, und entspann dich«, kommandierte sie. »Ich gehe rüber und sorge dafür, dass er zumindest für eine Weile seinen Kummer vergisst. Nachher komme ich und sehe nach dir.« Chloe nickte und schloss die Augen. Maighread konnte Erleichterung auf ihrem Gesicht erkennen und wie sie sich entspannte. Leise verließ sie den Raum und schloss die Tür hinter sich.

Im Gastraum war bereits ordentlich Trubel. Amely, Peter und Joshua saßen an einem Ende des großen Tisches, den Jason für die Gesellschaft in der Mitte des Gastraums zusammengeschoben hatte, und unterhielten sich über die Pferdezucht und auch über Amelys Neuzugänge bei den Alpakas.

Eilidh hatte das Kommando in Jasons Küche übernommen und den Wirt als Helfer verpflichtet.

Durch die Tür konnte Maighread sie sehen und hören. »Rühren, Jason«, erklärte Eilidh ihm mit fester Stimme. »Die Suppe soll heiß werden, aber nicht anbrennen. Schön langsam und vorsichtig, wir wollen am Ende keinen Matsch auf den Tellern haben.«

Sie blieb neben ihm stehen und beäugte seine Rührqualitäten mit kritischem Blick. Maighread konnte ein Lachen nicht unterdrücken. Doch Jason schien ihren Ansprüchen zu genügen. Nach ein paar Sekunden nickte Eilidh und wirbelte weiter in der Küche herum. Elisabeth und Gwendolyn halfen ebenfalls mit.

Vivian beendete gerade das letzte Lied der ersten Session – genau wie es mit Maighread abgesprochen war – und packte ihre Geige in den Koffer. Bevor sie den Deckel schloss, wischte sie liebevoll mit einem Tuch über die Saiten und führte es auch unter den Saiten hindurch. Dann nahm sie ein zweites Tuch und strich über das Holz des Geigenkörpers. Maighread sah ihr dabei zu. Sie bewunderte die sicheren Handgriffe, und vor allem staunte sie über den sanften Gesichtsausdruck der Musikerin. Vivian war eine wunderschöne junge Frau, aber sie hatte auch oft eine gewisse Härte in ihren Zügen. So, als müsste sie sich schützen.

Doch dieser innige, ja fast intime Moment zwischen Geige und Musikerin war von Sanftheit geprägt. Vivian liebte ihre Geige, das konnte Maighread sehen.

Vivian schien zu spüren, dass sie beobachtet wurde. Sie hob ihren Blick und entdeckte Maighread.

»Ah, da ist ja die Meisterin der Überraschungspartys«, rief sie. »Komm zu mir, und stoß mit mir an. Das hast du echt gut hinbekommen.«

»Mir wäre nach einem Glas Wasser«, sagte Maighread. Vivian lachte.

»Das kannst du haben«, sagte sie und zwinkerte Maighread zu. »Aber anstoßen werden wir mit einem Whisky. Ich habe Peter geholfen, seine Schätze zu verstauen. Ich weiß, wo der gute Stoff steht«, verriet sie Maighread mit gesenkter Stimme. »Da müssen wir gar nicht erst Mr. Miesepeter fragen.«

Mr. Wen?, wollte Maighread fragen, doch da war Vivian schon auf dem Weg um den Tresen herum. Sie bückte sich und tauchte gleich darauf mit einer Flasche und zwei Gläsern wieder auf.

Maighread nahm am Tresen Platz, und Vivian stellte neben den Whisky auch noch zwei Wassergläser und eine Karaffe.

»Auf die Überraschung«, sagte Maighread nur wenig später und hob ihr Glas.

Vivian hatte sich neben sie gesetzt und hob ebenfalls das Glas. »Auf die Freiheit!«, sagte sie.

Typisch. Maighread grinste, ließ Vivians Toast aber unkommentiert. Schließlich war es auch eine Art Freiheit, sich für die Nicht-Freiheit zu entscheiden und die Verantwortung für ein Kind zu übernehmen.

Einen Moment musste Maighread darüber nachdenken, aber doch, es stimmte. Da war eine gewisse Logik in diesem verworrenen Gedanken. Und das schon bevor sie auch nur den ersten Schluck getrunken hatte. Das konnte ja lustig werden.

Maighread setzte das Glas an die Lippen und ließ einen Tropfen Whisky über ihre Lippen fließen. Feinherbes Aroma mit viel Torf erfüllte ihren Gaumen. Peter hatte sich nicht lumpen lassen, so viel war zu schmecken. Warm rann das schottische Gold ihre Kehle hinunter. Eigentlich war es viel zu früh für so einen starken Drink, aber das zählte heute nicht, und es schmeckte köstlich.

»Glaub mir, ich habe ihn mir verdient«, sagte Vivian jetzt und kippte das Glas zur Hälfte in ihren Schlund.

Da fiel Maighread ein, dass Vivians Auto demoliert auf dem Parkplatz stand.

»Ich habe dein Auto gesehen«, sagte sie und vermutete dort den Grund für Vivians Aussage, den Whisky verdient zu haben. »Hattest du einen Unfall?«

Vivian hatte die Augen geschlossen und gab sich ganz dem

Genuss des Whiskys hin. Sie atmete erleichtert durch. Dann öffnete sie die Augen wieder. »Halb so wild«, antwortete sie. »Ich bin direkt vor dem Pub auf eine Eisschicht geraten. Könnt ihr mich später mit zurücknehmen?«, fragte sie. »Ich muss einen Abschleppdienst organisieren. Aber was soll's, das ist nur Blech. In ein paar Tagen ist das vergessen.«

»Wie gut, dass dir nichts passiert ist«, sagte Maighread erleichtert.

»Abgesehen davon, dass mein Hintern morgen vermutlich blau ist«, zischte Vivian und schenkte sich einen zweiten Whisky ein.

Sie warf einen finsteren Blick zu Jason, der gerade aus der Küche kam.

»Suppe ist gleich so weit. In fünf Minuten gibt es Essen«, verkündete er.

»Spießer«, sagte Vivian und kippte den Rest des Whiskys hinunter. Es war offensichtlich, dass sie sauer war.

»Dein Hintern?«, fragte Maighread und versuchte, sich einen Reim auf Vivians Worte zu machen. Was um Himmels willen hatte ein demolierter Kotflügel mit Vivians Hintern zu tun? Und wieso versuchte sie gerade, Jason mit ihren Blicken zu töten?

Maighread rutschte ein Stück näher an Vivian heran. »Raus mit der Sprache. Was hat Jason angestellt, dass du ihn mit deinen Blicken umbringen möchtest?«, fragte sie. »Er ist doch ein total umgänglicher und sympathischer Kerl.«

»Du meinst, wenn er nicht gerade ...« Weiter kam Vivian nicht, denn in dem Moment stürmte Eilidh nach vorn und klatschte in die Hände.

»Lunch ist bereit. Kommt schon. Helft mit, alles auf den Tisch zu bringen.«

Maighread zuckte mit den Schultern. »Merk dir, was du mir erzählen wolltest, und lass uns helfen, bevor Eilidh uns eine Strafarbeit aufbrummt«, sagte sie und zwinkerte Vivian zu.

»Ach, dein Hausdrachen ist schon in Ordnung«, kommentierte Vivian trocken. »Die lässt sich wenigstens nichts gefallen.«

Einen Moment war Maighread perplex, dann regte sich der Wunsch, Eilidh zu verteidigen, in ihr. Doch im nächsten Moment lachte sie und meinte: »Liebenswerter Hausdrachen, wenn schon.«

»Zu liebenswert kann genauso schlimm sein wie zu nett«, konterte Vivian. »Du weißt ja: Lebe wild, frei und glücklich. Von Everybody's Darling ist keine Rede. Aber Eilidh ist schon in Ordnung. Die lässt sich nichts gefallen, das finde ich gut.«

Vivian gab sich viel Mühe, ihre Stacheln aufzustellen und der Welt zu beweisen, wie tough sie war. Maighread lächelte und war sich absolut sicher, dass das alles nur Show war. In Wirklichkeit war Vivian nicht halb so hart, wie sie gerne vorgab zu sein. Dazu war sie viel zu herzlich. Besonders in Momenten, in denen sie mit Maighread allein war und sich traute, ihren Schutzpanzer ein wenig zu lockern.

Was sie wohl erlebt haben mochte, dass sie glaubte, so sein zu müssen? Als sie darüber nachdachte, wurde Maighread bewusst, dass sie noch gar nicht viel von der Musikerin wusste. Aktuelles, ja, aber von ihrer Vergangenheit hatten sie irgendwie noch nie gesprochen. Sie beschloss, das bei nächster Gelegenheit nachzuholen. Sie mochte Vivian und würde die Beziehung zu ihr sehr gern vertiefen. Sie war eine schillernde und aufrichtige Persönlichkeit, die kein Blatt vor den Mund nahm.

»Was ist jetzt?«, kam es forsch von Eilidh. »Soll die Suppe wieder kalt werden, bis wir sie essen können?«

Schon schwang Maighread vom Barhocker hinunter und half mit. Während sie Teller zum Tisch trug, musste sie an Vivians Ausdruck denken. Hausdrachen. So wie sie Eilidh kannte, wäre die am Ende sogar geschmeichelt, wenn ihr das zu Ohren käme. Maighread grinste.

Kapitel 7

Maighread

»Da scheint sich aber jemand mächtig zu amüsieren«, meldete sich Joshua direkt neben Maighread. Er legte Servietten auf den Tisch. Maighread hatte extra für den Lunch welche mit Babymotiven drauf besorgt. Schnuller, Fläschchen, Rasseln und kleine nackige Babys mit Windel am Po und Schnuller im Mund. Für das Weihnachtsdinner, mit dem Eilidh sich so unfassbar viel Arbeit gemacht hatte, gab es Servietten mit Rentieren und Weihnachtsmännern.

Joshuas warme Stimme war ganz nah an Maighreads Ohr. »Ist es ein Geheimnis, oder darf ich mitlachen?«, fragte er leise.

Ihm würde Eilidhs neuer Spitzname sicher auch gefallen, aber das würde sie ihm besser später erzählen. Hier waren zu viele Leute, und Maighread wollte das nicht zum Tischthema machen.

Bevor sie überhaupt etwas sagen konnte, drehte Joshua seine Liebste auch schon zu sich hin, zog sie in seine Arme und küsste sie auf den Mund. Maighread erwiderte den Kuss und genoss Joshuas Nähe. So viel Zeit musste sein. Die Teller würden nicht weglaufen.

Im gleichen Moment schob sich Eilidh mit der Suppenterrine neben den beiden an den Tisch heran.

»Immer dieses verliebte Schnäbeln«, murrte sie gespielt und tat so, als sei sie entrüstet. Dabei konnte sie die Wärme in ihrem Blick, der die Zuneigung für ihre beiden Lieblingsmenschen verriet, aber nicht verbergen. Das hätte ihr sowieso nichts genutzt. Alle wussten, wie glücklich Eilidh war, dass Joshua und Maighread sich liebten. Sie gab es nur nicht gern zu. Lieber spielte sie den Feldwebel. »Jetzt habt ihr aber Kusspause. Komm, Maighread, halte mir die Teller hin, ich schöpfe. Und du, Joshua, setzt dich auf deinen Platz und hörst auf, Maighread von der Arbeit abzulenken.«

Maighread konnte gar nicht anders, sie sah Vivian an, die sich gerade den Stuhl unter dem Tisch hervorzog und die Szene grinsend beobachtet hatte. Ihre Blicke trafen sich, und beide prusteten gleichzeitig laut raus.

Eilidh schüttelte den Kopf. *Was für ein Kindergarten*, schien sie zu denken. Doch sie ließ sich nicht bei ihrer Aufgabe beirren. Mit sicheren Bewegungen füllte sie Teller um Teller mit der köstlich duftenden Barleysoup. »Das wird unsere Bäuche füllen, bis es später den Truthahn gibt«, sagte sie.

Maighread war sicher, dass es nicht lange dauern würde, bis sie den Hosenknopf würde öffnen müssen. Aber das war ihr egal. Sie würde futtern und genießen. Vermutlich brauchten sie für den Nachhauseweg keine Autos. Sie konnten sich am Ende des Tages einfach den Berg hinunterrollen lassen.

Eilidh hatte für das Dinner ein komplettes Weihnachtsessen vorbereitet, auch wenn es erst Advent war. Zur Feier des Tages, hatte sie Maighread erklärt. Und damit Jason etwas Ordentliches in den Bauch bekam. Sie schien davon überzeugt zu sein, dass ein alleinstehender Mann unmöglich gut für sich selbst sorgen konnte. Am liebsten hätte sie ihn unter ihre Fittiche genommen, doch Jason nahm nur selten eine Einladung nach Callwell Castle an. Er blieb lieber oben auf dem Berg.

Während Maighread die gefüllten Teller verteilte, ließ sie ihren Blick durch den Raum schweifen. Es war ein herrlich gemütliches Zusammensein. Auch hier hatte Jason sich alle Mühe gegeben. Quer durch den Raum hingen Girlanden mit Babysachen. Die Wände zierten Weihnachtsgirlanden. In der Ecke stand ein wunderschön geschmückter Weihnachtsbaum, und darunter lagen viele Geschenke. Das war Maighreads Idee gewesen. Natürlich würden Chloe und Scott heute sehr viele Geschenke für das Baby bekommen. Vermutlich hatten sie am Ende der Party ihre Erstausstattung beisammen. Aber Maighread fand, so kurz vor Weihnachten wäre es auch schön, wenn jeder sich über ein Geschenk freuen durfte. Also hatte sie sich für jeden der Gäste etwas ausgedacht, die Sachen besorgt, liebevoll verpackt und letzte Woche schon hierhergebracht.

Jason hatte sich ins Zeug gelegt, Maighread war ihm sehr dankbar, dass er sich überwunden hatte, sie alle hier zu empfangen und sein Pub weihnachtlich zu schmücken. Ursprünglich war er nämlich überhaupt nicht begeistert gewesen und hatte Maighread erklärt, dass es bei ihm im Pub kein Weihnachten gäbe.

Und jetzt würde es ein richtiges Festessen werden.

Den Truthahn hatte Eilidh gefüllt mitgebracht und bereits in den Ofen verfrachtet. Ein Großteil war vorbereitet. Einige Beilagen wollte sie aber erst kurz vor dem Essen machen. Nur gut, dass es so viele helfende Hände gab.

So ein Weihnachtsessen mit allem Drum und Dran war ziemlich aufwendig. Maighread wäre überfordert gewesen. Allein die Sache mit dem Timing, damit nicht der Truthahn verkohlte, bis die Beilagen fertig waren, oder andersherum. Aber Eilidh hatte noch nie Mühen gescheut, wenn es darum ging, richtig gutes Essen auf den Tisch zu bringen. Und sie schien eine innere Uhr zu haben, die auch bei vielen verschiedenen Garpunkten und Kochzeiten nicht den Überblick verlor.

Selbstverständlich hatte sie auch nicht nur an die herzhaften Speisen gedacht. Zwischen Graupensuppe und Christmas-Dinner würde es reichlich Kuchen vom Feinsten geben. Die Haushälterin von Callwell Castle hatte seit einem Wettbewerb beim Callwell Yarn Festival eine Leidenschaft für Motto-Torten entwickelt und sich zum Thema Baby ordentlich ausgetobt. Es würde fantastisch werden, das wusste Maighread.

Sie hatte in den letzten Tagen immer mal wieder in die Küche geschaut und die Entstehung der Kunstwerke bewundert. Zumindest so lange, bis Eilidh sie wieder hinausgescheucht hatte, weil sie ihre Ruhe wollte.

Inzwischen hatte sich, abgesehen von Chloe, die ganze hungrige Meute am Tisch versammelt. Es dauerte nicht lange, dann stand vor jedem ein Teller mit dampfender Suppe, und sie genossen die warme Mahlzeit. Zu den Weihnachtsliedern, die im Hintergrund liefen, gesellte sich leises Löffelklappern und hin und wieder ein zufriedenes Hmmm.

Eilidh saß mit roten Wangen und glücklichem Funkeln in den Augen zwischen Gwendolyn und Elisabeth und sog den Moment stillen Genießens in sich auf. Maighread sah es ihr an.

Die Suppe war köstlich. Eilidh hatte nicht an frischem Gemüse und Kräutern gespart und natürlich auch ordentlich Speck mitgekocht. Kurz vor dem Servieren hatte sie noch Muskatnuss hineingerieben. Das hatte Maighread zwar nicht gesehen, aber sie schmeckte es, und sie wusste, dass Eilidh das immer machte, wenn sie Suppe servierte.

»Wenn du sie zu früh reinreibst, verfliegt das Aroma. Dann kannst du es auch gleich sein lassen und dir die Arbeit sparen«, hatte sie Maighread einmal erklärt. Und das Aroma gab der erfahrenen Köchin recht.

»Die Suppe ist klasse. Danke, Eilidh«, meldete sich Peter. »Damit hast du dir einen extra Whisky verdient. Ich habe guten Stoff dabei.«

Eilidh winkte ab. »Lang nur ordentlich zu, du Hering«, sagte sie. »Du kannst es gebrauchen. Aber deinen Whisky trink mal schön selbst. Ich bleibe heute bei Tee.«

Maighread kicherte. Seit Eilidh mit Peter in der Küche von Callwell Castle bei einer Verkostung abgestürzt war und einen amtlichen Rausch gehabt hatte, war ihre Leidenschaft für Whisky etwas abgekühlt. Aber der Tag hatte ja gerade erst begonnen. Maighread konnte sich gut vorstellen, dass Eilidh ihre Meinung im Laufe der Party noch änderte.

Wie eben schon Eilidh, ließ nun auch Maighread ihren Blick über die Menschen am Tisch wandern. Es war wundervoll. Nur schade, dass Lindsay und John nicht dabei waren. Ihre Mom und ihr Dad verbrachten die Winterzeit in Florida. Sie liebten das Klima dort und genossen ihre wiedergefundene Zweisamkeit.

Maighread nahm sich vor, den beiden nachher ein paar Fotos zu schicken. So konnten sie zumindest ein bisschen dabei sein.

»Das hast du wirklich toll hinbekommen, Liebling«, lobte Joshua Maighread leise und nickte anerkennend in die Runde. »Du hast wieder einmal etwas Besonderes auf die Beine gestellt.«

»*Wir* haben das toll hinbekommen«, sagte sie. »Jeder, der mitgeholfen hat, hat Anteil an dem Erfolg. Allein hätte ich das nie geschafft.«

»Und später irgendwann, in ein paar Jahren, können wir dem Buben von seiner ersten Party erzählen«, mischte sich Eilidh in das Gespräch ein. »Irgendwie ist er ja auch schon dabei, auch wenn er gerade mit seiner Mama zusammen ein Nickerchen macht.«

»Ein Junge?«, hakte Vivian nach, die gegenüber von Eilidh ihren Platz gefunden hatte. »Ich dachte, das Geschlecht soll eine Überraschung sein?«

»So ist es auch«, bestätigte Maighread. »Wir wissen es nicht. Niemand von uns.«

Was sie sehr bedauerte.

Wäre es nach ihr gegangen, wüsste sie längst, ob es ein Junge oder ein Mädchen wurde. Es wäre alles so viel einfacher gewesen. Sie hatte das mit Chloe und Scott diskutiert und versucht, die beiden zu überzeugen. Doch sie hatten die romantische Vorstellung, sich bei der Geburt überraschen zu lassen. Dagegen war Maighread nicht angekommen. Das hatte zur Folge, dass sie viele Pullis, Strampler und Jäckchen gleich in zwei Farben gestrickt hatte, um für alle Fälle gerüstet zu sein. Was Chloes Kind nicht bekommen würde, konnte sie im Laden ausstellen, verkaufen oder spenden.

Zwischendurch hatte sie auch auf neutralere Farben zurückgegriffen. Weiß mit hellem Braun, Creme mit Gelb oder Grün waren unverfänglich. Aber nur neutral wollte sie nicht. Also gab es inzwischen eben zwei beachtliche Stapel, und einen davon würde das neue Menschlein bekommen, das in Chloe heranwuchs.

»Papperlapapp«, schnarrte Eilidh. »Ich bin mir ganz sicher, es wird ein Junge.«

»Dann hätte ich ja nicht so viele Sachen doppelt stricken müssen«, meinte Maighread. Über dieses Thema hatten sie schon öfter diskutiert. »Aber warten wir erst einmal ab. Ich glaube es dann, wenn ich es sehe.«

»Meinetwegen hättest du das wirklich nicht müssen«, meldete sich nun Chloe, die unbemerkt in den Gastraum gekommen war.

Maighread drehte sich herum. »Was machst du denn hier? Du sollst dich doch ausruhen.«

»Habe ich doch«, sagte Chloe. »Ich bin schon wieder fit. Komm, rutsch mal ein Stück. Es duftet so herrlich, und wir beide«, dabei strich sie sich über den Bauch und lächelte, »haben Hunger.«

Im Handumdrehen stand ein Teller mit dampfender Graupensuppe samt einer Scheibe Brot vor Chloe. Sie löffelte, pustete und kostete. »Hm, Eilidh, sehr lecker! Das tut gut. Vielen Dank.«

»Und gesund ist die Suppe auch«, stellte Eilidh mit zufriedenem Lächeln fest. »Greif nur zu. Es ist genug da. Und für Scott habe ich eine Portion zur Seite getan.«

»Danke dir.« Chloe sah auf ihre Uhr und sagte: »Ich hoffe, er kommt bald.«

Sie nahm noch zwei Löffel Suppe, dann griff sie das Thema von gerade wieder auf.

»Mein Sohn darf übrigens auch Rosa tragen oder meine Tochter Hellblau«, erklärte sie.

Doch das löste allgemeinen Protest am Tisch aus. Davon wollte niemand etwas wissen.

»Es geht gar nicht um die Geschlechterrolle«, erklärte Amely. »Aber ernsthaft, Chloe, was glaubst du, wie dir das bald auf die Nerven geht, wenn aufgrund der Farbe alle deinen Sohn als Tochter oder umgekehrt bezeichnen.«

»Das ist aber eine süße Maus«, säuselte Peter, um sich

gleich darauf mit genervter Stimme selbst zu antworten: »Das ist keine Maus, sondern ein Mäuserich, wenn schon.« Er schaute zu Chloe und schüttelte den Kopf. »Das willst du nicht wirklich, oder?«

»Mäuserich«, kicherte Chloe vergnügt. »Das gefällt mir. Wenn es ein Junge wird, werde ich ihn vielleicht so nennen.«

»Einen Jungen in Rosa kleiden«, meldete sich nun auch Elisabeth, und man sah ihr an, wie unvorstellbar sie das fand. »Ihr jungen Leute kommt auf Ideen, das ist wirklich verrückt.« Sie schüttelte den Kopf.

»Ach, nun hab dich nicht so«, mischte sich Gwendolyn ein. »Wir alten Schachteln müssen eben mit der Zeit gehen. Und heutzutage ist das alles ein bisschen anders als früher. Die Kinder machen das schon. Ob Rosa oder Hellblau, wenn du mich fragst, kommt es auf die Liebe an, die Kinder bekommen. Nicht auf die Farbe ihres Strampelhöschens.«

Chloe warf ihrer Granny eine Kusshand zu.

»Allerdings ist Amelys und Peters Argument nicht von der Hand zu weisen«, sagte sie. »Von daher bin ich vielleicht doch froh, Maighread, dass du für alle Fälle vorgesorgt hast.«

»Was vollkommen unnötig gewesen wäre, hätte sie auf mich gehört«, meldete sich nun wieder Eilidh zu Wort.

»Woher willst du das denn so genau wissen?« Vivian hatte bis jetzt der Unterhaltung schweigend gelauscht. Aber dieser Punkt schien sie zu interessieren.

»Das ist doch wieder typisch«, hakte Eilidh sofort ein. »Ihr jungen Leute bereist die Welt und erforscht den Weltraum und die Tiefen der Meere. Aber von überliefertem Wissen und Traditionen habt ihr keine Ahnung.«

»Na, dann klär mich auf«, kam es von Vivian. »Das ist deine Chance, mich ein bisschen klüger zu machen.«

»Es ist die Form des Bauches«, erklärte Eilidh, und Maighread sah ihr an, wie sehr es sie freute, ihr angebliches Wissen teilen zu dürfen.

Maighread selbst glaubte allerdings keine Sekunde daran, dass an Eilidhs These etwas dran war. Von wegen, überliefertes Wissen, für Maighread gehörte es eher in die Kategorie überlieferter Aberglaube.

»Ist nicht dein Ernst«, kam es von Vivian. Sie warf Eilidh einen fassungslosen Blick zu und schien sich nicht sicher zu sein, was sie davon halten sollte.

»Du musst gar nicht so skeptisch schauen. Die Bauchform verrät das Geschlecht des Kindes. Das wussten schon unsere Großmütter, und deren Mütter ebenso.«

Maighread hielt sich zurück und löffelte lieber den Rest ihrer Suppe. Diese Diskussion hatten sie schon zu oft geführt, und am Ende war Eilidh jedes Mal eingeschnappt, weil sie ihr nicht zustimmte. Da war sie heute lieber still.

Wissenschaftlich war so etwas absolut nicht haltbar. Doch darüber musste man mit Eilidh nicht diskutieren. »Ich sage euch, es wird ein Junge«, sagte Eilidh noch einmal im Brustton der Überzeugung, bevor sie Amely und Peter auftrug, den Tisch abzuräumen. Sie selbst stand auf, ging in die Küche und kam wenig später mit den ersten Platten mit weihnachtlichem Shortbread zurück.

Jason hatte während der gesamten Zeit kein Wort gesagt. Nun stand er auf und verließ den Gastraum.

»Ist der immer so mürrisch?«, wollte Vivian wissen.

»Es geht ihm nicht so gut«, antwortete Maighread. »Aber ich bin sicher, er freut sich, dass wir da sind.«

Vivian schien zu überlegen, ob sie weiterfragen sollte, aber sie gab sich mit Maighreads Antwort zufrieden. Stattdessen stand sie auf, ging zu ihrer Geige und holte das Instrument aus dem Kasten.

»Zeit für ein bisschen gute Laune, würde ich sagen. Oder was meint ihr?«, rief sie in die Runde.

»Perfektes Timing!« Maighread nickte und freute sich auf Vivians nächsten Auftritt. »Und ich hole die Sachen für die Babydecke«, verkündete sie. »Macht euch bereit. Die Babyparty beginnt!«

Jason hatte alles, was sie im Vorfeld schon zu ihm gebracht hatte, in einer Nische hinter der Theke verstaut. Maighread zog nach kurzem Suchen einen Karton hervor und trug ihn zum Tisch.

»Was hast du denn vor?«, fragte Chloe.

»Abwarten. Aber was du vorhast, kann ich dir verraten. Du wirst jetzt die Beine auf den Schemel legen, dich zurücklehnen, Vivians Musik genießen und uns zusehen und zuhören. Und ihr anderen, her mit euch. Wir haben zu tun.«

Im Nu lagen unterschiedlichste Stoffstücke kunterbunt gemischt auf dem Tisch. Dazu ein Nadelkissen und verschiedene Garnrollen. Maighread hatte von jedem der Anwesenden ausgediente Lieblingskleidung organisiert und in gleichgroße Vierecke zerteilt. Neben all den Stoffteilen lag eine cremefarbene Babydecke. Die hatte Maighread gestrickt, und gleich würden sie alle gemeinsam sie vollenden.

Maighread hob das erste Stück Stoff in die Höhe. Es war blauweiß karierter Flanellstoff.

»Das ist von Amely. Es war einmal ihr Lieblingshemd«, erklärte sie. Sie reichte den Patch an Amely und schob ihr auch die Wolldecke und Garn zu. »Wir machen eine Glücksdecke, in die wir – jeder der Anwesenden – eine glückliche Erinnerung hineinnähen. Amely beginnt. Sie näht dieses Patch auf die Decke und erzählt, was sie mit Chloe, Scott und dem Menschlein verbindet.«

Amely nickte, griff sich eine Nadel und fädelte den Faden ein. Sie wusste genau, was sie zu tun hatte. Maighread hatte natürlich alle in ihren Plan eingeweiht und sich abgesichert, dass alle bereit waren, mitzumachen. So hatten auch alle Gelegenheit gehabt, sich im Vorfeld ein paar passende Worte zu überlegen.

Während Amely die ersten Stiche setzte, erzählte sie: »Dieses Hemd habe ich an dem Tag getragen, als wir – Maighread, Chloe und ich – nach Edinburgh gefahren sind. Es war der Tag, an dem Chloe bemerkt hat, dass sie schwanger ist. Und es war der Tag, an dem für mich etwas Neues und Wunderbares begann – mit euch an meiner Seite. Möge mein Patch diesen Zauber eines Neuanfangs transportieren und euch immer an den glücklichen Moment erinnern.«

»Oooh!« Chloe kramte in ihrer Tasche und zog ein Taschentuch hervor. Sie putzte sich die Nase. Dann stand sie auf, ging um den Tisch und umarmte Amely.

Maighread schniefte ebenfalls, aber sie ließ sich nicht von ihren Gefühlen mitreißen, sondern schnappte sich das nächste Stück Stoff. Es war von Peter.

»Das war meine Schürze, die ich in der Destillerie trug, als ich den Betrieb übernommen habe«, erklärte er. »Ich nähe dieses Patch auf die Decke mit dem Wunsch, dass dem Baby – und den vielleicht irgendwann auch gestressten Eltern – nie der Whisky ausgehen möge.«

Lautes Gelächter erhob sich. Peter grinste spitzbübisch und freute sich, dass sein Wunsch so gut ankam. Er rückte ein Stück näher zu Amely, legte seinen Patch neben ihren und begann ebenfalls zu nähen.

So ging es reihum weiter. Patch für Patch fand seinen Platz auf der Decke. Die Geschichten, die geteilt wurden, waren fröhlich oder besinnlich, vor allem aber waren sie voller Wärme und Glück.

Als Gwendolyn an der Reihe war, nahm sie zwei Patches. »Das hier war die Tischdecke in meiner Küche in Wales. Erinnerst du dich, Liebes? Dort haben wir beide nach viel zu langer Zeit wieder die Nähe zueinander gefunden. Ich wünsche mir, dass dieses Stück Stoff dich immer daran erinnert, wie wichtig es ist, mit den Menschen, die einem am Herzen liegen, zu sprechen. Auch mit deinem Kind, das irgendwann vielleicht in die Pubertät kommen und alles – vor allem aber seine Eltern – schrecklich finden wird. Es gibt immer einen Weg zueinander, wenn man nur aufeinander zugeht.«

Chloe nickte und drückte ihre Granny fest an sich. »Ich bin so dankbar, dass es dich in meinem Leben gibt, Grandma«, sagte sie.

»Und ich ebenso, mein Kind«, antwortete Gwendolyn. Dann nahm sie einen zweiten Patch. »Das hier war das Lieblingshemd deines Großvaters. Er trug es immer, wenn er Kräuter sammeln ging. Er wäre so stolz auf seine wunderbare Enkeltochter. Ich wünsche mir, dass etwas von seiner und auch deiner Leidenschaft für Kräuter und die Kraft der Natur auf dein Kind übergeht, Chloe. Mit diesem Stück Stoff wird dein Großvater immer auch für sein Urenkelchen zu spüren sein.«

Es war ein wunderschöner Gedanke, und Maighread sah, wie sehr Chloe sich freute. Aber sie machte sich auch etwas Sorgen, dass die Stimmung kippen könnte und die glücklichen Erinnerungen zu traurigen Gedanken an verpasste Chancen wurden. Sie warf Peter, der gerade zu ihr sah, einen hilfesuchenden Blick zu.

Der verstand sofort, was Maighread bewegte. Er sprang auf.

»Diese ganze Näherei artet langsam in Arbeit aus. Ich finde, wir könnten zwischendurch ruhig auch schon mal mit dem einen oder anderen Geschenk starten. Was meint ihr?« Schon eilte er zu seiner Tasche und kramte ein kleines Päckchen hervor.

»Chloe, das hier ist von mir. Es gibt nachher auch noch ein Geschenk von Amely und mir gemeinsam, aber dieses hier habe ich allein ausgesucht und – das möchte ich betonen – gegen den Protest meiner Freundin gekauft. Manchmal muss ein Mann sich eben auch durchsetzen.« Peter strahlte und schien sichtlich stolz auf sich und seine Idee zu sein.

Chloe nahm das Päckchen entgegen und warf Amely einen fragenden Blick zu.

»Ich halte mich raus«, sagte die und setzte den letzten Stich. Elisabeth und Gwendolyn waren bereits fertig, die anderen nähten noch. »Gleich sind wir wieder bei dem Thema, das uns seit Monaten verfolgt.«

»Mach schon auf«, forderte Peter. Seine Finger zuckten, als würde er am liebsten selbst auspacken.

Chloe drehte den Karton und ließ sich Zeit. Offenbar wollte sie den Moment auskosten. Alle Augen waren auf sie gerichtet.

Vivian beendete das letzte Stück dieser Session und legte die Geige weg. Maighread streckte die Hand aus, damit sie wusste, dass sie auch zu ihnen an den Tisch kommen sollte. Immerhin hatte Maighread auch von ihr ein altes Lieblingsstück bekommen. Auch ihr Patch würde Teil dieser Glücksdecke sein. Sie alle wollten Vivian in ihren Freundeskreis aufnehmen, das stand außer Frage.

Doch die Musikerin hatte wohl andere Pläne. Sie übersah Maighreads ausgestreckte Hand, durchquerte den Raum und verließ ihn wie vorher bereits Jason durch die hintere Tür.

Vivian betonte immer wieder, wie wichtig ihr Freiraum war, vermutlich wurde es ihr hier mit den vielen Menschen und Emotionen ein bisschen zu eng. Sollte sie sich ruhig ein wenig Freiraum nehmen, Hauptsache, sie fühlte sich wohl. Ihren Patch konnte sie auch später noch annähen.

Endlich zog Chloe an dem Bändel und öffnete die Schleife. Sie hob den Deckel des Kartons und stieß einen überraschten Schrei aus.

»Oh nein, ist das süß!«, rief sie. »Peter, das ist fantastisch. Was für eine wunderschöne Idee. Ach du meine Güte!«

Kapitel 8

Vivian

Vivian brauchte ihre ganze Selbstbeherrschung, um das letzte Lied einigermaßen okay zu beenden. Sie musste raus hier. Und zwar schnell!

Alles in ihr schrie nach Flucht.

Ohne es verhindern zu können, spielte sie hastig. Sie ließ den Tönen nicht den Raum, sich zu entfalten, wie sie es normalerweise tat. Zum Glück nahm außer ihr niemand wahr, wie sie durch den Song hetzte. Es waren auch nur Nuancen, für ein ungeübtes Gehör wahrscheinlich gar nicht zu erkennen. Außerdem waren alle mit sich und dem Geschehen rund um die Babydecke beschäftigt.

Am liebsten hätte Vivian mitten im Song aufgehört. Aber das war natürlich keine Option. Zum einen wollte sie nicht, dass jemand merkte, wie aufgewühlt sie war. Zum anderen wollte sie auf keinen Fall die schöne Stimmung am Tisch stören. Maighread hatte sie schließlich als Musikerin gebucht, nicht als Partykiller. Und so biss sie die Zähne zusammen und spielte weiter.

Durchzuhalten, egal wie schwer es ihr fiel, hatte Vivian schon sehr früh gelernt. Die Selbstbeherrschung, die sie sich damals antrainiert hatte, kam ihr jetzt zugute. Manche Dinge verlernte man eben nicht.

»Lächle, Vivanka. Lächle weiter. Auch wenn der Körper

schreit und die Seele weint.« Die Stimme tauchte unvermittelt in ihr auf. Es war Victor, der traurige Clown aus Russland. Er hatte sie immer mit der russischen Koseform ihres Namens angesprochen. Vivian war fünf oder sechs gewesen. »Ach, Vivanka«, hatte er oft gesagt. »Das Herz ist schwer. Moskau ist weit. Die Erinnerung, das Heimweh ...« Er hatte ihr über den Kopf gestreichelt und gelächelt. »Denk immer daran: Lächle. Das ist, was die Menschen sehen wollen. Sie brauchen es, deshalb sind sie hier. Und wir müssen es ihnen geben, deshalb sind wir hier. Das ist unsere Aufgabe.«

Vivian hatte immer aufmerksam zugesehen, wenn Victor seine Nummer spielte. Sie hatte verfolgt, wie er in der Manege Purzelbäume schlug. Wie er sich Wasser aus einer Plastikblume in sein Gesicht spritzte oder über seine viel zu großen Schuhe stolperte. Doch sie hatte nie über seine Späße gelacht. Sie hatte immer seine Traurigkeit gefühlt. Victor war ihr Freund gewesen.

Vivian hatte seinen Rat beherzigt und gelächelt. Immer. Selbst als sie mitten im Auftritt abgerutscht war und ihr Fuß schrecklich geschmerzt hatte. Sie hatte durchgehalten und gelächelt, und die Menschen hatten sie mit tosendem Applaus belohnt. Sie hatte sogar gelächelt, als ...

Der letzte Ton war noch nicht verklungen, da legte Vivian auch schon ihre Geige in den Kasten. »Tut mir leid«, flüsterte sie. »Ich reibe dich später ab.« Sie strich kurz entschuldigend über die Saiten des Instruments und stürmte hinaus.

Natürlich sah sie beim Vorbeilaufen Maighreads ausgestreckte Hand, aber sie tat so, als hätte sie die Einladung, an den Tisch zu kommen, nicht bemerkt. Sie konnte jetzt nicht bei den anderen sitzen, mit ihnen plaudern und lachen und ihren Geschichten lauschen. Später wieder. Erst brauchte sie eine Pause.

Dieses gemeinsame Essen, die Geselligkeit und die liebevollen Wortgefechte rührten etwas in ihr an, was sie verloren geglaubt hatte. Sie hätte es besser wissen müssen und sich schützen. So viel Nähe tat ihr nicht gut.

Erinnerungen, von denen sie gar nicht mehr gewusst hatte, dass es sie noch gab, kamen wieder an die Oberfläche. Bilder und Emotionen aus einer lange vergangenen Zeit. Ein warmes Gefühl erfüllte sie, und gleichzeitig tobte ein Strudel aus Traurigkeit in ihr, der ihr die Kehle zuschnürte und sie in dieses schwarze Loch hinunterzuziehen drohte, das ihr viel zu vertraut war. Sie kämpfte dagegen an.

Und die ganze Zeit hatte sie die Zirkusmusik in ihrem Kopf. Tam ta tatatata tam ta taa ta. Selbst als sie auf Maighreads Wunsch hin Ed-Sheeran-Songs gespielt hatte, war der Zirkusrhythmus in ihrem Kopf geblieben und hatte sich über die Töne gelegt, die sie ihrer Geige entlockte. Nur ihre langjährige Routine hatte sie davor bewahrt, falsch zu spielen.

So viele Jahre hatte sie davon geträumt. Nacht für Nacht. Das Trapez. Die ausgestreckte Hand und, noch bevor es geschah, das Wissen, das er danebengreifen würde. Abend für Abend hatte sie aus Angst vor dem Traum gegen das Einschlafen gekämpft, nur um dann doch irgendwann verzweifelt weinend aufzuwachen.

Dann eines Tages war es überwunden gewesen. Zuerst war es ihr gar nicht aufgefallen. Irgendwann hatte sie beim Aufwachen gemerkt, dass sie sich ausgeruht fühlte. Dass das Kissen nicht nassgeweint war. Ganz langsam war die Vergangenheit verblasst und mit der Zeit schließlich aus ihrem Bewusstsein verschwunden. Sie war glücklich gewesen – auf ihre Art.

Und jetzt hatte etwas vollkommen unerwartet mit Macht diese alte Wunde wieder aufgerissen. Nicht nur an der Oberfläche gekratzt. Oh nein. Die Wunde klaffte auf und ließ ihr Innerstes ungeschützt.

In ihrer Eile achtete Vivian nicht darauf, wo sie hinlief. Sie wollte nur weg. Weg von den Menschen. Weg von dem Lachen, der Liebe, der Gemeinschaft und dem unerträglichen Glück, das den Raum anfüllte. Sie brauchte frische Luft.

Vivian hetzte durch den schummrigen Gang, der nur von einer einzelnen schwachen Glühbirne erhellt wurde, die nackt an einem Kabel einfach in der Fassung von der Decke hing. Fenster gab es hier keine. Die Wände schienen lange nicht gestrichen worden zu sein. Das hier, dieser karge, vergessen wirkende Flur, passte besser zu diesem Jason als der polierte und glänzende Mahagonitresen und die liebevolle Dekoration, die dem Gastraum Behaglichkeit verlieh, schoss es ihr durch den Kopf, während sie zum Ausgang rannte.

Als Vivian zum Hinterausgang hinaustrat, schlug ihr Eiseskälte entgegen. Sie schauderte und ärgerte sich über sich selbst. Sie hätte eine Jacke anziehen sollen. Aber noch mal hineingehen, um sich etwas zu holen, wollte sie nicht. Zu groß war die Gefahr, jemandem zu begegnen. Lächeln zu müssen. Das bisschen Frieren würde sie schon nicht umbringen.

Sie ging ein paar Schritte, an ihrem kaputten Auto vorbei, um das Haus herum. Auf der anderen Seite hatte sie vorhin Rinder gesehen. Zottelige Highland Cattle. Dort zog es sie hin.

Tiere waren immer ihre Zuflucht gewesen. Sie hatte viele Stunden bei den Ponys verbracht. Dort hatte sie Rechnen geübt und Geige spielen. Und sie war auf dem Gatter balanciert, sobald sie groß genug gewesen war, um allein hinaufzukommen.

Der Schnee unter ihren Füßen knirschte. Anders als unten im Tal hatte es hier oben in der Mittagssonne nur leicht getaut. Jetzt am Nachmittag und mit der erneut gesunkenen Temperatur war der Schnee wieder fest geworden und die Schneedecke noch geschlossen. Die Highlands breiteten sich weiß vor Vivian aus. Der Himmel lag grau über allem. Sie mochte das viel lieber als dieses aufgesetzte Funkeln, wenn die Sonne sich in den Kristallen brach. Grau war ehrlich.

Während sie ihre Schritte setzte, atmete Vivian tief durch. Der Schnee knirschte unter ihren Füßen. Sie ging zu dem Holzgatter und lehnte sich mit den Armen darauf. Für einen Moment genoss sie die Stille, dann suchte sie mit den Augen die Weide ab. Ein Stück weiter hinten entdeckte sie die Kühe. Kurz entschlossen kletterte Vivian über den Zaun und stapfte durch den Schnee zu den Tieren hinüber. Bei jedem Schritt versank sie tief.

Zu spät erkannte sie die Gestalt, die sich bei den Rindern aufhielt. Verflixt. Jetzt war sie schon am Arsch der Welt und schaffte es dennoch nicht, mal ein paar Minuten allein zu sein. Das durfte doch nicht wahr sein.

Am liebsten hätte sie umgedreht und wäre davongelaufen. Doch Jason hatte sie bereits gesehen. Er hatte die Stirn gerunzelt und beobachtete sie. Er würde denken, sie hätte Angst vor ihm. Den Triumph gönnte sie ihm nicht, also stapfte sie weiter.

»Hey«, grüßte Vivian, als sie ihn erreicht hatte.

Jason antwortete mit einem mürrischen Blick und wandte sich wieder dem Rind zu, das er gerade gestreichelt hatte. Er hielt dem Tier etwas hin.

Vivian kämpfte mit sich. Dieser Kerl war echt das Letzte. Wieso war er nur so unhöflich?

Doch statt ihn darauf anzusprechen, fragte sie: »Was fressen die denn?«

Jason zog die Hand vom Maul der Kuh weg und streckte sie in Vivians Richtung.

Ein empörtes *Muh* erklang, und die Kuh versuchte, Jasons Hand zu erwischen. Das war schließlich ihr Futter. Vermutlich hatte sie Angst, dass die Menschenfrau es ihr wegfressen könnte.

»Keine Angst«, beruhigte Vivian das aufgebrachte Tier. »Ich nehme dir nichts weg. Vertrau mir.« Sie sprach weich und leise, die Kuh reagierte auf den Ton und entspannte sich.

Vivian warf einen Blick auf das, was in Jasons Hand lag, und erkannte, dass er Kartoffeln fütterte. Sie erschrak.

»Rohe Kartoffeln?« Sie merkte, dass ihr Ton zu forsch war. Sie wollte sich nicht schon wieder streiten und bemühte sich, ruhig zu bleiben. Aber rohe Kartoffeln? »Sind die nicht giftig?«, fragte sie und schaffte sogar einen einigermaßen höflichen Tonfall.

Ihr Herz aber schlug wild vor Wut. Wieso tat er das? War es ihm egal, wenn er den Tieren Leid zufügte? Hatte er denn überhaupt keinen Verstand?

»Klugscheißer aus der Stadt brauche ich hier wirklich nicht«, antwortete Jason. »Geh doch, und such dir eine Mauer am Abgrund, damit du dein Leben wieder riskieren kannst.«

»Warst du schon immer so ein Arsch, oder bist du erst irgendwann so geworden?«, fragte Vivian, inzwischen richtig angepisst von diesem Miesepeter. Warum hatte Maighread die Babyparty unbedingt bei ihm im Pub machen müssen? Wieso war sie mit so jemandem überhaupt befreundet?

»Kühe sind Wiederkäuer«, sagte Jason, als hätte er Vivians provokante Frage gar nicht gehört. »Für sie sind rohe Kartoffeln nicht gefährlich, sie kommen sehr gut damit zurecht, und sie sind ganz verrückt danach. Das ist wie Bonbons für sie. Fast so gut wie Salz.« Er streckte Vivian zwei Kartoffeln hin. »Hier, versuch es mal. Sie werden dich lieben.«

Wiederkäuer? Vivian biss sich auf die Lippe. Konnte es sein, dass sie etwas zu voreilig geurteilt hatte? Jason schien zu wissen, wovon er sprach.

Da sie es nicht besser wusste und Jason sich ganz offensichtlich sicher war, beschloss Vivian, ihm zu glauben. Sie schob der Kuh, die gerade mit ihr auf Tuchfühlung ging, die Kartoffel ins Maul. Und tatsächlich. Das Tier zermalmte die Leckerei und schien wirklich zufrieden damit. Sie rieb ihren Kopf an Vivian und schmiss sie dabei fast um.

»Sorry«, sagte Vivian an Jason gewandt und in einem versöhnlicheren Ton. »Was machst du hier draußen? Wieso feierst du nicht mit den anderen?«

Ihre Zähne fingen an zu klappern. Sie hatte vor lauter Kühen und Kartoffeln ganz vergessen, wie kalt es war.

Als Jason ihr Zittern bemerkte, zog er seine Jacke aus und hielt sie ihr hin.

Vivian zögerte. »Was ist mit dir?«

»Den Pullover hat Maighread gestrickt. Extradick, weil sie Angst hatte, dass ich hier oben erfriere. Keine Bange, der hält mich warm genug.«

Dankbar nahm Vivian Jasons Parka und schlüpfte hinein.

»Lebst du schon lange hier oben?«, fragte sie. Im gleichen Moment ärgerte sie sich über sich selbst. Was war nur in sie gefahren? Normalerweise war sie nicht der Typ für Small Talk. Aber das war es auch nicht, was sie wollte. Sie wollte kein oberflächliches Blabla, sondern eine ehrliche Antwort. Jason schien außergewöhnlich. Kein Wunder, dass seine Geschichte sie interessierte.

»Mein erstes Jahr«, antwortete er und begann wieder, das Fell der Kuh zu bearbeiten.

»Und vorher?« Vivian biss sich auf die Lippe. Verflixt. Was tat sie denn da? Erstens war sie nicht auf seine Bekanntschaft aus, und zweitens fand sie selbst es doch immer oberätzend, wenn jemand versuchte, sie auszuquetschen. Und jetzt machte sie genau das mit ihm.

Doch sie kam nicht dazu, sich für ihre Neugier zu entschuldigen.

Jason schob das Tier zur Seite, das er gerade gestreichelt hatte. Er baute sich vor Vivian auf und fauchte sie regelrecht an: »Wenn du es genau wissen willst: Ich habe meine Frau und meine Tochter getötet, Haus und Hof verkauft und mich hierher in die Berge zurückgezogen, um so neugierigen Zicken, wie du eine bist, zu entkommen. Und wenn du gestattest, gehe ich jetzt zurück ins Haus. Ich habe noch zu tun.«

»Hey, Vivian, Jason, da seid ihr ja. Ist es nicht herrlich hier draußen?« Maighread winkte. Sie und die anderen kamen zu ihnen herüber. Nur die Grannys fehlten. Vermutlich hatte Eilidh ihre Freundinnen zum Küchendienst gerufen. Und die Hunde liefen außerhalb des Gatters. Joshua hatte sie mit einem kurzen Befehl davon abgehalten, auf die Weide zu stürmen.

»Die Kartoffeln könnt ihr verfüttern«, sagte Jason knapp. Er wich Vivians Blick aus und stapfte mit einem kurzen Winken zu der näher kommenden Gruppe über die Weide davon.

Vivian stand da und wusste nicht, was sie sagen oder denken sollte. Was, um Himmels willen, war denn in den gefahren? Hatte er versucht, sie zu schocken? Aber wieso? Wenn je jemand ihr nachgesagt hatte, sie sei bissig – der hatte Jason nicht gekannt. Gegen den war sie ein Glitzer pupsendes Einhorn.

»Hi«, grüßte Chloe. Sie sah Vivian prüfend an. »Alles okay? Du schaust, als hättest du gerade einen Geist gesehen.«

»Ich brauchte nur frische Luft«, nuschelte Vivian. Das war zwar nicht direkt eine Antwort auf Chloes Frage, aber Vivian war dankbar, überhaupt einen Satz herauszubringen. Jasons Ausbruch hatte sie erschüttert.

Hatte er gesagt, er habe seine Frau und seine Tochter getötet? Wenn das seine Auffassung von einem Scherz war, dann litt er eindeutig an Geschmacksverirrung. Vivian war die Erste, die verstand, wenn jemand Grenzen setzte. Aber doch nicht so!

Die Kuh schubste Chloe und lenkte sie von weiteren Fragen ab.

»Da hat wohl jemand Hunger«, sagte sie und wehrte die Schmusekuh vorsichtig ab.

»Die sind richtig gierig«, sagte Vivian. Sie war froh, sich dem unverfänglichen Thema zuwenden zu können. Und ihre Stimme gehorchte ihr auch wieder. »Jason hat die Kartoffeln hiergelassen und gesagt, wir dürfen sie verfüttern.«

»Und wo ist er hin?«, fragte Maighread.

»Hey«, schrie Chloe auf. Und schon saß sie auf ihrem Hintern. Die Kuh hatte sie so fest geschubst, dass sie rückwärts im Schnee gelandet war.

»Alles in Ordnung?« Die Frage kam aus mehreren Kehlen gleichzeitig.

Chloe sah zwar reichlich verdutzt aus, aber sie lachte. »Alles gut. Der Schnee ist ja weich. Die junge Dame hier war nur etwas zu stürmisch und ich nicht darauf gefasst. Nur gut, dass die Temperatur schon wieder angezogen hat, sonst hätte ich jetzt eine nasse Hose.«

Vivian hörte Maighread neben sich erleichtert die Luft auspusten.

»Na dann, hoch mit dir«, sagte Joshua. »Der Schnee mag weich sein, aber leider ist er auch ziemlich kalt. Das tut dir und dem Bauchbewohner sicher nicht gut.«

Joshua schob seine Hand unter Chloes rechten Arm, Peter fasste von der anderen Seite an. Gleich darauf stand sie wieder auf den Füßen.

»Ich würde vorschlagen, wir lassen den Kühen die Kartoffeln da und gehen ein Stück. Platz schaffen für die Torten und den Truthahn«, schlug Amely vor.

Peter nahm den Vorschlag sofort auf. Er kippte die restlichen Kartoffeln in den Schnee und trug den leeren Eimer.

Bevor Vivian sich abseilen konnte, hatte Maighread sie untergehakt. Vor den Kopf stoßen wollte sie Maighread nicht. Deshalb blieb ihr nichts anderes übrig, als mitzugehen.

»Ich liebe es hier oben«, rief Chloe jetzt. »Die Welt ist wie verzaubert. Der Schnee ist so weiß – kein straßengrauer Matsch von den Autos, wie bei uns unten.«

»Du hast recht, diese unberührte weiße Decke ist wirklich schön anzusehen«, stimmte Amely ihr zu. »Alles wirkt so friedlich. Weihnachtszeit mit Schnee ist einfach wundervoll.«

Maighread und Vivian gingen ein Stück hinter den anderen her.

»Ist Jason eigentlich immer so düster?«, fragte Vivian. »Oder nervt es ihn, dass wir hier sind? Hast du ihm die Party aufgezwungen?«

Wenn sie schon nicht allein sein konnte, wollte sie die Gelegenheit zumindest nutzen, um ein bisschen was zu erfahren. Und auch, wenn dieser Jason ihr im Grunde vollkommen gleichgültig war, hatte er mit seinem Ausbruch doch ihre Neugier angestachelt.

Maighread lachte und schüttelte den Kopf. »Aufgezwungen würde ich nicht sagen. Eher: Ich habe ihn zu seinem Glück ein bisschen überredet.«

»Besonders glücklich wirkt er aber nicht«, konterte Vivian trocken.

Maighread seufzte und nickte. »Jason ist in Ordnung«, erklärte sie.

Vivian konnte ein leises Schnauben nicht verhindern.

»Doch, wirklich, du kannst mir glauben«, beteuerte Maighread sofort. »Weißt du, er hatte es die letzten Monate nicht leicht. Er musste einiges verkraften.«

»Sowas wie eine Gerichtsverhandlung?«, rutschte es Vivian heraus.

An Maighreads erstauntem Gesichtsausdruck erkannte sie, dass sie meilenweit danebenlag.

»Was? Wieso Gerichtsverhandlung?«, wollte Maighread natürlich sofort wissen. »Wie kommst du denn auf so eine Idee?«

Sollte sie es Maighread sagen? Sie war Jason nichts schuldig, und trotzdem hatte sie das Gefühl, ihn zu verraten, wenn sie jetzt von seinem Ausbruch eben erzählte.

»Ich weiß auch nicht«, stammelte sie. »Es war nur eine Idee.« Sie überlegte kurz und beschloss, das Einhorn von hinten aufzuzäumen. »Ist Jason eigentlich verheiratet? Hat er eine Familie?«

Treffer! Maighread musste gar nichts sagen, da wusste Vivian schon, dass sie den wunden Punkt erwischt hatte. Fragte sich nur, was Jason gemeint hatte, als er von *getötet* sprach. Ein Mörder war er jedenfalls ganz sicher nicht.

»Jason hatte eine wundervolle Frau. Elli. Sie war ein Engel. Die beiden haben sich sehr geliebt.«

Maighread schwieg.

»Und sie hatten eine Tochter?«, versuchte Vivian, sie wieder zum Sprechen zu bringen.

»Woher …?«, setzte Maighread an. Doch dann nickte sie. »Ja. Jessi. Sie war fünf. Ein niedliches und aufgewecktes kleines Mädchen. Eine kleine, glückliche Familie. Jason und Elli hatten eine Schaffarm und eine kleine Käserei. Es war alles perfekt.«

Und dann?, wollte Vivian fragen. Doch sie hielt sich zurück. Sie spürte, dass Maighread Zeit brauchte, bevor sie weitersprach.

Es dauerte eine ganze Weile. Maighread holte ein Taschentuch aus der Jackentasche und putzte sich die Nase.

»Sie hatten einen Autounfall. Jason saß am Steuer. Ein Reifen ist geplatzt. Es war nicht Jasons Schuld, aber er macht sich bis heute Vorwürfe. Er glaubt, er hätte besser reagieren müssen, oder merken, dass mit dem Reifen etwas nicht stimmt, bevor sie losgefahren sind. Alles Quatsch, aber es fällt ihm schwer, die Wahrheit anzunehmen. Niemand hatte Schuld.«

Vivian konnte es kaum fassen. Das Schicksal war so ein Arschloch.

»Deshalb«, murmelte sie. Sie drückte Maighreads Arm, lächelte sie an und sagte: »Danke, dass du es mir erzählt hast.«

Und weil sie die Spannung, die sich in ihr aufgebaut hatte, nicht mehr aushalten konnte, ging sie zum Gatter, neben dem sie spazierten. Sie schwang sich hinauf und balancierte neben dem Grüppchen her.

»Wow, Vivian, das ist ja fantastisch. Das sieht aus, als wärst du Artistin. So leicht und kontrolliert.«

»Das ist nur eine Frage der Übung«, sagte Vivian und vermied es, auf das Stichwort einzugehen. Sie wollte nicht über sich sprechen.

»Im Winter ist es hier ziemlich einsam«, sagte sie, um das Thema zu wechseln. »Da muss es im Pub während des Sommers ganz schön brummen, damit Jason den Winter wirtschaftlich überlebt.«

Sie wusste, was es hieß, mit wenig Geld auszukommen. Oft genug war am Ende ihres Guthabens noch viel zu viel Monat über. Das Tingeln durch die Pubs machte sie nicht reich.

Verglichen mit Jason hatte sie es allerdings leicht. Wenn es eng wurde, konnte sie sich, egal in welcher Stadt sie gerade war, an einen gut frequentierten Platz stellen und Straßenmusik machen. So hatte sie immer genug, um zu überleben. Was konnte er hier oben tun, um für Einkommen zu sorgen?

»Jason hatte einen florierenden Milchschafbetrieb. Er hat nach dem Unfall alles verkauft, um hier neu zu starten. Das Haus gehört ihm. Und ansonsten lebt er ziemlich bescheiden. Ich denke, er kommt zurecht«, sagte Joshua, der jetzt neben Maighread ging. Vivian nickte stumm, und so verfielen sie für eine ganze Weile in ein entspanntes Schweigen. Lauschten nur dem Geplauder von Peter, Amely und Chloe vor ihnen. Langsam entspannte Vivian sich wieder. Das Balancieren auf dem Zaun und die Konzentration taten ihr gut. Sie war in ihrem Element.

»Leute, meine Blase sagt, es wird Zeit, dass wir zurückgehen. Was ist, kommt ihr mit, oder wollt ihr noch eine Schneewanderung machen?«, rief Chloe einige Zeit später und stand mit überkreuzten Beinen da, um zu zeigen, dass sie wirklich dringend umkehren sollten.

»Perfektes Timing«, sagte Maighread. »So langsam wird es sowieso ungemütlich.«

Sie zog ihr Freundschaftstuch, das sie sich um die Schultern gelegt hatte, enger. Vivian wusste, dass es eines ihrer

Lieblingstücher war. Sie hatte es für ihr Strickbuch entworfen. Doch trotz des Tuchs fröstelte Maighread.

Und auch Vivian spürte die Kälte jetzt wieder, und plötzlich bemerkte sie, dass sie noch immer Jasons Parka trug. Doch der Wind hatte aufgefrischt, auch die dicke Jacke half nicht mehr dagegen. Nachdem die Sonne kurz durch das Grau gebrochen war, hatten sich jetzt wieder Wolken davorgeschoben, und es begann gerade wieder zu schneien.

»Auch das noch«, jammerte Chloe. »Hoffentlich hört es gleich wieder auf. Scott ist immer noch unterwegs, und die Heimfahrt hätte ich auch lieber ohne zugeschneite Straßen«, sagte sie und sah besorgt zu den dunklen Schneewolken in den Himmel.

Vivian hatte genug vom Balancieren. Sie blieb stehen, ging etwas in die Knie, stieß sich ab, flog durch die Luft und landete nach einem Salto sicher und auf beiden Füßen direkt neben dem Gatter.

»Wir beide müssen dringend demnächst miteinander plaudern«, stellte Maighread fest und klatschte vor Begeisterung in die Hände. Da sie Handschuhe trug, fiel der Applaus allerdings gedämpft aus. »Wieso kannst du sowas? Bist du Kunstturnerin oder Ballerina? Komm schon, Vivian. Spuck es aus. Tu nicht so geheimnisvoll.«

Vivian hatte sich von der lockeren Stimmung anstecken lassen, nur so konnte sie sich erklären, dass sie sich von Maighreads Frage gar nicht in die Enge getrieben fühlte. Vielmehr fand sie es nett, dass Maighread sich für sie als Menschin interessierte.

»Ich bin eben eine Frau mit vielen Talenten«, antwortete sie und lachte, als Maighread empört schnaubte, weil sie ihr die Antwort noch immer schuldig blieb.

Vivian konnte ihr ansehen, dass sie noch nicht aufgegeben hatte – sie würde bei nächster Gelegenheit einen neuen Versuch starten.

Eine Böe wehte Vivian ihre Haare ins Gesicht und kalt in ihre Ohren.

»Brr. Jetzt wird es aber ungemütlich. Kommt, lasst uns endlich ins Haus gehen«, sagte sie.

»Es wird weiter gefeiert«, rief Peter. »Maighread, was machen wir zuerst? Wettwickeln oder Fotos raten?«

»Wettwickeln und Babykaraoke«, bestimmte Maighread. »Und die Fotowand stellen wir schon auf, dann können alle in Ruhe gucken und überlegen.«

»Das habt ihr euch alles für mein Menschlein und mich ausgedacht?« Chloe strahlte. »Das ist die schönste Babyparty, die ich je erleben durfte«, verkündete sie.

»Was nicht schwer ist«, kommentierte Maighread. »Es ist schließlich deine erste.«

Chloe lachte. »Ganz genau. Und jetzt los, sonst muss ich mich gleich umziehen.«

Während sie zügig auf das Pub zuhielten, öffnete sich die Tür, und Jason trat ins Freie.

»Gerade wollte ich nach euch sehen. Ich habe den Wetterbericht gehört. Das sieht nicht gut aus. Es soll ein Sturm aufziehen mit heftigen Schneefällen«, rief er.

»Ich muss Scott anrufen«, rief Chloe. Die Sorge um ihren Liebsten und den Vater ihres ungeborenen Kindes stand ihr ins Gesicht geschrieben.

Jason nickte. »Deshalb wollte ich euch suchen. Ruf ihn an. Wenn er nicht schon unterwegs ist, soll er Schneeketten einpacken. Für alle Fälle.«

Kapitel 9

Chloe

Chloe und Maighread saßen gemütlich an einem der kleinen Tische am Rand des Gastraums, während auf dem großen Tisch in der Mitte die Babypartyspiele bereits in vollem Gange waren. Da wurden Babypuzzle ausprobiert, verschiedene Rasseln getestet, und auch die Tafel mit den Babyfotos der Partygäste hatten Maighread und Joshua bereits aufgestellt. Das große Rätselraten hatte begonnen.

Welches Baby war wer?

Dabei war es schon so gut wie unmöglich, auch nur das Geschlecht zuzuordnen. Die Kleidung half auch nicht weiter, denn Maighread – die natürlich die Lösung kannte – hatte alle Fotos schwarzweiß ausgedruckt. Das Hellblau-Rosa-Schema war somit deaktiviert.

Neben den Fotos hing eine Liste, wo alle ihre Tipps eintragen durften. Maighread würde die Antworten später auswerten und den Gewinner küren.

Chloe beobachtete das Treiben von ihrem Platz aus und konnte kaum fassen, dass all das ihr und ihrem Menschlein zu Ehren veranstaltet wurde. Eine Welle der Dankbarkeit durchflutete sie. Und das nicht nur wegen der Party.

Maighread hatte Chloe ein Kissen in den Rücken geschoben, eine Decke über den Beinen ausgebreitet, ihre Schuhe ausgezogen und die Füße in den warmen Wollstrümpfen auf ihren Schoß gelegt.

Da Chloe sehr aufgewühlt war und Scott ihr fehlte, ließ sie sich das Bemuttern gern gefallen. Es war ein schönes Gefühl, so umsorgt zu werden.

Ihre Teetasse hielt sie mit beiden Händen. Sie genoss, wie das heiße Porzellan ihre eisigen Finger auftaute und der warme Kräuterduft ihr in die Nase stieg. Obwohl im Pub gut geheizt wurde, fror sie immer noch. Offenbar war es doch etwas zu kalt gewesen für den Spaziergang.

Maighread schenkte ihr gerade eine kleine Entspannungsmassage, während Eilidh und Elisabeth, unter den Anfeuerungsrufen der anderen, beim Babypuppenankleiden gegeneinander antraten. Eilidh gewann, wurde aber nach strenger Prüfung durch Schiedsrichter Joshua leider disqualifiziert, da sie der Puppe das Höschen linksherum angezogen hatte. Brummelnd zog Eilidh davon und verschwand in der Küche. Elisabeth folgte ihr, und gleich darauf hörte man die beiden lachen und mit Töpfen klappern.

Chloe entging nicht, dass Maighread, während sie Chloes Füße sanft knetete, immer wieder sehnsüchtige Blicke zu ihrem Strickzeug warf, das vor ihr auf dem Tisch lag. Aber sie widerstand der Versuchung und massierte ruhig und sanft weiter. Chloe war ihr offensichtlich wichtiger als ihre brennende Stricklust.

Maighread war die beste Freundin, die ein Mensch sich wünschen konnte. Das wusste Chloe natürlich nicht erst seit heute, aber dieser Tag machte es ihr mal wieder besonders deutlich.

Obwohl sie die Fußmassage noch eine ganze Weile hätte aushalten könnten, sagte sie: »Danke, Liebes, du bist ein Schatz. Das hat gutgetan. Aber ich glaube, es ist genug.«

Chloe fand, dass sie jetzt wirklich genug genommen hatte. Sie war an der Reihe, etwas zurückzugeben. Und wenn es nur Strickzeit für Maighread und ein Gespräch über ihre Arbeit war.

Außerdem war Chloe neugierig. Maighreads Projekte zu verfolgen, war immer wieder aufs Neue spannend. Diese Frau strickte schneller, als Chloe denken konnte.

»Bist du sicher?«, fragte Maighread. »Es macht mir wirklich nichts aus.« Doch ihre Hand zuckte bereits Richtung Wolle.

»Ganz sicher«, bestätigte Chloe. »Warte, ich nehme die Füße weg.«

Doch diese Rechnung hatte sie ohne Maighread gemacht.

»Untersteh dich«, sagte die sofort und zog den Fuß, den Chloe bereits angehoben hatte, wieder zu sich auf den Schoß. »Ich finde das unglaublich gemütlich, bleib bitte einfach so sitzen. Solange es für dich bequem ist, natürlich nur«, ergänzte sie.

»Sehr bequem«, antwortete Chloe und schenkte Maighread ein dankbares Lächeln. Tatsächlich half diese Sitzhaltung sogar, die Magenschmerzen erträglicher zu machen, die sie etwas plagten. Sosehr Chloe diesen Tag auch genoss, heute schien ihr wirklich kein Schmerz erspart zu bleiben.

»Was strickst du denn gerade?«, wollte sie von Maighread wissen. Sie musste sich einfach ein wenig ablenken, dann konnte sie all die nervigen Wehwehchen verdrängen.

Das war Maighreads Einsatz. Schon hielt sie das erste Strickstück in der Hand und Chloe vor die Nase.

»Das hier wird ein Kurzschal. Schau mal, noch ein paar Reihen, dann ist er fertig. Man kann ihn toll unter Jacken tragen. Er ist so schmal und kurz, dass es nicht sehr aufträgt.

Es wärmt ganz wunderbar und macht den Jackenkragen dabei nicht eng. Zweimal um den Hals und ein kleiner Knoten. Fertig.«

»Hübsch und praktisch«, bestätigte Chloe und ließ den angefangenen Schal über ihre Finger gleiten. »Ist das die neue Wolle, die du für die Strickbox eingekauft hast?«, wollte sie wissen. Sie hatte die Wolle natürlich schon gesehen, aber da es bei Maighread ständig neue Qualitäten und Farben gab, fragte sie vorsichtshalber nach.

Diese Strickbox war Maighreads neueste Idee. Nachdem ihr Strickbuch erschienen war und genau wie die dazugehörenden Sets einen enormen Zuspruch erlebt hatte, hatte sie überlegt, was ihren Kunden wohl noch gefallen könnte. Es sollte etwas Besonderes sein. Etwas, das man sich selbst oder anderen schenken konnte und das gleichzeitig einen Bezug zu Maighread mit ihrem kleinen Strickladen herstellte. Und so war am Ende des Grübelns die Strickbox herausgekommen, an der sie nun arbeitete.

In diese Box würde traumhaft schöne Wolle in einem dunklen Beerenton kommen. Es war eine Mischung aus Wolle und Polyacryl, wenn Chloe sich richtig erinnerte. Dazu gab es eine Strickschale aus Holz, in deren Rand eine Schnecke gefräst war, durch die der Faden geführt werden konnte. So lag das Knäuel stets sicher am richtigen Platz und fiel nicht ständig vom Tisch, wenn man daran zog. Eine Rundstricknadel in der zur Wolle passenden Größe und drei Anleitungen für ein Set – Stulpen, Longbeanie und Kurzschal – rundeten den Inhalt der Box ab.

Maighread plante das seit Monaten und hatte lange nach den richtigen Anbietern für die Sachen gesucht. Chloe hatte sie, so gut es möglich gewesen war, dabei unterstützt. Inzwischen war das Projekt relativ weit fortgeschritten, und der letzte Punkt auf Maighreads Liste waren die Anleitungen.

Während Chloe noch über die Strickbox nachdachte, waren Maighreads Gedanken offensichtlich längst weitergesprungen. »Aus der *Hygge* werde ich eine Überraschung für dich häkeln«, erklärte sie jetzt. Sie hielt zwei Knäuel des dicken, flauschigen Garns in die Höhe, legte sie dann auf den Tisch vor sich und kramte schon wieder in einer ihrer Taschen, die auf dem freien Stuhl neben ihr standen.

»Oh, und das hier! Hach, ja. Ich glaube, das ist der perfekte Moment. Schau mal, Chloe. Ich meine, klar, du weißt, dass ich jede Menge Sachen für das Menschlein gestrickt habe. Die bekommst du nachher auch. Aber das hier ist, glaube ich, mein Liebling. Was sagst du?«

Schon hielt sie Chloe zwei Pullover hin.

»Sind die niedlich«, rief Chloe sofort begeistert.

»Ja, oder?«, stimmte Maighread ihr zu, und ihre Augen strahlten. »Ich bin auch ganz verliebt.«

Sie hatte zwei Pullis mit jeweils einem kleinen freundlichen Drachen auf dem Bauch gestrickt. Die Grundfarbe des einen Pullovers war ein zartes Blau. Der andere war pink. Den Drachen hatte sie bei beiden Pullovern gleich gestrickt: Grün mit Gelb, Orange und Lila. Und mit einem breit lächelnden Maul, aus dem ein kleiner Feuerstrahl kam. Eigentlich schade, dass das Baby sich noch gar nicht daran freuen würde, ging es Chloe durch den Kopf. Und wieder einmal war es, als könnte Maighread ihre Gedanken lesen.

»Ich werde den noch in ein paar Nummern größer stricken, damit dein Kleines auch etwas davon hat«, sagte sie. »Am Anfang ist das alles ja eher für die Erwachsenen, die Freude daran haben, wenn das Baby niedlich angezogen ist.«

»Darf ich sie beide behalten?«, fragte Chloe. Als sie sah, dass Maighread protestieren wollte, setzte sie sofort nach. »Du weißt ja, dass ich diese ganze Rosa-Blau-Zuordnung eigentlich albern finde. Das passt doch überhaupt nicht mehr in unseren Zeitgeist. Auch wenn ich mich aufgrund der Argumente, die wir ja schon mehrfach ausgetauscht haben, sicher größtenteils daran halten werde. Aber hey, Ausnahmen bestätigen die Regel, oder etwa nicht? Dieser Drache ist einfach zu niedlich!« Chloe konnte es kaum glauben. Ja, sie hatte inzwischen selbst eine gewisse Fingerfertigkeit in Sachen Wolle und Stricknadeln entwickelt, die sie sich noch vor wenigen Jahren niemals hätte träumen lassen. Doch solche Kunstwerke traute sie sich nun wirklich nicht zu, und sie liebte sie – genauso wie ihre wundervolle Freundin.

Maighread lachte. »Überredet. Behalte beide, und sag mir, welche Farben als Grundton du noch gerne hättest. Dein Wort ist mein Strickbefehl«, verkündete sie.

Sie schnappte sich den Kurzschal, und schon bewegte sie in rasantem Tempo die Maschen von einer Seite zur anderen. Chloe konnte ihr ansehen, wie erleichtert sie war, endlich stricken zu können. Seit sie mittags zum Pub gefahren waren, hatte Maighread keine Nadeln in der Hand gehabt. Das war außergewöhnlich lange für ihre strickverrückte Freundin. Und Chloe hatte beinahe das Gefühl, als wolle diese nun aufholen, was sie bisher verpasst hatte, so schnell klapperten die Nadeln.

Während Maighread ihr Nadelglück genoss, wanderten Chloes Gedanken zu ihrem Liebsten.

Sie hatte so gehofft, Scott noch rechtzeitig zu erreichen. Gleich, als sie vorhin vom Spaziergang zurück gewesen war, hatte sie ihn erst angerufen und ihm, als er nicht abgehoben hatte, geschrieben und Jasons Rat mit den Schneeketten weitergegeben. Jetzt wartete sie schon fast eine Stunde darauf, dass Scott ihr antwortete.

Unruhig nahm sie das Handy in die Hand, tippte auf das Display, öffnete die App und betete darum, eine neue Nachricht zu sehen.

Nichts.

Scott meldete sich einfach nicht. Und auch ihre Nachricht hatte er nicht abgerufen und gelesen. Sie sah es daran, dass noch immer nur ein graues Häkchen angezeigt wurde. Enttäuscht ließ Chloe die Hand sinken. Das durfte doch nicht wahr sein.

Inzwischen war es später Nachmittag, er müsste längst hier sein. Oder sich wenigstens gemeldet haben, um ihr Bescheid zu geben. Scott wusste doch, dass sie auf ihn wartete.

Hoffentlich war ihm nichts passiert. Dieses Schweigen war sonst gar nicht seine Art.

So schnell, wie er gekommen war, so schnell schob Chloe diesen dunklen Gedanken wieder beiseite. Nur weil er gerade nicht erreichbar war, musste ihm nicht sofort etwas zugestoßen sein. Man sollte nicht immer vom Schlimmsten ausgehen. Das hatte Chloe, als sie noch als Psychologin gearbeitet hatte, ihren Patienten immer und immer wieder erklärt, und sie tat sicher gut daran, sich an ihre eigenen Ratschläge zu halten. Nicht nur für sich selbst, sondern auch für ihr Menschlein war es wichtig, ruhig zu bleiben. Stress konnte im schlimmsten Fall sogar zu Komplikationen führen.

Vielleicht hatte Scott nicht mitbekommen, dass sie ihm geschrieben hatte. Es wäre möglich, dass er gerade beschäftigt gewesen war. Oder er hatte keinen Empfang – das konnte in den Highlands schon mal vorkommen, je nachdem, wo er unterwegs war.

Chloe beschloss, es erneut zu versuchen. Sie hoffte, dass Scott den Ton der eingehenden Nachricht hören und dann endlich reagieren würde.

Hey Liebling, wo bist du? Sind die Straßen noch frei? Melde dich bitte. Ich mache mir Sorgen. Es stürmt hier oben ziemlich. Und es schneit schon wieder. Denk bitte an die Schneeketten, und fahr vorsichtig. Ich liebe dich!

Während sie die Nachricht abschickte und in Gedanken bei Scott war, nahm die Babyparty immer mehr Fahrt auf. Sie hatten inzwischen Tee getrunken und Eilidhs Babytorte angeschnitten, die eigentlich viel zu schade gewesen war, um sie zu zerstören.

Eilidh hatte sie mit hellblauem Fondant überzogen und mit Rassel, Schnuller, Babyfläschchen und einer Wimpelkette dekoriert. All das hatte sie in detailverliebter Kleinstarbeit selbst aus Marzipan geformt und mit Lebensmittelfarben gefärbt.

Die Torte war köstlich, aber auch ziemlich mächtig gewesen. Sie lag Chloe im Magen. Vielleicht war es auch die Aufregung, sie wusste es nicht genau. Auf jeden Fall hatte sie seither Magenschmerzen und Jason um einen Fencheltee gebeten. Dass der gezerrte Muskel im Rücken auch wieder muckte, machte die Sache nicht gerade besser. Am liebsten hätte sie sich noch mal hingelegt, aber dann würde sie die Party verpassen.

Chloe gab sich Mühe, sich weder ihre Unruhe noch ihr Unwohlsein anmerken zu lassen. Sie wollte den anderen den Spaß nicht verderben. Mehr noch, sie versuchte, auch sich selbst den Spaß zu gönnen. Der Fencheltee und Maighreads

Fürsorge taten ihr gut, ihr Magen schien sich zu beruhigen. Und Scott war ein vernünftiger Fahrer. Er wird auf sich aufpassen, sagte sie zu sich selbst.

Peter war in Hochform und sorgte für ausgelassene Stimmung. Er wickelte die Babypuppen in Rekordzeit und gewann ein Wickelduell nach dem anderen. Und das, obwohl Maighread den Wettkampf extra schwierig gemacht hatte – mit Stoffwindeln und Gummihöschen. »Mit Wegwerfwindeln ist das viel zu einfach«, hatte sie erklärt und den Teilnehmern vorgeführt, wie man eine Stoffwindel richtig anlegte.

Die Grannys brauchten natürlich keine Nachhilfe, aber die anderen waren froh um die Hilfestellung. Besonders Peter hatte Maighread sehr genau auf die Finger gesehen.

Gerade machte er sich bereit, um gegen Gwendolyn anzutreten. Er spielte sich schon im Vorfeld ordentlich auf. Genau wie sonst immer bei den Highland Games, wenn die starken Kerle versuchten, sich gegenseitig mit ihren Muskeln und ihrem Gehabe einzuschüchtern. Nur ging es heute nicht darum, Baumstämme zu werfen. Doch das schien Peter nicht zu stören. Wettkampf war Wettkampf.

»Erfahrung gegen Manneskraft«, dröhnte er und nahm schnell noch einen großen Schluck Whisky. »Mit angefeuchteter Kehle wickelt es sich doch gleich viel leichter«, verkündete er.

So aufgekratzt, wie er war, hatte er seine Kehle wohl schon mehrfach angefeuchtet. Chloe amüsierte sich, sie liebte ihren Cousin und freute sich, dass es ihm so gut ging. Dass es nun Amely in seinem Leben gab, hatte damit ganz sicher einiges zu tun. Sie stand neben ihm und feuerte ihn übermütig an.

»Nichts für ungut, Gwendolyn, aber du weißt ja: die Liebe«, sagte sie und warf Chloes Granny eine Kusshand zu, bevor sie rhythmisch in die Hände klatschte und rief: »Peter, Peter, Peter!«

»Jetzt macht mal langsam«, meldete sich Joshua. »Ich habe ja noch nicht mal den Start freigegeben.«

Er hatte sich, wie eben schon beim Wett-Anziehen, wieder selbst als Schiedsrichter eingeteilt. Vermutlich hatte er sich einfach vor dem Wickeln drücken wollen. Diese Babypüppchen jagten ihm offensichtlich Respekt ein.

»So kleine Püppchen, echt jetzt?«, hatte er zu Beginn des Spiels gesagt. »Gab es die nicht in Babygröße? Die sind doch viel zu winzig, wie soll man denn da wickeln?«

»Die sind genauso groß wie ein durchschnittliches Neugeborenes«, hatte Maighread ihm erklärt.

Chloe konnte seine Ehrfurcht durchaus verstehen. So ein winzig kleines Lebewesen. Kaum vorstellbar, dass sie bald wirklich so ein Wunder erleben würden. Und nur gut, dass sie sich nicht würde mit Stoffwindeln und Gummihöschen rumplagen müssen. Ein Hoch auf die Wegwerfwindeln!

Peter hatte weit weniger Berührungsängste. Er hatte eine Puppe an einem Bein geschnappt und sie kopfüber baumeln lassen.

»Ach komm schon, Joshua, stell dich nicht so an. Die kleinen Dinger sind robuster, als sie aussehen.«

»Gut, dass ich jetzt weiß, wem ich mein Menschlein nicht anvertrauen werde«, hatte sich Chloe gemeldet.

Das hatte gesessen. Peter war tatsächlich ein bisschen rot geworden. »Du weißt aber schon, dass ich zwischen einer Plastikpuppe und einem Menschenkind unterscheiden kann, Chloe, oder?«, hatte er zu seiner Verteidigung angesetzt. Und dann hatte er die Ärmel hochgekrempelt und den Wickelherausforderer gegeben.

Und er hatte nicht zu früh geprahlt. Peter war gut. Schnell und korrekt wickelte er und gewann gegen Maighread, Amely und Elisabeth. Er hatte auch versucht, Jason dazu zu bringen, gegen ihn anzutreten. Doch der hatte nur abgewunken und sich verzogen.

Chloe hatte beobachtet, dass Vivian kurz darauf ebenfalls erneut den Raum verlassen hatte. Ob sie ihm hinterhergegangen war? Ob die beiden redeten? Vivian schien irgendwie Interesse an Jason zu haben. Vielleicht weil er in seiner ruppigen Art geheimnisvoll wirkte.

Wenn Chloe es richtig mitbekommen hatte, hatten sich Maighread und Vivian vorhin beim Spaziergang über Jason unterhalten.

Ein lautes Klappern ließ Chloe zusammenzucken. Eine Böe hatte einen der Fensterladen aus der Befestigung gerissen und schlug ihn nun gegen den Rahmen. Der Wind, der ums Haus pfiff, hatte ordentlich zugelegt und war, dem Pfeifen und Heulen nach zu urteilen, inzwischen zu einem richtigen Sturm angewachsen. Chloe warf einen Blick zum Fenster. Die Welt verschwand in dichtem Schneetreiben.

Chloe hatte inzwischen ihre Füße von Maighreads Schoß genommen und die Schuhe wieder an. Sie stand auf und ging zum Fenster, während die anderen weiter um die Wette wickelten.

Besorgt beobachtete sie, wie die Welt durchgeschüttelt wurde, als wäre sie eine Schneekugel in der Hand eines Riesen. Die Bäume bogen sich im Sturm und schienen ekstatisch zu tanzen. Es war kein sanftes Wiegen, eher ein Reißen und Ruckeln. Eine Reihe von abgebrochenen Ästen lag bereits am Boden. Durch das wilde Schütteln stoben immer wieder große Ladungen Schnee von den Bäumen, nur um den nächsten dicken Flocken Platz zu machen, die vom Himmel fielen.

Nur noch schemenhaft konnte Chloe in dem wilden Treiben erkennen, dass sich die Rinder auf der Weide zu einer engen Gruppe zusammengeschlossen hatten. So konnte ihnen der Sturm weniger anhaben. Ihr zotteliges braunes Fell war schneebedeckt. Die armen Tiere. Auch wenn sie für ein Leben in dieser Witterung gemacht waren und sich zu helfen wussten, taten sie Chloe doch leid. Bei diesem Wetter war es für die Tiere, die in den Highlands lebten, nicht einfach. Weder für die Nutztiere noch für die Wildtiere, die da draußen in der Eiseskälte um ihr Überleben kämpften.

Dicht über dem Boden trieben die Böen Schneewolken vor sich her. Immer wieder wurden sie aufgewirbelt, flogen durch die Luft, bevor sie sich an anderer Stelle wieder herabsenkten. Es sah gespenstisch aus und furchteinflößend. Chloe rieb sich über die Oberarme und schauderte. Sie konnte sich nicht erinnern, wann sie zuletzt so einen starken Sturm erlebt hatte.

Scott, wo bist du nur?

»Yeaahh«, schallte Peters Jubel durch den Raum. »Ich habe es doch gesagt: Ich bin der Wickelkönig. Maighread, wo ist meine Krone? Oder will noch jemand von mir an die Wand gewickelt werden?«

Chloe wandte sich vom Fenster ab und setzte sich wieder an ihren Platz.

»Schluss mit dem Wickeln«, verkündete Maighread. »Peter, ich ernenne dich ganz offiziell zum Wickelkönig. Hier, nimm diesen Wollfaden als Zeichen deines Könnens«, sagte sie. Sie hatte gerade die Fäden an ihrem Kurzschal vernäht und abgeschnitten. Einen davon reichte sie in einer feierlichen Geste Peter.

»Nicht dein Ernst!«, protestierte er.

»Aber sowas von«, bestätigte Maighread grinsend. »Und jetzt setzt euch. Es ist Zeit für das Babynamenbingo. Ich bin die Spielleiterin.«

»Spielt ihr mal«, sagte Eilidh, die gerade kurz aus der Küche gekommen war. »Ich kümmere mich um die Beilagen, damit wir nach dem Bingo essen können. Sonst ist der Truthahn am Ende trocken, und der Rest ist noch nicht mal im Topf.«

»Brauchst du Hilfe?«, fragte Chloe.

»Hört Maighread auf zu stricken?«, fragte Eilidh und schüttelte sehr entschieden den Kopf. »Und glaube mir, sollte ich Hilfe brauchen, bist du ganz sicher nicht diejenige, die mit anpackt. Das ist deine Party, Chloe. Das Einzige, was du heute tun musst, ist genießen und Spaß haben. Was ist? Möchtest du noch ein Stück Torte?«

»Das ist lieb, Eilidh, aber ich kann nicht mehr. Ich bin jetzt schon pappsatt und muss zusehen, dass ich Platz bekomme, damit wenigstens noch ein Stück Truthahn reinpasst.« Sie wollte ihr nicht die Freude verderben und gestehen, dass die Torte ihr nicht sehr gut bekommen war. Eilidh konnte schließlich nichts dafür.

»Ach, mach dir keine Gedanken, Cousinchen«, sagte Peter. »Wenn du nicht mehr kannst, opfere ich mich gern. Das Vögelchen duftet jetzt schon so gut, dass mir das Wasser im Mund zusammenläuft.«

»Die Knochen kannst du haben, du Gierschlund«, sagte Eilidh prompt. Doch dann musterte sie Peter und meinte: »Na ja, obwohl, so dünn, wie du bist, wird es doch besser eine große Portion aus der Keule und ordentlich Beilagen. Aber keine Bange, es ist genug für alle da.«

Eilidh machte auf dem Absatz kehrt und marschierte in die Küche zurück. Maighread verteilte die Bingozettel und Stifte. Sie hatte auf jedem Zettel siebenundzwanzig Babynamen willkürlich notiert.

Sofort begann Peter vorzulesen. »Miranda, Morgana, Scarlett?« Er lachte. »Echt jetzt?«

»Das ist doch nur ein Bingo«, erklärte Maighread. »Es sind keine Namensvorschläge. Wobei – Scarlett ist doch ein wunderschöner Name, oder?«

»Was für ein Glück, dass Chloe und Scott den Namen bestimmen und nicht du«, kommentierte Peter trocken. Dann sah er zu Chloe. »Bitte sag mir, dass dein Kind nicht Scarlett heißen wird«, flehte er.

»Dazu werde ich mich nicht äußern«, antwortete Chloe. »Das erfahrt ihr früh genug.« Scarlett stand nicht auf ihrer Liste der engeren Auswahl, aber das verriet sie nicht. Endgültig entschieden hatten sie und Scott sich ohnehin noch gar nicht.

»Also, legen wir los?«, rief Peter jetzt. »Was gilt? Vertikal, horizontal?«

»Genau so. Einfaches Bingo, Doppelbingo oder Dreifachbingo werden mit einem, zwei oder drei Punkten gewertet. Und wer alle vier Ecken hat, bekommt einen Zusatzpunkt. Wir spielen drei Runden.«

Maighread hatte siebzig kleine Zettelchen mit Namen in eine ihrer gefilzten Taschen gepackt. Das war ihr Ersatz für eine Bingotrommel.

»Seid ihr bereit?«, fragte sie.

Sie streckte ihre Hand in die Tasche und wühlte in den Zetteln, da klingelte Chloes Handy.

»Moment«, bat sie, und schon flog ihr Finger über das Display, und Scotts Nachricht blinkte auf. »Gott sei Dank!«, rief Chloe und las.

Die Freude verflog leider schnell. Die Nachricht von Scott war ungewöhnlich lang, das ließ nichts Gutes ahnen. Und mit jedem gelesenen Wort bestätigte sich Chloes Befürchtung.

Chloe, es tut mir so leid. Der Hausbesuch wurde zu einem Notfalleinsatz. Das hat alles schrecklich lange gedauert. Zum Glück ist alles gut gegangen, abgesehen von der Tatsache, dass ich hier unten bin und du oben im Pub. Das tut mir schrecklich, schrecklich leid. Aber Chloe, es schneit und stürmt derart, dass es Wahnsinn wäre, wenn ich jetzt hochfahren würde. Die Straßen sind weiß, es gibt kaum ein Durchkommen. Bitte, Liebes, sei nicht zu enttäuscht. Und versprich mir, dass ihr im Pub bleibt, bis das Wetter sich beruhigt hat. Ich werde nach Callwell fahren und melde mich, wenn ich heil zu Hause angekommen bin. Chloe, ich liebe dich. Pass auf dich auf, und geh auf keinen Fall aus dem Haus. Versprich mir das.

Chloe atmete tief durch, in dem Versuch, ihre Enttäuschung damit etwas abzufangen. Sie hatte sich so darauf gefreut, nachher mit Scott zu singen und zu feiern. Aber natürlich war sie froh, dass er vernünftig genug war, sich nicht in Gefahr zu bringen.

Vivian war inzwischen auch wieder im Gastraum und saß mit am Tisch. Sie hatte verkündet, dass sie gleich wieder ein paar Lieder spielen wollte.

»Ist er okay?«, fragte sie.

Chloe nickte. »Ja, schon. Aber der Schneesturm ist so heftig, dass er vorsichtshalber lieber unten im Tal bleibt. Er sagt, dass auch unten im Ort die Straßen weiß sind und schon am Fuße des Berges kaum ein Durchkommen ist. Er rät uns, auf keinen Fall das Haus zu verlassen und hier auszuharren, bis sich der Sturm legt. Also, wie es aussieht, müssen wir wohl länger hierbleiben als geplant. Der Schneepflug wird sicher auch nicht vor morgen früh fahren, und solange können wir hier nicht weg.«

»Was?« Vivian war aufgesprungen und sah Chloe erschrocken an. Hastig schüttelte sie den Kopf. »Auf keinen Fall!«

Die Vorstellung, mit einer Gruppe Menschen hier im Pub festzusitzen, schien ihr nicht nur nicht sehr zu behagen, sondern regelrecht Angst einzujagen. Chloe wusste, dass Vivian ihren Freiraum brauchte. Das machte sie jedem schnell und unmissverständlich klar. Wenn man sich daran hielt, war sie ein angenehmer und umgänglicher Mensch. Nur wenn nicht, fuhr sie ziemlich deutlich ihre Krallen aus.

»Wisst ihr was?«, sagte Vivian nach kurzer Überlegung. »Bleibt ihr hier. Aber für mich kommt das nicht infrage. Schneesturm hin oder her – so schlimm wird es schon nicht sein. Wir sind schließlich nicht in Sibirien. Ich spiele wie versprochen noch eine letzte Session, und dann bin ich weg. Auftrag erledigt und gut.«

»Vivian, sei doch vernünftig«, versuchte Chloe, die Musikerin zu beruhigen. »Du bringst dich unnötig in Gefahr, wenn du dich in dieses Unwetter stürzt, und wir würden uns alle riesige Sorgen machen, wenn du gehst.«

»Ach was, Gefahr. Ich muss eben langsam fahren. Und es geht bergab, da rutscht es doch von allein.«

Chloe suchte Maighreads Blick und überlegte fieberhaft, wie sie Vivian zur Vernunft bringen könnte. Sie durfte auf keinen Fall allein losziehen. Aber sie konnten sie auch nicht mit Gewalt zum Bleiben zwingen. Vivian war erwachsen.

»Wenn du jetzt mal für einen Moment die Luft anhältst und nachdenkst, wird dir vielleicht klar werden, dass dein Plan einen winzig kleinen Haken hat«, meldete sich Jason zu Wort, der dem Wortgefecht von der Tür aus gelauscht hatte.

»Ach, jetzt mischst du dich auch noch ein?«, fauchte Vivian ihn sofort an. »Na, da habe ich gerade drauf gewartet.«

»Oh, keine Sorge, ich dränge mich niemandem auf. Ich halte dich auch nicht zurück. Wenn du gehen willst, geh. Ich habe nicht vor, deine Rettung zu meinem neuen Hobby zu machen. Ich erinnere dich nur daran, dass dein Wagen nicht fahrbereit ist«, antwortete Jason, drehte sich um und verschwand wieder.

Vivian stand da und sah ihm mit offenem Mund hinterher. Es war offensichtlich, dass sie ihren Unfall vom Vormittag vor lauter Schreck über die Nachricht, die Nacht im Pub verbringen zu müssen, vollkommen vergessen hatte.

»Shit«, sagte sie.

Chloe konnte sehen, wie ratlos sie war. Aber sie konnte auch erkennen, wie Vivian mit sich kämpfte und um eine Entscheidung rang. Und dann war es, als legte sie einen Schalter um. Sie zuckte mit den Schultern und grinste.

»Wenigstens haben wir Whisky«, sagte sie. »Dann machen wir eben das Beste draus.« Als wäre nichts gewesen, drehte sie sich um, nahm ihre Geige aus dem Koffer, lächelte und begann zu spielen.

Kapitel 10

Maighread

Vivians Ausbruch hatte Maighread einen gehörigen Schrecken eingejagt. Sie war sehr erleichtert, dass die Musikerin sich so schnell wieder gefangen hatte. Aber der Gesichtsausdruck, als Jason sie an das kaputte Auto erinnert hatte – Maighread war sich sicher, einen Anflug von echter Panik gesehen zu haben. Vivian hatte ihr entsetzlich leidgetan!

Was musste sie durchgemacht haben, dass sie sich mit Nähe zu anderen Menschen so schwertat? Es ging dabei offensichtlich nicht um ein einfaches Unbehagen. Die Vorstellung, mit ihnen allen zusammen über Nacht im Pub bleiben zu müssen, musste richtig schrecklich für Vivian sein, wenn sie so darauf reagierte. Einen Moment hatte Maighread geglaubt, sie würde sich aller Gefahr zum Trotz Hals über Kopf zu Fuß in den Schneesturm stürzen.

Was für ein Glück, dass sie sich besonnen hatte und diese von der Nadel gerutschte Masche wieder gefangen war. Sogar Vivians Laune hatte sich zwischenzeitlich wieder gebessert. Doch auch wenn diese Krise überstanden war, hatte Maighread noch nicht wieder ganz in ihre ausgelassene Stimmung zurückgefunden. Ein Teil von ihr blieb wachsam, um Vivian im Notfall beistehen zu können. Um sie herum aber wurde wieder gelacht und herumgealbert. Und dafür war Maighread dankbar.

Es brachte schließlich niemandem etwas, wenn sie jetzt durchdrehten oder die Köpfe hängen ließen. Genau genommen gab es auch keinen Grund dafür. Außer dass sie auf Scotts Gesellschaft verzichten mussten, was besonders Chloe getroffen hatte. Aber sonst? Immerhin hatten sie es warm und gemütlich und waren schließlich zum Feiern hier. Chloe hielt sich wacker und ließ sich kaum etwas von ihrer Enttäuschung anmerken.

Und weil eben alles so war, wie es war, hatten sie beschlossen, sich von den Umständen nicht den Spaß nehmen zu lassen. Wenn sie schon eine Weile hier oben festsaßen, dann konnten sie auch eine gute Zeit miteinander haben.

Außerdem – das hatte Maighread nicht laut gesagt, aber gedacht – war das letzte Wort in dieser Sache noch gar nicht gesprochen. Wer konnte schon vorhersagen, wie sich das alles entwickeln würde? Vielleicht ließ der Sturm genauso schnell nach, wie er gekommen war, oder der Schneepflug kam entgegen allen Befürchtungen doch heute noch den Berg herauf.

Verhungern würden sie jedenfalls nicht, dafür hatte Eilidh gesorgt. Ganz abgesehen von Jasons Vorräten. Und wie Vivian festgestellt hatte: Genug Whisky hatten sie auch. Und natürlich Tee für Chloe. Am Whisky durfte die werdende Mama allenfalls schnuppern. Sie hatten Musik und Spielideen. Es fehlte ihnen an nichts.

Trotzdem fühlte es sich für Maighread wie ein Abenteuer an, zu dem sich diese Babyparty entwickelte. Eigentlich spannend, es machte das Event zusätzlich zu etwas ganz Besonderem. Das würden sie alle sicher nicht so schnell vergessen.

Die Einzigen, die von der ganzen Aufregung um sie herum vollkommen unbeeindruckt blieben, waren die Hunde.

Die lagen in der Ecke auf ihren Decken und schliefen. Joshua hatte sie gefüttert, und das Toben im Schnee hatte sie müde gemacht. Für die Vierbeiner war es vollkommen egal, wo sie waren – Hauptsache, das Rudel war vollständig.

Während Vivian wieder mit ihrer Geige zu verschmelzen schien und die Töne durch die Luft tanzen ließ, spielte der Großteil der Freunde wie geplant das Babynamenbingo.

Chloe sah nur zu.

Maighread verstand sie und ließ sie in Ruhe. Sicher war sie mit ihren Gedanken zu sehr bei Scott und hatte keine Lust, sich zu konzentrieren. Eilidh sah nur ab und zu durch die Küchentür herein und gab einen Kommentar zu einem der Namen ab. Ansonsten klapperte sie in der Küche mit Töpfen und Pfannen. Und Jason saß am Tresen und beobachtete das fröhliche Treiben mit unergründlicher Miene.

Natürlich hatte Maighread versucht, ihn zum Mitmachen zu überreden, aber er wollte partout nicht. Sie gab sich geschlagen. Hauptsache, er verkroch sich nicht gleich wieder in einem der Hinterräume und grübelte vor sich hin. Zumindest dieses Versprechen hatte Maighread ihm abgerungen.

Der Rest der Bande aber saß mit gezückten Stiften am Tisch. Sie hatten die Zettel vor sich liegen und ließen Maighread, die die Ansagen machte, nicht aus den Augen. Sie ließ ihre Hand in die Bingotrommel-Tasche gleiten und fischte nach einem neuen Zettel.

Sie liebte diese Filzsachen. Seit dem ersten Projekt, bei dem sie Wolle in der Waschmaschine verfilzen ließ, hatte sie eine Leidenschaft dafür entwickelt. Sie verwendete unterschiedlichste Qualitäten und hatte bereits einiges getestet. Die *Retreat super chunky* von den West Yorkshire Spinners war im Moment ihr Favorit.

Angefangen bei Puschen über Körbe bis hin zu wunderhübschen Taschen. Sie konnte nicht genug davon bekommen.

Maighread rief den nächsten Namen aus und ließ den Spielern etwas Zeit, ihre Zettel zu kontrollieren. Sie sah derweil zum Fenster und lächelte vor sich hin.

Ja, es schneite wie verrückt und stürmte so heftig, dass die Fensterrahmen knarzten. Und das Wetter hatte unschöne Folgen – besonders für Chloe. Aber es gab auch eine zauberhaft schöne Seite an der Sache. Jason hatte die Lichterketten am Haus und an dem geschmückten Tannenbaum auf dem Parkplatz angeschaltet. In dem warmen Lichterschein tanzten die Flocken. Meistens sah man vor lauter weißem Treiben fast nichts außer einem warmen Schimmer. Aber in den kurzen Momenten, in denen das dichte Schneetreiben durch Böen auseinandergerissen wurde, entfalteten die Lichterketten ihre Kraft, und es sah wunderschön aus.

Maighread hätte stundenlang zusehen können. Schneezauber hatte sich über der Welt ausgebreitet.

»Bingo«, rief Amely. Sie lachte und hielt ihren Zettel in die Höhe. Maighread brauchte einen Moment, sie hatte mit offenen Augen vor sich hingeträumt.

»Das gibt es doch nicht«, protestierte Peter und schnappte sich Amelys Zettel. »Du hast doch bestimmt geschummelt. Gerade lag ich noch zwei Felder vor dir.«

Er wollte die eingekreisten Namen kontrollieren, doch Amely holte sich ihren Zettel zurück und grinste.

»Tja, Liebling, so kann es kommen. Man sollte sich seiner Sache eben nie zu sicher sein«, neckte sie Peter übermütig.

»Pff«, machte Peter und tat so, als würde er schmollen. Das amüsierte Funkeln in seinen Augen verriet Maighread, dass er schauspielerte.

»Na komm, der Zweitbeste soll nicht leer ausgehen«, sagte Amely und schenkte ihm einen Kuss.

Schon hatte Peter wieder Oberwasser.

»Bei solchen Trostpreisen darfst du gern das nächste Spiel auch gewinnen. Vor allem, wenn ich an meinen Gewinnerfaden denke! Da ist der zweite Preis eindeutig der bessere«, sagte er und zog Amely noch ein Stück näher zu sich heran.

Peter war schon immer ein ausgelassener Kerl gewesen, immer zu Späßen aufgelegt. Doch er hatte lange allein gelebt und daran zu knabbern gehabt, dass er nicht die passende Partnerin fand. Es hatte Momente tiefer Traurigkeit gegeben. Aber jetzt, seit Amely und er zusammen waren, sprühte er nur so vor Fröhlichkeit. Ihr legte er die Welt zu Füßen, wenn sie sich das wünschte.

Und sie liebte ihn umgekehrt ebenso sehr. Maighread wartete nur darauf, dass die beiden den nächsten Schritt gingen. Bei Chloe hatte sie die Hoffnung schon fast aufgegeben. Sie wollte einfach nicht heiraten. Wenn schon ein Kind sie nicht umstimmen konnte, wusste Maighread nicht, was sonst diese Kraft haben könnte.

Maighread hörte Chloe seufzen und legte ihr den Arm um die Schultern. Sie tat ihr so leid. Da sollte es eine fröhliche Party für sie und Scott werden, und nun musste sie anderen beim Küssen zusehen. Das war wirklich nicht fair.

»Wenigstens hast du uns«, flüsterte Maighread ihr zu. Sie beugte sich zu Chloe hinüber und gab ihr ein Küsschen auf die Wange. Chloe lächelte sie dankbar und ein bisschen wehmütig an.

»Dann wird es jetzt Zeit für die offizielle Siegerehrung«, sagte Maighread.

Sie suchte in ihrer großen Tasche und zog nach kurzer

Überlegung ein Paar Stulpen hervor. Das war zwar nicht geplant, aber es passte hervorragend. Sie hatten sowieso ein Geschenk für Amely werden sollen. »Herzlichen Glückwunsch, Amely, du hast das Babynamenbingo gewonnen. Und das hier ist dein Preis.«

Maighread stand auf, und Amely erhob sich ebenfalls – bereit, ihren Siegerwollfaden entgegenzunehmen.

Als Maighread ihr den Preis in die Hand drückte, wurden Amelys Augen groß vor Staunen.

»Aber, aber …«, stammelte sie.

»Schiebung«, beschwerte sich Peter lautstark. »Das ist unfair.«

Amely schlüpfte in eine der Stulpen hinein und streckte ihre Hand aus, um das Muster bewundern zu können. Peter hörte auf, sich weiter zu beschweren. Stattdessen griff er nach der Hand seiner Angebeteten und bewunderte Maighreads Arbeit ebenfalls.

»Wow«, sagte er und nickte anerkennend. »Maighread, du hast es echt drauf. Weißt du was? Dafür spendiere ich einen Drink«, verkündete er und stand auf, um Whisky und Gläser zu holen. Diesem Schelm war doch jeder Anlass recht für einen Schluck oder zwei seines flüssigen Goldes.

Amely drehte und wendete ihre Hand und strich ehrfürchtig über die Stulpe. »Wunderschön«, hauchte sie, und Maighread freute sich, weil die Überraschung gelungen war.

»Ich nenne das Design *Flowers of Callwell*«, erklärte sie nicht ohne einen gewissen Stolz in der Stimme.

»Ein perfekter Name«, bestätigte Amely. »Dieses Muster sieht aus wie Blütenstände.«

»Ja, ich …« Maighread biss sich auf die Lippen, weil sie sich beinahe verraten hätte. Dabei sollte der Rest doch auch noch eine Überraschung sein. Deshalb klatschte sie in die Hände und rief: »Ich finde überhaupt, dass es jetzt Zeit für Geschenke ist.«

»Oh ja, da bin ich dabei«, meldete sich Peter. Er hatte inzwischen die Gläser gefüllt und prostete Maighread zu.

»Und ich habe eine geniale Idee!«, rief Chloe.

Auf einmal hatte sie ihre Niedergeschlagenheit abgeschüttelt und wirkte wie ausgewechselt. »Da Scott nicht dabei sein kann, machen wir ihm ein paar Videos. Was meint ihr? So kann er doch noch mit uns feiern.«

»Klasse«, sagte Maighread und nickte anerkennend.

Doch Peter schüttelte den Kopf.

»Cousinchen, wieder mal von hinten durch die Brust ins Auge, oder?« Peter grinste, und als alle ihn verständnislos ansahen, lachte er laut. »Na, wieso nicht einfach ein Videocall? Da müssen wir nicht lange filmen und hochladen. Wir rufen Scott an, und zack, ist er dabei. Und er muss nicht nur zusehen, sondern kann sich auch direkt beteiligen und mitreden.« Schon zückte er sein Handy. »Lasst mich mal machen, und du, Chloe, mach dich bereit. Du hast gleich einiges zu tun.«

»Wir anderen aber auch«, verkündete Maighread. »Ich finde, wir sollten jetzt alle die Geschenke auspacken. Dann haben wir Bewegung und gleich wieder Appetit, wenn das Dinner fertig ist.«

»Wo hast du denn mein Geschenk hin?«, fragte Peter an Chloe gewandt. »Ich finde, damit solltest du anfangen. Immerhin hast du das als Erstes bekommen.« Während er das sagte, hatte er auf seinem Handy herumgetippt und rief jetzt: »Hey, Scott, da bist du ja. Alles klar? Bist du heil gelandet?«

»Bin ich«, bestätigte Scott. Er wirkte alarmiert. »Weshalb rufst du an, Peter, und nicht Chloe? Ist alles okay mit ihr und dem Baby?«

»Hey, ruhig, du nervöser Papa. Alles in Butter hier oben.«

»Hier bin ich, Scott, alles in Ordnung«, rief Chloe. »Ich wollte dich nur so gern dabeihaben, und deshalb haben wir dich angerufen.«

»Ganz genau. Und damit Chloe gleich die Hände frei hat, habe ich das übernommen. Also, Junge, mach es dir bequem. Hol dir was zu trinken, mach dir was zu essen oder was immer du willst. Chloe packt gleich eure Geschenke aus. Alles klar?«

»Was für eine schöne Idee!« Scott freute sich hörbar. »Darauf hätte ich auch kommen können.«

»Jetzt wisst ihr wieder mal, wofür ihr euren Peter habt«, meldete sich der Held der Stunde. Zumindest sah er so aus, als ob er sich so fühlte. »Und jetzt genug der Vorrede«, verkündete er. »Scott, sieh dir euer erstes Geschenk an.«

Er hielt das Handy so, dass Scott Chloe im Bild hatte. Und Chloe hielt einen winzig kleinen Tartan-Babykilt samt Schnalle und Sporran, der typischen Gürteltasche, in die Höhe.

»Ist das nicht unfassbar süß?«, rief sie und strahlte in die Kamera. Sie bewegte den Minikilt ein bisschen hin und her, damit Scott alles sehen konnte. Dann nahm sie das Täschchen und öffnete es. »Schau nur, wie winzig das ist. Ach, ich kann es kaum erwarten, unser Menschlein darin zu sehen«, jubelte sie.

»Ich auch, Liebes! Das wird sicher sehr niedlich aussehen. Aber ein bisschen Zeit lässt du dir bitte noch. Der Kilt ist auch in ein paar Wochen noch niedlich«, mahnte Scott.

Chloe lachte. »Ja«, sagte sie. »So lange kann ich schon noch warten.«

Wenn Peter gekonnt hätte, hätte er sich für die Idee mit dem Kilt vermutlich selbst einen Orden verliehen. Er grinste fast von einem Ohr zum anderen, so stolz war er auf sein Geschenk.

Maighread freute sich mit ihm, sie wusste, wie toll es sich anfühlte, wenn eine Überraschung gut ankam. Während Scott ebenso begeistert reagierte wie Chloe, stand sie auf, holte die Päckchen und verteilte sie. Sie brachte sogar Eilidh dazu, für ein paar Minuten aus der Küche herauszukommen und sich zu ihnen zu setzen. Jason und Vivian nahmen ebenfalls am Tisch Platz.

Minutenlang hörte man nur die Musik im Hintergrund und das Reißen und Rascheln von Papier.

»Du glaubst aber nicht, dass du alle beschenken darfst und selbst nichts bekommst«, flüsterte Joshua und drückte Maighread ein kleines Päckchen in die Hand.

»Oh, für mich?« Maighread konnte es im ersten Moment gar nicht glauben. Sie hatte keine Sekunde damit gerechnet. Umso mehr freute sie sich jetzt. Und schon zog sie die Schleife auf und packte ebenso neugierig aus wie alle anderen.

»Hey, Scott, sorry, ich muss dich mal eben an die Flasche lehnen, damit ich die Hände frei habe«, rief Peter und zog Maighreads und Joshuas Aufmerksamkeit damit wieder auf den Rest der Gruppe. »Aber keine Selbstbedienung«, scherzte er. »Das ist mein gutes Stöffchen.«

»Keine Bange«, antwortete Scott. »Ich habe hier das echte Gold. Du weißt schon, aus einer richtig guten Destillerie.«

»Dann kann es ja nur eine Flasche von mir sein«, kam es prompt von Peter.

Scott lachte und hob sein Glas, um Peter zuzuprosten. »Und wer packt eigentlich mein Geschenk aus?«, wollte er wissen.

»Das übernehme ich, wenn das in Ordnung für dich ist, Maighread«, meldete sich Chloe.

»Wer, wenn nicht du«, bestätigte Maighread sofort und schob das Päckchen, das sie zur Seite gelegt hatte, in Chloes Richtung.

Raunen und Staunen erfüllten den Raum, während alle damit beschäftig waren, ihre Geschenke zu bewundern. Maighread hatte jedem etwas gestrickt und noch ein kleines anderes Geschenk dazu gepackt.

»Maighread, das sind ja Tuch und Mütze zu den Stulpen«, rief Amely. Dann fiel ihr etwas auf. »Und was hättest du gemacht, wenn ich nicht das Bingo gewonnen hätte?«, fragte sie.

»Dann hättest du sie trotzdem bekommen«, sagte Maighread. »Sie waren für dich gedacht. Eigentlich hätten sie in das Päckchen sollen, aber ich bin nicht rechtzeitig fertig geworden. Die Fäden habe ich erst vorhin schnell vernäht«, gestand sie.

Amely warf ihr eine Kusshand zu und sagte: »Danke schön. Es ist ein wunderbares Set, das ich sicher sehr oft tragen werde.«

»Genial«, jubelte Peter, der ganz mit seinen eigenen Geschenken beschäftigt war. »Warme Füße und ein warmer Bauch. Was will man mehr?«

Maighread hatte ihm Socken und Whiskypralinen geschenkt. Er hatte die Packung schon geöffnet und reichte sie herum. »Boa, lecker!«, rief er und schob sich direkt eine zweite Praline in den Mund.

»Nicht alles auf einmal, Junge«, mahnte Eilidh. »Gleich gibt es Truthahn.«

»Und jetzt geht es mit den Babygeschenken weiter«, sagte Amely. »Peter und ich haben etwas für euch.« Sie nickte Peter zu. Der leckte sich schnell die Schokolade von den Fingerspitzen und stand auf. Amely und er verließen den Raum und kamen gleich darauf mit einem riesigen Paket zurück.

Chloe musste aufstehen, um es auszupacken. Sie riss das Papier auf und begann im nächsten Moment zu jubeln und zu schniefen. Vor ihr stand eine wunderschöne weiße Holzwiege. Darin lagen bereits eine Matratze, Decke und Kissen.

»Ihr seid so verrückt«, sagte Chloe. Sie presste sich die Hände vor den Mund. Man sah ihr an, dass sie es kaum fassen konnte.

Peter und Amely strahlten sich an und gaben sich einen Kuss. »Alles richtig gemacht«, sagte Amely, und Peter nickte.

»Richtig im Quadrat«, rief Chloe.

Sie umarmte erst Peter und dann Amely und bedankte sich überschwänglich.

»Dann jetzt wieder etwas Kleineres«, schlug Joshua vor. Chloe nickte und setzte sich wieder. Sie kam kaum hinterher mit dem Auspacken. Nach ein paar kleineren Päckchen kam noch einmal ein großes. Die Grannys hatten zusammen einen wunderschönen Kinderwagen gekauft, den Chloe und Scott auf ihrer Wunschliste hatten.

Bald war der Tisch über und über mit niedlichen Babysachen beladen. Da lagen Mobiles, Rasseln, Schnullerketten, Kinderwagenketten, Spieluhren, Lätzchen und natürlich zwei große Stapel mit von Maighread gestrickten Babysachen.

»Du bekommst aber nur einen davon«, sagte Maighread.

Eilidh schnaubte. »Das Rosa kannst du gleich wieder wegpacken«, sagte sie. Doch Maighread tat ihr nicht den Gefallen, auf die Stichelei einzugehen. Bald wussten sie es sowieso.

Draußen vor dem Haus krachte es laut, und alle zuckten zusammen.

»Oha«, sagte Jason. »Ein Baum weniger, würde ich sagen. Gut, dass er ein Stück vom Haus weg stand. Dieser Sturm hat es in sich.«

»Dieser Sturm tobt, da kann einem angst und bange werden«, sagte Elisabeth und zog das neue Tuch, das sie eben ausgepackt hatte, gleich ein bisschen enger um die Schultern.

Sie hatte recht. Das Heulen des Sturms war inzwischen so laut angeschwollen, dass sie lauter sprechen mussten, um sich zu verstehen.

»Jetzt seht mal zu, dass ihr hier fertig werdet und den Tisch frei bekommt«, kommandierte Eilidh. »Das Essen ist fast fertig.«

»Gleich«, sagte Maighread. »Das hier habe ich noch für dich, Chloe.« Sie überreichte der Freundin ein letztes Päckchen.

Es war eine Utensilientasche für Babykram. Maighread hatte sie für Chloe gestrickt und gefilzt.

»Wahnsinn. Maighread, ich weiß, ich habe es dir schon ein paarmal gesagt, aber ich muss es noch einmal sagen: Du bist vollkommen übergeschnappt. So viel Arbeit, die du dir gemacht hast.«

Maighread grinste. »Ach was, das geht bei mir doch alles in einem Aufwasch, das weißt du doch. Ich wollte sowieso eine Anleitung für so eine Tasche haben. Da konnte ich es direkt miteinander verknüpfen. So gesehen ist es also nicht einmal ein richtiges Geschenk. Deshalb habe ich auch noch was reingepackt. Mach doch mal auf.«

Sie hatte ein Gutscheinheft für Elternfreizeit gebastelt. Natürlich würden sowieso immer alle gern auf das Baby aufpassen, da war Maighread sicher. Aber sie wusste ebenso gut, dass Chloe und Scott sich schwertun würden, danach zu fragen. Sie hoffte, dass die Gutscheine ein bisschen dabei halfen, diese Hürde zu nehmen.

»Die Tasche ist wunderschön«, sagte Eilidh und nickte

anerkennend. »Die wird Chloe sicher gute Dienste leisten.« Sie stemmte sich aus ihrem Stuhl hoch.

»Da bin ich sicher, Eilidh. Ihr Lieben, ich …« Chloe stockte, sah zu Peters Handy und lächelte. »Nein, wir, also Scott und ich und unser Menschlein, sind euch unglaublich dankbar. Ihr habt so viel für uns gemacht, wir sind überwältigt. Danke!«

»Danke«, tönte es auch aus Peters Handy.

»Jetzt gibt es erst einmal Dinner«, verkündete Eilidh. »Scott, es tut mir leid, das ist jetzt der harte Teil für dich. Du kannst leider nicht mitessen.«

»Kein Problem, Eilidh«, sagte Scott. »Ich mache mir ein Omelett und setze mich mit euch an den Tisch.«

»Guter Plan, wenn auch kein Vergleich. Aber so ist das eben.« Eilidh klatschte in die Hände. »Dann hopp, alle auf, und ab in die Küche. Alle bis auf Chloe, natürlich. Und Peter, du räumst den Tisch frei, verstanden? Irgendwo muss das Essen ja hin. Wenn jeder hilft, können wir im Nu mit dem Dinner starten.«

Das mit dem Helfen erwies sich als gar nicht so einfach, denn Jasons Pubküche war nicht sehr groß.

»Himmel, da hat man ja in einer Hutschachtel mehr Platz«, schimpfte Eilidh und schlug die Hände über dem Kopf zusammen, als alle in ihr Refugium stürmten. Doch dann nahm sie die Kelle in die Hand und sorgte im Handumdrehen dafür, dass eine Kette gebildet wurde.

»Elisabeth, du gibst das Besteck aus. Gwendolyn, kümmerst du dich um das Brot? Und Jason, du holst die vorgewärmten Teller aus dem Wärmeschrank und kümmerst dich um die Beilagen. Ich hole den Star des Essens aus dem Ofen.« Die Knoten lösten sich, und Eilidh nickte zufrieden. »Na also«, sagte sie. »Es geht doch alles, wenn man nur will.«

Eilidh hievte mit Joshuas Hilfe den großen Vogel auf eine Servierplatte. Sie reichte ihm Fleischgabel und Messer dazu und sorgte dafür, dass alle Platz machten. Der Truthahn landete ohne Unfall auf dem Tisch, und Joshua hatte die Ehre, den Braten zu tranchieren.

Eilidh hatte es wirklich geschafft und ein perfektes Weihnachtsdinner serviert. Schälchen und Teller mit köstlichen Kleinigkeiten luden zum Zugreifen und Naschen ein. Es gab Kilted Soldiers – die Würstchen im Speckmantel hatten es Peter so angetan, dass er schnell eins naschte, als Eilidh gerade nicht hinsah. Natürlich gab es glasierte Karotten, Pastinaken und Rosenkohl sowie Christmas Stuffing – Eilidh hatte die Truthahnfüllung mit Kastanien verfeinert. Kartoffelstampf, eine köstlich duftende Bratensoße und ein paar andere Soßen wie die Cumberland Sauce rundeten das Angebot ab. Maighreads Jeans spannte schon allein vom Anblick der Köstlichkeiten. Ihr lief das Wasser im Mund zusammen.

»Nollaig Chridheil«, sagte Joshua, und alle stimmten ein. »Frohe Weihnachten«, »Nollaig Chridheil«, klang es kreuz und quer durch den Raum.

Während draußen der Sturm toste und der Schnee in dicken Flocken fiel, zog Weihnachten in die Herzen der Menschen im Pub.

Maighread ließ ihren Blick über die Gesichter der Menschen wandern, die sie alle miteinander so gernhatte. Als sie zu Chloe sah, verschluckte sie sich vor Schreck und musste heftig husten.

Erst nachdem Joshua ihr ordentlich auf den Rücken geklopft hatte, konnte sie wieder richtig atmen.

»Chloe?«, fragte sie, sofort als sie wieder sprechen konnte. »Was ist mit dir?«

Kapitel 11

Joshua

Später am Abend, nachdem sich der Tumult um Chloes Schmerzen wieder gelegt hatte – sie hatte eine falsche Bewegung gemacht, bei der sich ihr gezerrter Rückenmuskel lautstark beschwert und allen, besonders Scott am Telefon, einen gehörigen Schrecken eingejagt hatte – und nach einem ganz hervorragenden Essen, lehnte Joshua sich in seinem Stuhl zurück, damit die Hose nicht zu sehr spannte. Eilidh hatte ihr Können wieder einmal unter Beweis gestellt. Mehr noch, sie hatte sich selbst übertroffen, und dementsprechend hatten alle, auch Joshua, ordentlich zugelangt.

Vielleicht sollte er es Maighread gleichtun. Er hatte beobachtet, wie sie vorhin, nachdem sie sich die zweite Portion Truthahn genommen hatte, heimlich den Hosenknopf geöffnet hatte.

Joshua fühlte sich satt, zufrieden und unfassbar glücklich, denn jetzt gerade, in diesem Moment, während um ihn herum die Welt vom Toben und Brausen erschüttert wurde, saß er sicher im Auge des Sturms, und sein Leben war perfekt. Es war ihm bewusst, was für ein wertvolles Geschenk das war.

Die Unterhaltung plätscherte entspannt vor sich hin. Das viele Essen hatte alle träge gemacht.

»Ich bin übrigens ein bisschen neidisch auf dich, Peter«, sagte Joshua.

»Was ich absolut verstehen kann«, kam es ohne zu zögern von Peter zurück. »Aber ich bin doch neugierig. Was meinst du genau? Da gibt es ja viele Möglichkeiten – ich meine, sieh mich nur an.«

»Bilde dir bloß nichts ein«, stellte Joshua schnell klar.

Er lächelte zu Maighread hinüber, die ihr Strickzeug in der Hand und das Strickjournal vor sich auf dem Tisch liegen hatte. Ihre neue silberne Tuchschnalle, die Joshua bei einem Goldschmied für sie hatte anfertigen lassen, trug sie bereits. Immer mal wieder ließ sie die Stricknadel los, fasste zu dem Schmuckstück und bewunderte es mit leuchtenden Augen.

Joshua freute sich riesig, dass sein Geschenk so gut ankam. Die Schnalle hatte die Form einer offenen Blüte. Die Knospe bildete ein blauer Saphir, der umrundet war von kleineren Diamanten. Dem Strahlen in Maighreads Gesicht nach war das Geschenk ein Volltreffer.

Joshua war sich sicher: In Sachen Liebe und Leben gab es absolut nichts, worauf er bei Peter oder sonst irgendjemandem neidisch sein müsste. Aber trotzdem bewunderte er Peter und gönnte ihm diesen kleinen Triumph, indem er es ihm verriet.

»Deine Idee mit dem Kilt war grandios!« Joshua nickte seinem Freund anerkennend zu. »Die hätte ich auch gerne gehabt.«

Amely schüttelte den Kopf. »Echt? Bin ich die Einzige, die sich überlegt, was mit dem Kilt ist, wenn Chloe ein Mädchen bekommt?«, fragte sie.

»Pff«, kam es prompt von Eilidh. Sie verdrehte die Augen, sparte sich aber einen Kommentar.

»Dann wird sie ebenso niedlich darin aussehen wie ein Junge«, erklärte Chloe, und Peter nickte mit einem sehr zufriedenen Gesichtsausdruck.

»Habe ich es dir nicht gesagt?«, fragte er. »Chloe ist nicht so. Sie hat ja schließlich auch kein Problem mit Rosa oder Blau. Wieso also nicht ein Mädchen im Kilt?«

»Okay«, gab Amely sich geschlagen. »Offensichtlich muss ich noch mal darüber nachdenken, welche Zäune ich in meinem Kopf habe, die da nicht hingehören«, erklärte sie und lachte. »Und wisst ihr was, ich finde es fantastisch und freue mich darüber, dass mir das bewusst wird. Es ist doch verrückt, wie man sich manchmal selbst einschränkt, oder?«

»In diesem Fall hat Peter jedenfalls ausnahmsweise mal alles richtig gemacht«, sagte Joshua und lachte, als Peter empört die Luft einsog.

»Schon gut, Kumpel«, beschwichtigte Joshua. »Das mit Amely hast du auch prima gemacht. Also ich stelle fest: Es gibt noch Hoffnung für dich.«

»Darauf hebe ich mein Glas!« Peter schenkte großzügig allen nach und sagte: »Auf die Hoffnung!«

Joshua nahm einen Schluck und genoss das Gefühl, wie der Whisky die Kehle hinabfloss und sich die Wärme ausbreitete. Aber dann stellte er sein Glas ab und straffte die Schultern. Er hatte genug davon, nur herumzusitzen. Es war Zeit für ein bisschen Action. Und die anderen hatten es ebenso nötig wie er, stellte er beim Blick auf die müden Gesichter fest. Wenn sie jetzt nichts taten, schliefen sie demnächst im Sitzen ein.

»Wisst ihr, was gegen von köstlichem Essen spannende Bäuche hilft?«, fragte Joshua und fischte sich noch eines der Mince Pies von dem Naschteller, den Eilidh in die Mitte des Tisches gestellt hatte.

»Noch mehr essen?«, fragte Chloe und strich sich über ihren Bauch. »Also bei mir passt kein Krümel mehr rein, das kann ich euch sagen.«

»Dabei hast du ja gegessen wie ein Hühnchen«, schimpfte Eilidh und schenkte Chloe einen missbilligenden Blick. »Das arme Kind.«

»Meinem armen Kind geht es ganz wunderbar«, protestierte Chloe und lachte. »Aber vielleicht stimmt etwas mit deinen Augen nicht, wenn du nicht gesehen hast, was ich alles weggeputzt habe. Ich glaube, ich habe das heute wörtlich genommen und für zwei gegessen.«

»Du musstest ja für mich auch noch mit essen«, meldete sich Scott, der immer noch über das Handy mit dabei war, und lachte. »Verglichen mit eurem Dinner war mein Omelett doch ganz schön dröge. Ich hoffe sehr, dass ihr mir ein bisschen was vom Truthahn aufgehoben habt. Das kann ich dann direkt morgen früh essen, wenn ich zu euch komme. Das wird ein feudales Frühstück.«

»Deine Portion steht in der Küche«, meldete Eilidh. Sie warf Peter einen Blick zu. »Sicher versteckt«, ergänzte sie.

»Eilidh, du bist die Beste«, jubelte Scott.

»Freu dich nicht zu früh, Scott«, meldete sich Peter. »Wenn ich Hunger habe, gibt es kein sicheres Versteck.«

»Ich werde dein Essen gegen den Vielfraß verteidigen, Liebling. Mach dir keine Sorgen«, versprach Chloe.

Joshua verfolgte das liebevolle Wortgefecht amüsiert. Er war genauso erleichtert wie alle anderen, dass es Chloe gut ging. Sie hatte ihnen einen gehörigen Schrecken eingejagt mit ihrem gezerrten Muskel.

Solange sie keine falsche Bewegung machte, war zum Glück alles in Ordnung.

»Was meintest du denn, was gegen spannende Bäuche hilft?«, wollte Maighread nun wissen. »Ich schätze mal, noch mehr essen war nicht das, was du im Sinn hattest, oder?«

»Nein, sicher nicht. Aber wie wäre es mit ein bisschen Bewegung? Singen und Tanzen fände ich super.«

»Perfekt! Babykaraoke«, rief Maighread sofort. »Das steht sowieso noch auf meiner Liste!«.

»Babykaraoke?«, fragte Gwendolyn. »Was soll das denn sein?«

»Ich dachte, passend zur Babyparty singen wir Lieder, in denen es um ein Baby oder Kind geht. Oder wahlweise auch Kinderlieder. So streng muss man die Regeln nicht auslegen.« Sie senkte ihr Strickzeug und sah in die Runde. »Was meint ihr?«

»Wie wäre es mit *Baby one more time*?«, wollte Peter wissen. Bevor jemand antworten konnte, war er schon vom Stuhl aufgesprungen, hob die Hände an den Hinterkopf und ließ seine Hüften kreisen.

»*Oh baby baby, oh baby baby*«, sang er und gab ohne Playback und Mikrofon unter lautem Gelächter der Freunde eine Britney-Spears-Imitation – samt etwas verunglückter Tanzeinlage. Was lasziv wirken sollte, kam ungewollt komisch rüber. Doch das störte Peter nicht, und genau deshalb mochte Joshua diesen Kerl so gern. Er lachte ohne falsche Eitelkeit einfach über sich selbst und ließ sich den Spaß nicht nehmen, nur weil er etwas nicht perfekt konnte.

Am Ende der Darbietung verbeugte Peter sich mit breitem Grinsen und nahm den verdienten Applaus entgegen.

Auch Maighread lachte, doch sie schüttelte gleichzeitig den Kopf. »Das war herrlich, Peter, aber ganz so war das mit dem Baby dann doch nicht gemeint. Also, was sagt ihr? Babykaraoke?«

»Ich singe *Que sera sera*«, rief Gwendolyn. »Da geht es um ein kleines Mädchen und die Frage nach dem, was kommen wird. Das passt, oder was meinst du, Maighread?«

Die nickte, und Peter suchte bereits das Playback für Gwendolyn in der Liste.

Vivian stand auf und holte ihre Geige. »Komm, Gwendolyn, das können wir beide auch ohne Playback«, sagte sie, und schon ließ sie die ersten Töne der Melodie erklingen.

Gwendolyn stand auf und stellte sich neben sie. Vivian spielte ein kurzes Intro, nickte Chloes Großmutter zu, und die setzte perfekt ein.

Wie immer, wenn Gwendolyn die alten Lieder zum Besten gab, war Joshua begeistert. Er hoffte, dass Maighread und er in Gwendolyns Alter auch noch so cool und stimmsicher waren.

»Jetzt ich«, rief Elisabeth und nahm noch einen Schluck Whisky. Sie hatte schon rote Wangen, bevor sie überhaupt angefangen hatte zu singen. Joshua wusste, dass sie sich immer überwinden musste. Aber im Kreis ihrer Lieben machte sie es, und am Ende hatte sie dann trotz aller Aufregung doch immer ihren Spaß gehabt.

»Was soll ich raussuchen?«, wollte Peter wissen.

Doch Elisabeth winkte ab. »Lass mal, Vivian und ich machen das schon.« Sie flüsterte Vivian etwas ins Ohr, und die nickte gleich darauf.

Die ersten Töne erklangen, und Elisabeth begann zu singen: »*The incy vincy spider climbed up the water spout. Down came the rain and washed the spider out. Out came the sun, and dried up all the rain, and the incy vincy spider climbed up the spout again.*«

»Oh«, hörte Joshua Maighread entzückt aufseufzen. Er sah, wie sie sich zu Chloe hinüberbeugte und die Freundin vorsichtig drückte. Wahrscheinlich hatte sie Angst, den Muskel wieder zu ärgern, wenn sie zu stürmisch war. »Ist das nicht süß?«, sagte sie.

Chloe musste sich die Augen trocken tupfen. »Ich sehe sie schon vor mir, wie sie das Baby im Arm hält und das Lied singt«, flüsterte sie und lächelte.

»Das war ganz zauberhaft, Elisabeth«, rief Amely und umarmte Maighreads Großmutter vor lauter Begeisterung, nachdem das Lied beendet war. »Ganz, ganz zauberhaft!«

Auch Vivian nickte und lächelte Elisabeth zu.

Während der ganzen Zeit hatte Joshua überlegt, was er singen könnte. Er wusste ja, dass Maighread es liebte, wenn er Ed-Sheeran-Songs sang. Dann fiel es ihm ein. Ed hatte tatsächlich den perfekten Song geschrieben.

»Dann sage ich jetzt mal *Welcome to the world*, oder was meint ihr?«, meldete sich Joshua zu Wort.

»Oh ja!« Wie erwartet war Maighread sofort begeistert.

»Ed Sheeran, oder?«, fragte Vivian.

»Na klar. Sein Willkommenssong für sein Baby, also absolut perfekt für unser Karaoke.«

»Sorry«, sagte Vivian und hob bedauernd die Schultern. »Da bin ich raus, den Song kenne ich nicht. Wenn du *Photograph* singen würdest oder *Perfect* – da wäre ich dabei.«

Joshua drehte sich zu Maighread um und schenkte ihr einen bettelnden Augenaufschlag. »Die Idee mit dem Babykaraoke ist echt süß. Aber was meinst du, können wir die Regeln ein bisschen aufweichen? Mit Vivians Begleitung zu singen, würde mir gefallen. Und euch gefällt mein Ed doch auch, kommt schon, Leute!«

»Angeber!«, kam es von Peter.

»Wer kann, der kann.« Joshua grinste.

»Auch wieder wahr«, stimmte Peter ihm zu. »Ich bin dafür, wer noch?«

»Ich«, rief Chloe. »Aber dann dürfen Scott und ich auch *Shallow* singen«, forderte sie.

»Mal ehrlich, ihr seid unmöglich«, grummelte Maighread. Sie zerknüllte den Zettel mit ihren Partynotizen und warf ihn hinter sich. »Pläne sind das, was du machst, während das Leben passiert«, sagte sie und lachte. »Freies Karaoke für alle!«

»Dann fange ich trotzdem mit *Welcome to the world* an«, beschloss Joshua. »Und Vivian kann ein bisschen Pause machen. Sie hat heute schon so viel gespielt.«

Vivian machte einen Knicks, verstaute ihre Geige und setzte sich zu Jason an die Theke. Joshua sah, dass sie ihn anstupste. Offenbar erinnerte sie ihn daran, zu lächeln, denn gleich darauf verzog er seine Lippen. Zuerst zu einem aufgesetzten Grinsen, doch es dauerte nicht lange, und er lächelte richtig.

Gut gemacht, Vivian, dachte Joshua. Er machte sich in letzter Zeit wirklich Sorgen um Jason. Seine Stimmung schien im Laufe der Zeit düsterer zu werden statt heller. Er hatte sich vorgenommen, den Freund heute genau im Blick zu behalten und, falls es nicht besser wurde, dafür zu sorgen, dass er Hilfe bekam.

Natürlich hatte er längst mit Jason über die Möglichkeit einer Therapie gesprochen, aber das hatte der bisher immer weit von sich gewiesen. Er brauchte so etwas nicht – glaubte er.

Joshua hoffte, nach der Party mit Chloe darüber sprechen zu können. Durch den Sturm hatte sie sogar voraussichtlich viel mehr Gelegenheit, sich ein Bild zu machen, als ursprünglich geplant.

Peter hatte inzwischen das Playback gefunden und nickte Joshua zu. »Bereit?«, fragte er.

»Immer doch«, antwortete Joshua und nickte.

Die Musik erklang, und er ließ sich in das Lied hineinfallen, so, wie er es immer tat. Singen war für Joshua weit mehr als Töne formen. Es war ein Bad in Emotionen.

»*Welcome to the World, I heard your heart…*« Die Worte passten so perfekt zu dem Gefühl, von dem Scott Joshua erzählt hatte.

Hatte er gerade eben wirklich gedacht, sein Leben sei perfekt? Während er die Worte sang, die Ed Sheeran geschrieben hatte, um sein Kind willkommen zu heißen, wusste Joshua plötzlich, dass es noch etwas gab, was sein perfektes Glück noch perfekter machen würde. Sein Blick suchte Maighread. Was würde sie sagen, wenn er sie fragen würde, ob sie auch ein Baby haben wollten?

Bisher hatten sie nie darüber gesprochen. Aber immerhin waren sie verlobt. Sie wollten auch heiraten, konnten sich nur nicht auf einen Termin einigen. Joshua fand den Herbst fantastisch, aber da war Maighread immer mit dem Yarn Festival eingespannt. Im Frühjahr wurden die Lämmer geboren, das Risiko, dass es Komplikationen gab und er Geburtshelfer sein musste, war ihm zu groß. Das war nichts, was er an seinem Hochzeitstag erleben wollte.

Joshuas Gedanken flogen, seine Emotionen wirbelten in ihm, und der letzte Ton verklang. Einen Moment war es still, dann gab es Applaus.

Ohne Pause ging Joshua direkt zu seinem nächsten Song über. Er gab Peter den Hinweis, und schon startete die Musik.

»*I saw the sun begin to dim …*«, begann er leise mit dem anfänglichen, fast tonlosen Sprechen, und schon jubelten seine begeisterten Zuhörer. Allen voran natürlich Maighread, die sein größter Fan war und sofort erkannte, dass er einen Song aus dem Musical *The Greatest Showman* ausgesucht hatte.

Joshua sang und fühlte dabei jedes einzelne Wort. Es ergriff ihn bis ins Mark, denn er hatte einen Entschluss gefasst und legte all das, was er fühlte, in diesen Song. »*From now on …*«, sang er und meinte es auch so.

Ab jetzt würde es anders werden. Er hatte zu lange alles schleifen lassen. Von jetzt an würde er Maighread nicht mehr für selbstverständlich nehmen und sich über das freuen, was er hatte, nur weil es bequem war. Von jetzt an würde er keinen Augenblick mehr mit Diskussionen über die richtige Jahreszeit vergeuden. Er wollte Maighread heiraten, und er wollte Vater werden. Er wollte dieses Wunder auch erleben und hoffte inständig, dass Maighread das auch wollte.

»*And we will come back home, and we will come back home, home again*«, fiel die Gruppe am Tisch ein und sang den Chorus bravourös mit. Der Raum bebte unter der energiegeladenen Stimmung.

Maighread schien zu spüren, dass etwas in Joshua vorging. Sie stand auf und kam zu ihm. Er nahm ihre Hände, und gemeinsam sangen sie die letzten Wiederholungen. Maighread phrasierte die ausklingenden Töne, und am Ende landete sie in Joshuas Armen.

Der Applaus brandete so laut auf wie noch bei keinem Lied. Joshua küsste Maighread und flüsterte ihr ins Ohr: »Maighread, lass uns heiraten. Jetzt. Morgen. An Weihnachten oder Silvester. Es ist egal, Hauptsache schnell. Maighread, ich liebe dich. Und ich möchte eine Familie mit dir gründen.«

Sein Herz pochte. Er fürchtete, sie überfallen und verschreckt zu haben. Doch Maighread schien nicht einmal überrascht zu sein und vor allem keine Sekunde Bedenkzeit zu brauchen. »Oh, Joshua, ja«, flüsterte sie zurück. »Ja und ja!«

Sie küssten sich innig. Maighread legte ihre Hand an Joshuas Wange und versank in seinem Blick. Ihre Augen glänzten im Schein der Lichterketten. »Aber lass es uns nicht jetzt sagen«, bat sie Joshua so leise, dass sicher niemand außer ihm sie verstehen würde. »Diese Party gehört Chloe.«

Joshua nickte. Er hätte in dieser Sekunde zu allem Ja gesagt. Alles, was er hatte hören wollen, hatte er gehört. Maighread wollte auch ein Kind.

»Wenn ihr fertig seid mit Knutschen, könnt ihr euch wieder hinsetzen«, meldete sich Chloe. »Jetzt sind nämlich Scott und ich dran.«

Sie nahm das Handy in die Hand, und Peter startete das Playback.

»*Tell me somethin' girl*«, setzte Scott fast perfekt ein. *Shallow* – Chloe hatte es ja angekündigt, aber Joshua hätte es auch ohne Tipp nach den ersten Takten direkt erkannt.

Dieses Duett hatten Scott und Chloe schon einmal ziemlich gut zum Besten gegeben. An diesem Abend allerdings, mit Scotts Stimme aus dem Handy, blieb der Zauber im Hut. Das spürte auch Chloe.

»Es tut mir leid«, sagte sie nach ein paar Takten und brach ab. »Die Idee war gut, aber die Umsetzung ist eine Katastrophe. Ich komme mir echt dämlich dabei vor, beim Singen mein Handy anzuschmachten. Und Scott klingt mehr nach blechernem Frosch als nach Bradley Cooper.«

Chloe wirkte schrecklich enttäuscht. Joshua stand auf und nahm ihr das Handy aus der Hand.

»Hey, Scott. Wäre es okay für dich, wenn ich für dich übernehme?«, fragte er.

»Absolut. Danke, Joshua, sorge dafür, dass Chloe Spaß hat.«

»Danke«, sagte Chloe, und schon konnte sie wieder lächeln.

»Ich weiß, ich bin kein gleichwertiger Ersatz, aber singen kann ich vielleicht sogar besser als Scott«, scherzte Joshua und zwinkerte Chloe zu.

»Dann zeig mal, was du draufhast«, forderte sie ihn auf.

Peter startete das Playback neu, und Joshua setzte perfekt ein. »*Tell me somethin' girl*«, sang er wie gerade schon Scott.

Seine und Chloes Stimme harmonierten hervorragend. Dieses Mal kam der Zauber aus dem Hut und legte sich über den Raum, der erfüllt war von Musik und Gefühl.

»*... far from the Shallow now*«, sang Chloe. Im nächsten Moment gab sie einen zischenden Schmerzlaut von sich und krümmte sich zusammen.

Sofort war Joshua an ihrer Seite und stützte sie. Auch Peter sprang auf und hielt sie von der anderen Seite.

»Chloe!«, dröhnte es aus dem Handy. »Schatz, was ist los? Sag was, bitte, Liebling!«

»Ach du meine Güte«, kam es gepresst von Chloe, die sich wieder aufrichtete. »Es tut mir schrecklich leid. Ich weiß auch nicht, was los war. Plötzlich hat mein Bauch gekrampft. Aber es ist schon wieder okay.«

Sie ließ sich von ihren Helfern zum Stuhl führen und setzte sich.

»Scott, was ist da los?«, fragte Joshua. »Kannst du das auf die Entfernung einschätzen? Was sollen wir machen?«

»Hey, mach bitte keinen Wirbel, Joshua. Es ist alles okay. Vermutlich findet mein Menschlein, ich sollte nicht so viel essen und dann auch noch singen. Das ist alles.«

»Tut es noch weh, Chloe?«, fragte Scott. »Bitte, du musst mir die Wahrheit sagen. Es ist wichtig.«

»Ich sagte es doch schon. Es ist alles in Ordnung. Und es ist mir auch so schon peinlich genug. Könnten wir bitte das Thema wechseln?«

»Okay. Es ist natürlich nicht ganz einfach, das über das Handy einzuordnen. Es könnten wirklich Krämpfe sein. Das schwere Essen und das Singen waren eine Herausforderung für das ohnehin strapazierte Zwerchfell. Es könnten auch Braxton-Hicks-Kontraktionen sein. Sie können ab der fünfundzwanzigsten Schwangerschaftswoche auftreten. Immerhin ist es nicht mehr so lange hin bis zur Geburt. Der Körper bereitet sich langsam darauf vor.«

»Braxton Hicks?«, fragte Maighread.

»Übungswehen«, erklärte Scott. »Sie dauern immer nur kurz an und sind nicht so heftig wie richtige Wehen und sind dafür da, die Gebärmutter auf die Geburt vorzubereiten. Das ist völlig normal, und wenn es das war, ist es vollkommen ungefährlich. Nur unangenehm.«

»Na bitte«, klinkte sich Chloe wieder in das Gespräch ein. »Da haben wir doch unsere Antwort. Wird sich das wiederholen, Scott?«, wollte sie wissen.

»Das lässt sich leider nicht vorhersagen. Es kann sein, dass auch der Schmerz, den du vorhin gespürt hast, eine solche Kontraktion war, also könnte es auch wieder auftreten, aber es muss nicht sein.« Scott wirkte trotz der Ferndiagnose beunruhigt. »Chloe, ich möchte dich bitten, dich vorsichtshalber ein bisschen hinzulegen. Du hattest heute ziemlich viel Aufregung und bist schon lang auf den Beinen. Gönne dir bitte eine Pause, in Ordnung?« Scott suchte Joshuas und Maighreads Blicke, die sich ebenfalls zur Kamera gebeugt hatten. »Würdet ihr bitte dafür sorgen, dass Chloe meine ärztliche Anweisung befolgt?«, bat er. »Es ist wahrscheinlich harmlos, aber sie soll die Schmerzen weiterhin beobachten. Werden sie stärker, halten sie länger an …«

»Selbstverständlich«, beeilten die beiden sich, ihm ihre Unterstützung zu versichern.

»Und könnte bitte einer von euch Chloe noch d…« Die Verbindung brach mitten im Satz weg.

»Auch das noch«, stöhnte Maighread.

»Warte, ich versuche, ihn noch mal anzurufen«, sagte Chloe und nahm ihr Handy. Sie tippte und wartete. Doch die Leitung war tot.

»Vielleicht gibt es Probleme durch den Sturm«, mutmaßte Joshua. »Hoffen wir mal, dass es gleich wieder geht. Und jetzt auf, Chloe. Du hast gehört, was der Arzt gesagt hat.«

»Ja, das habe ich gehört. Aber da war keine Rede davon, dass ich nicht allein laufen darf«, wehrte Chloe Joshuas Versuch ab, sie unter dem Arm zu fassen. Er akzeptierte ihre Gegenwehr, ging aber neben ihr her, um im Notfall da zu sein.

Als sie die Tür zum Nebenzimmer öffneten, ertönte hinter ihnen im Gastraum ein lauter Knall. Glas klirrte, und erschrockene Rufe zerrissen die Luft.

Kapitel 12

Jason

»Verdammt«, fluchte Jason und rannte zu dem zerborstenen Fenster. Ein dicker Ast hatte die Scheibe zerschlagen und hing im Rahmen fest – halb im Zimmer und halb draußen. Weit verteilt lagen Scherben und Holzsplitter auf dem Boden. Um den Ast herum klaffte ein riesiges Loch in der Scheibe. Der Wind blies Schnee und eisige Luft ins Haus.

Draußen leuchteten die Lichterketten und trotzten dem Unwetter, und drinnen liefen Weihnachtslieder. Festliche Stimmung traf auf den Orkan. Es war eine eigenartige Situation. Passierte das gerade wirklich? Es kam Jason surreal vor.

Und jetzt? Was sollte er tun?

Dieser Sturm tobte viel schlimmer, als Jason es erwartet hatte. Wenn eine neue Böe heranrauschte, klang es wie ein entferntes Grollen, das immer mehr an Fahrt gewann und dessen Rauschen lauter wurde, je näher es kam. Am Schluss war es ohrenbetäubend und rüttelte mit solcher Wucht am Haus, dass er den Eindruck hatte, es drohte jeden Moment ernsthaft Schaden zu nehmen.

Was, wenn der Sturm noch schlimmer wurde? Was, wenn eine der Böen als Nächstes das Dach abdeckte? Das Haus war ihre Zuflucht, was, wenn sie hier nicht mehr sicher waren? Jason griff sich vorn in den Ausschnitt des Pullovers und zog ihn größer. Er hatte plötzlich das Gefühl, nicht mehr richtig atmen zu können. Ihm wurde das alles zu viel. Er hatte doch die Verantwortung für seine Gäste. Das war sein Pub.

Hinter sich hörte er aufgeregte Stimmen. Es wunderte ihn nicht. Natürlich waren sie aufgeregt. Niemand hatte damit gerechnet, dass der Sturm in das Gebäude eindringen würde. Alle waren mächtig erschrocken, als es so plötzlich krachte. Dazu kam die Sorge um Chloe. Was war mit ihr? Jason war sehr beunruhigt.

Auch die Hunde waren aufgeschreckt. Sie hatten nur ein paar Meter neben dem eingeschlagenen Fenster gelegen und waren aus dem Schlaf gerissen worden. Jetzt liefen sie durch den Gastraum und wussten nicht, was sie tun sollten. Molly bellte gegen das Heulen des Windes an.

»Ruft mal jemand die Hunde ins Nebenzimmer, bevor sie sich verletzen?«, rief Jason. »Hier ist alles voller Scherben.«

Er selbst stand nur da, sah das Chaos und die Zerstörung. Er hörte das Grollen und Drohen des Windes. Ein Schauer ergriff ihn. Unvermittelt wurde er von der Erinnerung gepackt, die ihn erbarmungslos mitriss und in den Abgrund zog.

»Elli? Jessi?«, hörte er sich schreien. Durch seine Schulter schoss ein gleißender Schmerz, doch das war ihm egal. Er glaubte, ein leises Wimmern in der Dunkelheit wahrzunehmen. Bevor er ausmachen konnte, wo es herkam, war es verstummt. »Elli? Jessi?« Und wieder: »ELLI? JESSI?« Seine Stimme zerriss in dem verzweifelten Schrei. Er tastete durch die Dunkelheit, spürte einen Körper. Leblos. »Nein«, schrie er. »Neeeiiinnn!«

»Geh zur Seite, Jason, wir fegen das zusammen.«

»Was?«

Die Stimme hörte er, doch er konnte sie nicht zuordnen. Jason warf den Kopf herum, blinzelte und versuchte, sich zurechtzufinden. Sein eigener Schrei hallte noch in seinen Ohren. Er brauchte Sekunden, bis er Eilidh und Amely erkannte, die sich mit Besen und Handkehrer bewaffnet hatten, um Ordnung zu schaffen.

Hatte er wirklich geschrien, oder war das nur seine Erinnerung gewesen? Er wusste es nicht.

Aus dem Nebenzimmer kam ein unterdrücktes Stöhnen. Aufgeregte Stimmen. Er konnte nicht verstehen, was gesprochen wurde.

Joshua war neben ihn getreten und besah sich den Schaden. Er versuchte, den Ast freizubekommen und nach draußen zu schieben. Doch der bewegte sich nicht.

»Wir brauchen auch eine Säge, der Ast hat sich verkeilt. Und dann müssen wir das Fenster verschließen, sonst wird es hier drinnen sehr schnell richtig ungemütlich.« Joshua rieb sich nachdenklich das Kinn, während er überlegte. »Hast du irgendwo ein paar Bretter, Jason?«, fragte er. »Das wäre vermutlich die schnellste und beste Lösung und genug Schutz für den Moment.«

Jason rührte sich nicht. Er hatte Joshua gehört, er wollte antworten. Er wollte nach Chloe fragen. Aber es ging nicht. Er gab den Befehl, doch sein Körper gehorchte ihm nicht.

»Jason!«

Das war Amely. Sie packte ihn an der Schulter und schüttelte ihn sanft. Sie versuchte, ihn wachzurütteln. Er ließ es geschehen. Seine Arme baumelten willenlos neben seinem Körper. Sein Kopf wackelte vor und zurück.

»Ich habe hinter dem Haus einen Schuppen gesehen«, sagte Peter, der sich dem Kreis um Jason ebenfalls angeschlossen hatte. »Komm, Josh, wir schauen mal, ob wir etwas finden, um das hier zu reparieren.«

Jason hörte Chloe weinen. Er schloss die Augen. Da war wieder das Wimmern. Er tastete in der Dunkelheit, spürte den Babybauch. Nein. Es war Elli. Er schluchzte.

»Hey, beruhige dich. Die Jungs machen das schon. Es ist kein Drama. Nur ein Fenster.«

Das war nicht Ellis Stimme. Jason öffnete die Augen wieder und erkannte Amely.

Wo waren Jessi und Elli?

Sie sind tot!

Wie ein Schwert durchfuhr ihn dieser Satz und zerschnitt dabei sein Herz. Und Chloe wird ihr Kind verlieren. Alles wird zusammenstürzen. Über ihnen zusammenstürzen und sie begraben. Er hörte jemanden keuchen. Sich selbst? Er wusste es nicht.

»Beruhige dich, Jason!«, hörte er eine laute Stimme. Er fühlte, dass er wieder geschüttelt wurde. In den Arm genommen.

Er konnte nicht mehr stehen. Die Beine gaben nach. Jason ließ sich auf den Boden sinken und weinte. Er saß nur da, die Hände vor dem Gesicht, und konnte nicht aufhören zu weinen.

Es dauerte lange, bis er das Schluchzen unter Kontrolle hatte. Verzweifelt klammerte er sich an den Menschen, der ihn hielt. Irgendwann sagte er: »Nicht noch ein Kind! Ich kann nicht noch ein Kind auf dem Gewissen haben. Das schaffe ich nicht.«

»Niemand hat ein Kind auf dem Gewissen«, hörte er. Jetzt nahm er wahr, dass es Amely war, die neben ihm auf dem Boden saß und ihn stützte.

»Sie sind tot«, flüsterte er. »Gerade haben sie noch gelacht. Ein Knall. Der Reifen. Das Schleudern und ein Schlag. Dann Stille. Jetzt sind sie tot. Sie sind einfach tot.«

Amely nickte. Sie weinte mit Jason.

»Ich weiß«, sagte sie. »Es tut schrecklich weh. Ich kenne das Gefühl. Meine Mom ist tot. Der Krebs hat sie umgebracht. Ich konnte nicht mehr atmen, nicht mehr denken oder fühlen. Es hat so sehr wehgetan, ich dachte, ich müsste auch sterben«, erzählte sie leise und eindringlich. Jason hörte ihre Worte, doch sie erreichten ihn nicht. Er ahnte, dass ihr Schmerz schlimm gewesen war, doch er hatte seine Frau und seine Tochter umgebracht. Er hatte sie auf dem Gewissen, das war etwas völlig anderes.

Wieder übermannte ihn das Schluchzen.

Peter und Joshua waren zurück. Sie hatten Bretter und Werkzeug dabei.

Joshua kümmerte sich um den Ast.

»Ich helfe dir gleich«, hörte Jason Peter sagen. Dann ging er vor Jason in die Hocke.

»Hey«, sagte er. »Lass es raus, Kumpel. Heul mal so richtig. Und dann hör auf mit den Selbstvorwürfen. Das bringt doch nichts. Kein Mensch ist an einem geplatzten Reifen schuld. Und du weißt das. Tief in deinem Inneren weißt du es.«

Doch auch Peters Versuch, Jason zu erreichen, schlug fehl. Jason sah, wie Amely und Peter einen ratlosen Blick austauschten.

»Jason, jetzt reiß dich zusammen, und bring deinen Hintern in die Höhe.« Das war Vivian. Sie hatte sich vor ihm aufgebaut, die Hände in die Seiten gestützt, und fauchte ihn an. »Du hast eine Verantwortung hier, du kannst jetzt nicht im Selbstmitleid baden.«

Jason hörte Amely neben sich, die erschrocken die Luft anhielt. Peter versuchte, Vivian zu beschwichtigen, doch Jason stoppte ihn.

»Sie hat recht«, sagte er leise.

Mit Peters Hilfe stand er auf.

»Danke«, flüsterte er Amely und Peter zu. »Es geht schon wieder. Ich bin in der Küche.«

Jason schleppte sich durch den Raum. Er kämpfte um jeden Schritt und fühlte sich, als hätte jemand seinen Körper mit Blei gefüllt. Die Schwere war ihm vertraut. Er kannte sie von all den früheren Attacken, in denen die Trauer und die Erinnerung ihn überwältigt hatten.

Er würde jetzt aufräumen und alles schrubben, bis die Küche blitzte. Das war seine Strategie. Es half ihm immer, wenn der Schmerz zu groß wurde.

Doch als er die Küchentür hinter sich schließen wollte, merkte er erstaunt, dass Vivian ihm gefolgt war.

»Ich möchte allein sein«, sagte er und versuchte, Vivian vom Eintreten abzuhalten.

»Und ich hätte gern ein funktionierendes Auto und wäre damit jetzt auf dem Weg nach Glasgow.« Sie hob spöttisch eine Augenbraue, zuckte mit den Schultern und meinte: »So ist das. Man kriegt eben nicht immer, was man möchte. Finde dich damit ab.« Sie sah ihm fest in die Augen. »Was ist? Darf ich jetzt rein?«

Jason hatte keine Kraft, sich mit dieser anstrengenden Frau auseinanderzusetzen. Er drehte sich um und ignorierte Vivian.

Schweigend nahm er sich einen Eimer, ließ heißes Wasser einlaufen und gab eine Kappe von seinem Spezialreiniger dazu. Er zog die Gummihandschuhe an, nahm den Putzschwamm und begann, die Tür des Kühlschranks zu schrubben. Dann den Herd.

Vivian hatte sich auf einen der Unterschränke gesetzt, sah ihm zu und ließ ihre Beine baumeln.

Wie lange sie beide in der Küche waren, konnte Jason nicht sagen. Es war ihm egal. Er konzentrierte sich nur auf seine Bewegungen.

»Maighread hat mir von dem Unfall erzählt. Wird es einfacher, wenn du dir einredest, dass du Schuld hast?«, fragte Vivian plötzlich.

Jason gab ihr keine Antwort.

»Wie war das mit der Schafzucht? Fehlen dir die Tiere? Und die Käserei? Es muss ein großartiges Gefühl sein, eigenen Käse machen zu können«, plapperte sie weiter, als wäre das vollkommen normal.

Jason platzte der Kragen.

Er pfefferte den Schwamm in das Putzwasser, dass es nur so spritzte, drehte sich zu Vivian herum und sagte in scharfem Ton: »Was weißt du denn schon?« Er sah an ihr herab bis zu den Schuhen und wieder hinauf bis zum Gesicht. »Du tingelst durch die Welt, spielst ein bisschen Geige, tänzelst herum, als sei alles ein Spiel, und riskierst dein Leben, nur weil es Spaß macht. Was willst du von mir? Hau ab, und lass mich in Ruhe.«

Vivian ließ nicht erkennen, ob Jasons verbaler Angriff sie getroffen hatte. Er drehte sich von ihr weg, klaubte den Schwamm aus dem Wasser und schrubbte weiter.

»Ein Hornochse wie du kann sich das vielleicht nicht vorstellen«, begann Vivian irgendwann zu sprechen. »Aber ich habe mein Leben nicht riskiert. Das Balancieren hat mich gerettet. Es ist ein Teil von mir.«

Jason glaubte, nicht richtig gehört zu haben. Er drehte ihr das Gesicht zu, aber jetzt war es an Vivian, ihn zu ignorieren. Sie sprach weiter, und Jason sah an ihrem Blick, dass sie eingetaucht war in eine Erinnerung.

»Meine Mom ist bei meiner Geburt gestorben«, erzählte sie. Sie lachte bitter auf. »Von daher könntest du recht haben. Nur auf diesen Verlust bezogen, weiß ich nicht, wie dein Schmerz sich anfühlt. Ich war ein Baby, ich habe das nicht bewusst mitbekommen.«

»Es tut mir leid«, sagte Jason.

»Mein Vater war fantastisch«, erzählte sie weiter, ohne auf seine Bemerkung zu reagieren. »Er war Direktor eines kleinen Wanderzirkus. Die Akrobaten und Artisten waren meine Familie.«

So langsam dämmerte es Jason, woher Vivians Vorliebe für das Balancieren kam. Und sie hatte ihn gefangen. Er wollte mehr wissen, ihre Geschichte hören.

»Tingelt er noch? Wieso bist du nicht mehr dabei?«, wollte er wissen.

»Meinen Namen hat mir meine Mom gegeben.« Es war offensichtlich, dass Vivian keine Fragen beantworten wollte. Jason war viel zu fasziniert, um sich daran zu stören. Er ließ sie weitersprechen.

»Sie hat von dem Moment an, als sie wusste, dass sie schwanger war, davon gesprochen, dass ich Vivian heißen soll, wenn ich ein Mädchen werde. Mom hat *Pretty Woman* geliebt und sich für mich gewünscht, dass ich – genau wie Vivian in dem Film – meinen Prinzen finde und von ihm gerettet werde. Oder dass ich die Geschichte umkehre und ihn rette.« Vivian lachte. »Albern, ich weiß. Aber dieser Name und dieser Wunsch ist alles, was ich von meiner Mutter habe.« Vivian rutschte von dem Schrank und ging zu der Platte mit den Truthahnresten. Sie begann, Fleisch vom Knochen zu picken, und schob es sich in den Mund. »Aufregung macht mich hungrig«, erklärte sie entschuldigend.

Jason betrachtete Vivian nachdenklich. Sie hatte Haare, die wie ein roter Vorhang fast bis zum Po über ihren Rücken fielen, und diese grüne Strähne, die schon von Weitem schrie: Ich bin eine Provokation! Dazu kamen Tausende Sommersprossen im Gesicht. Ihre braunen Augen wirkten tief und unergründlich. Sie konnte einen eiskalt ansehen, und dann, im nächsten Moment, war ihr Blick voller Wärme. Vor allem aber verrieten die Augen hinter der Burschikosität einen empathischen Menschen, der es liebte, andere mit der eigenen Lebensfreude anzustecken. Das kam vor allem zum Tragen, wenn Vivian ihre Geige klingen ließ.

Jetzt, in diesem Augenblick, waren ihre Augen voller Melancholie.

Jason hatte in der kurzen Zeit, in der er sie kannte, schon viele Stimmungen bei Vivian erlebt.

Sie ist hübsch, dachte er plötzlich überrascht. Das war ihm bisher nicht bewusst gewesen. Er hatte sie zwar bereits als wunderschön bezeichnet, aber das hatte sein Bewusstsein nicht mitbekommen, er hatte damit nichts verknüpft. Bewusst hatte er immer nur den Abgrund vor Augen gehabt und den Zorn auf ihren Leichtsinn gespürt. Die Wut darüber, dass sie grundlos ihr Leben aufs Spiel setzte.

»Wieso bist du vom Zirkus weg?«, wiederholte Jason seine Frage. Es interessierte ihn wirklich.

Vivian seufzte, schwang sich wieder auf den Unterschrank und schien zu überlegen, was sie erzählen wollte.

Jason zog seine Handschuhe aus. Er stellte die Platte mit dem Truthahn neben Vivian und setzte sich ebenfalls zu ihr.

»Ich war noch ein Dreikäsehoch, da wirbelte Papa mich bereits durch die Luft«, erzählte sie und lächelte versonnen.

Jason konnte sehen, dass sie Bilder vor Augen hatte. Er konnte die Liebe spüren, die sie dabei empfand.

Vivian schüttelte den Kopf. »Ich fand es toll«, sagte sie.

Gespannt und fast atemlos lauschte Jason Vivians Erzählung. Er tauchte mit ihr ein in vergangene Zeiten und spürte, dass nicht alles Freude gewesen war. Er fürchtete sich davor, die ganze Geschichte zu hören, aber er wollte es unbedingt wissen.

Was trug Vivian in sich? Womit hatte sie es geschafft, ihn in seinem schwarzen Loch zu erreichen und zurück an die Oberfläche zu holen?

»Wir sind durch ganz Europa gezogen«, erzählte sie. »Es war eine wunderschöne Zeit, aber nicht immer einfach. Mein Vater vermisste meine Mutter. Mit ihr gemeinsam war er aufgetreten. Sie hatte seinen Nummern das Leben eingehaucht. Er kämpfte um das Überleben unseres Zirkusses und mit seinen eigenen Dämonen. Ich konnte sie spüren. Schon als ich noch sehr klein war.«

Jason nickte. Mit Dämonen kannte er sich aus, und er konnte die Trauer ihres Vaters über den Tod der Mutter fast körperlich spüren. Erkannte seinen eigenen Schmerz darin.

»Wer hat dich versorgt?«, wollte er wissen. »Dein Vater muss jung gewesen sein. Gab es keine neue Frau in seinem Leben?«

»Ich hatte Kindermädchen. Charlie, Taylor, Nadeschda, Olga und noch einige mehr. Es war okay. Mein bester Freund war Victor, unser Clown. Er war immer für mich da und verstand, was in mir vorging. Er hat mir beigebracht zu lächeln«, sagte sie und nickte. »Immer zu lächeln.«

»Eine Maske«, sagte Jason.

»Eine lächelnde Maske«, ergänzte Vivian. »Tragen nicht alle Menschen auf die eine oder andere Art eine Maske?« Die

Frage war rhetorisch. »Mit drei lernte ich zu balancieren. Zuerst nur auf einem Seil knapp über dem Boden. Dann höher. Als ich vier war, fing ich an, Geige zu spielen. Es wurde meine eigene Nummer. Das musizierende Mädchen auf dem Seil. Die Zuschauer waren begeistert.«

»Deshalb«, sagte Jason. So langsam verstand er es.

»Für meinen Vater gab es nur das Trapez. Er liebte es, hoch oben durch die Luft zu schwingen. An meinem sechsten Geburtstag hat er mich zu sich nach oben geholt. Es war atemberaubend.«

Vivian holte tief Luft. Gedankenverloren rieb sie sich über die Arme. »Nicht das Fliegen. Das war ich ja gewohnt. Aber die Zuschauer. Das atemlose Luftanhalten und erschrockene Keuchen, wenn ich, dieses kleine zierliche Mädchen, durch die Luft flog. Geworfen und aufgefangen von starken Männerhänden. So haben es die Zeitungen geschrieben. Ich habe es bis heute im Ohr, erst die Stille und dann den Applaus.«

»Hattest du keine Angst?« Jason konnte sich nicht vorstellen, wie man so etwas machen konnte.

Vivian sah ihn überrascht an. »Nein, natürlich nicht. Ich hatte doch meinen Vater. Er gab mir Sicherheit. Er hätte mich nie fallen lassen.« Sie schnaubte. »Genau das habe ich mir zumindest eingebildet. Es war fantastisch. Aber das Trapez war nie meine große Leidenschaft. Es war und blieb immer die Nummer meines Vaters, und ich habe ihm zuliebe mitgemacht.« Jetzt lachte sie. »Einmal stand in einer Zeitung: *Er wirbelte das kleine Mädchen wie einen Gummiball durch die Luft.*«

»Es klingt nach einem besonderen und schönen Leben«, sagte Jason. »Was ist passiert?« Dass etwas passiert sein musste, lag für ihn auf der Hand.

»Ich habe Papa überredet, aus der Trapeznummer auszusteigen. Dafür habe ich meinen Seiltanz perfektioniert.« Vivian straffte die Schultern und warf Jason einen Blick zu, in dem Stolz lag. »Ich war richtig gut«, sagte sie.

»Das bist du heute noch, würde ich behaupten«, meldete sich Jason. »Weißt du eigentlich, dass mir fast das Herz stehen geblieben ist, als ich dich auf der Mauer sah?«

»Es tut mir leid«, sagte Vivian. »Und ich war so sauer auf dich!«

»Ja«, stimmte Jason zu. »Ich erinnere mich dunkel, dass du das zum Ausdruck gebracht hast«, scherzte er. »Aber erzähl bitte weiter. Ich möchte wissen, was passiert ist.«

»Es war ein Abend im September. Die letzte Show in einem Vorort von Paris. Alles war wie immer. Ich trat auf, genoss meinen Moment. Wie immer sah ich mir danach Victors Nummer an. Während der Pferdenummer und dem Auftritt des Magiers hatte ich mich in den Wohnwagen zurückgezogen, um etwas zu essen. Zum Auftritt meines Vaters war ich wieder im Zelt. Er war nicht ganz in Form, hatte Kopfschmerzen. Aber natürlich musste die Show laufen. Artisten sind nicht zimperlich.«

Jason spürte, wie ihm der Hals eng wurde. Er wollte es nicht hören und hing doch an Vivians Lippen.

»Papa und sein Partner spielten die Nummer durch. Es hakte an der einen oder anderen Stelle. Der dreifache Salto wurde nur ein zweifacher. Um das Publikum zu begeistern, reichte es. Mich machte es nervös, denn es zeigte mir, dass etwas nicht stimmte. Dann kam der letzte Flug. Papa sprang, streckte die Arme aus und …«

Vivian atmete zitternd ein und schüttelte den Kopf. Tränen liefen ihr über das Gesicht, und Jason weinte mit ihr.

»Alles schon verdammt lang her«, sagte Vivian nach einer Weile. »Ich spreche eigentlich gar nicht über damals. Keine Ahnung, wie du mich dazu gebracht hast.«

Sie zog sich ein bisschen Truthahnfleisch vom Knochen und kaute.

»Ich habe das Käsen geliebt«, sagte Jason. »Du hast mich gefragt, ob ich mein altes Leben nicht vermisse«, erinnerte er Vivian.

Die nickte.

»Statt Schafen habe ich ein paar Rinder«, erzählte er. »Ich lebe wirklich gern hier oben. Ich dachte, mit dem Pub könnte ich neu anfangen, was passiert ist, hinter mir lassen, ohne dass mich jeder Schritt an Elli und Jessi erinnert.«

»Das verstehe ich«, bestätigte Vivian. »Es ist auch so noch schwer genug.«

»Merkt man das?«, versuchte Jason einen schiefen Scherz. Dann kam er auf das Thema zurück. »Das Käsen vermisse ich«, sagte er.

»Du könntest wieder damit anfangen«, schlug Vivian vor.

Doch das war einfacher gesagt als getan.

»Ich müsste wieder Schafe halten, alles neu aufbauen«, sagte er und schüttelte den Kopf. »Nein, das kommt nicht mehr infrage. Ich habe jetzt das Pub. Wie soll ich das alles schaffen?«

»Nicht in vollem Umfang, so wie früher. Wieso machst du es nicht in kleinem Rahmen?«, wollte Vivian wissen. »Mach es dir zum Hobby und den Käse nur für dich, für deine Freunde. Für deine Gäste im Pub.«

»Du stellst dir das, glaube ich, zu einfach vor.«

»Vielleicht, weil es einfach ist?«, konterte Vivian und schob jetzt Jason ein Stück Truthahn in den Mund. »Hier. Kauen hilft beim Denken«, sagte sie und lächelte.

Jason kaute und schluckte, dann sagte er: »Es ist immer noch nicht einfach, das Kauen hat nicht geholfen. Ich bräuchte zumindest eine Grundausrüstung. Platz. Eine Möglichkeit, die Käse reifen zu lassen. Und wo soll ich die Milch hernehmen?«

Vivian gab ihm einen Stoß gegen die Schulter. »Du weißt ja, wie man sagt: Wer nicht will, findet Gründe, wer will, findet Wege.«

Wollte er denn? Oder hatte Vivian recht, und er suchte Gründe? Jason wusste es nicht. Der Gedanke war zu neu. Es war tatsächlich das erste Mal, dass er überhaupt über die Möglichkeit nachdachte.

Die Küchentür ging auf, und Maighread kam herein. »Jason, kannst du bitte mal testen, ob dein Telefon noch geht?«, fragte sie. Sie war blass und hatte rote Stressflecken im Gesicht. »Wir müssen dringend Scott erreichen.«

Kapitel 13

Maighread

»Verflixt«, schimpfte Maighread und legte das Telefon unsanft auf die Station zurück. »Nichts, einfach nichts. Blöder Miststurm!«

Sie hob noch mal ab, versuchte es erneut und zog mit der anderen Hand zur Sicherheit auch ihr Handy hervor, um es damit zum bestimmt fünften Mal zu testen. Doch was sie auch anstellte, es blieb alles ohne Erfolg.

»Amely, Joshua, Peter, ihr alle – versucht bitte, ob eure Handys Empfang haben. Vielleicht liegt es an der Signalstärke und ein neueres Modell reagiert anders als mein altes Teil.«

»Brauch ich nicht«, antwortete Peter prompt. »Bei mir ist Scott ja vorhin aus dem Videocall geflogen. Seither ist Schweigen im Whiskyfass.«

Auch die anderen schüttelten schon die Köpfe, bevor sie Maighreads Bitte überhaupt nachgekommen waren.

»Haben wir doch längst«, kam es von Joshua und Amely. Doch das wollte Maighread nicht gelten lassen.

»Bitte«, flehte sie. »Ein Versuch noch!«

Natürlich wusste sie, dass das ein sehr dünner Strohhalm war, an den sie sich da klammerte. Aber sie wollte auf keinen Fall zu schnell aufgeben und nichts unversucht lassen. Chloe brauchte Scott an ihrer Seite – und wenn es nur über das Telefon war. Sie hatte gerade wieder eine Übungswehe gehabt und war aufgeregt. Scott würde sie beruhigen können und ihr Sicherheit geben.

Alle folgten Maighreads Wunsch und zückten ihre Handys. Doch es war wohl gerade keine Zeit der Wunder. Überall das gleiche Ergebnis.

Kein Signal. Kein noch so kleines Piepen. Nichts. In welche Ecke sie ihre Handys auch hielten, in welchen Raum sie auch gingen, die Leitungen waren und blieben tot.

»Mal ehrlich«, meldete sich jetzt Vivian zu Wort, die mit Maighread und Jason zusammen aus der Küche in den Schankraum gegangen war. »Ich weiß, es wäre für Chloe wichtig. Aber würde es davon abgesehen überhaupt so viel bringen? Vielleicht wäre es am Ende noch schlimmer, wenn Scott vor dem Handy sitzt, helfen möchte, aber es nicht kann? Wer hätte denn damit gewonnen?«

Chloe!, wollte Maighread ein wenig schnippisch antworten. Sie bremste sich. Nur weil ihre Nerven vibrierten, musste sie nicht unhöflich werden.

»Kannst es ruhig raushauen«, sagte Vivian und grinste. »Keine Bange, das kann ich ab. Ich weiß, dass du es gern möglich machen möchtest, damit Chloe Scotts Unterstützung hat. Du willst ihr helfen, und ich verstehe deinen Ansatz auch. Aber vielleicht – und ich sage nicht, dass es so wäre, nur vielleicht – würde er sie am Ende eher verrückt machen, als sie zu beruhigen. Einfach, weil er selbst durchdrehen würde.«

»Aber Scott ist Arzt«, widersprach Maighread.

Vivian nickte. »Und werdender Vater, wenn ich dich erinnern darf. Und die sind bekanntlich oft weit weniger nervenstark als ihre gebärenden Frauen. Für Scott wäre es sicher besonders schlimm, wenn er gar nicht die Möglichkeit hat zu helfen.«

Maighread machte den Mund auf, doch Vivian stoppte sie. »Sag nichts, Maighread. Denk einen Moment drüber nach. Würdest du Joshua zusehen wollen, wie er leidet, aber nicht eingreifen können, obwohl du genau wüsstest, was zu tun wäre?«

»Da ist was dran«, stimmte Jason Vivian zu.

»Aber was, wenn er uns einen fachlichen Rat geben könnte?«, sagte Maighread trotzig.

In diesem Moment wurde ihr klar, dass es gar nicht nur um Chloe ging, sondern auch um sie selbst. Sie wollte Scott als Stütze, falls es Probleme gab. Sie war es, die Chloe jetzt zur Seite stehen musste, und sie hatte Angst, etwas falsch zu machen.

»Und was, wenn wir diesen fachlichen Rat gar nicht brauchen?«, gab Vivian zurück. »Wieso vom Schlimmsten ausgehen? Wir haben es doch gehört. Scott sagte, es könnten Braxton-Hicks-Kontraktionen sein. Vollkommen harmlos. Und wenn es das ist, braucht Chloe nichts außer Ruhe, Zuversicht und ein bisschen Fürsorge. Und da kommen wir ins Spiel.«

Maighread seufzte. Sie kämpfte mit sich, nickte dann aber. Es war ohnehin eine Diskussion um des Kaisers neue Kleider, denn die Entscheidung, ob sie Scott ans Handy holten oder nicht, war ihnen längst von dem tobenden Sturm abgenommen worden. Dieser Weg würde ihnen versperrt bleiben. Je eher Maighread das einsah, desto eher hatte sie den Kopf frei, um sich auf das zu konzentrieren, was sie beeinflussen konnte.

Sie atmete tief durch und versuchte, sich zu sammeln. Sie durfte nicht die Nerven verlieren. Vivian hatte recht. Chloe brauchte sie jetzt – sie alle. Sie mussten ihr das Gefühl von Sicherheit vermitteln.

Alles ist gut, sagte Maighread sich stumm vor. Alles ist gut. Alles ist gut.

Doch sie merkte, wie ihr innerer Widerstand gegen diese positive Affirmation wuchs. Es war verflixt noch mal eben nicht alles gut. Ganz und gar nicht. Und es wurde auch nicht besser, wenn sie sich an die Worte klammerte und dabei die Augen vor der Realität verschloss, statt nach Lösungen zu suchen.

Sie musste an die Geschichte mit den drei Fröschen denken, die in Sahne schwammen. Chloe hatte sie ihr einmal erzählt, als sie an einem gemütlichen Strickabend über eine positive Lebenseinstellung diskutiert hatten und was das überhaupt bedeutete, eine Optimistin zu sein.

»Also ich bin eine Optimistin durch und durch«, hatte Maighread gesagt. »Das ist ja wohl so sicher, wie meine Wolle kuschlig ist.« Dabei hatte sie ihr Strickzeug hochgehalten und zum Beweis mit dem angefangenen Tuch über ihre Wange gestrichen.

»Bist du nicht«, hatte Chloe gesagt.

Maighread hatte empört reagiert. »Bin ich wohl«, hatte sie im Brustton der Überzeugung behauptet.

Daraufhin hatte Chloe die Geschichte um die Frösche aus dem Ärmel gezaubert.

Drei Frösche waren in einen Topf mit Sahne gefallen. Der Pessimist versuchte erst gar nicht, in der Sahne zu schwimmen, da die Lage seiner Meinung nach ohnehin aussichtslos war. Sein Schicksal war besiegelt. Er ertrank sofort. Der Optimist versuchte aber auch nicht zu schwimmen. Entspannt verließ er sich darauf, dass sowieso alles gut werden würde, wenn er nur genug Vertrauen hatte. Auch dieser Frosch ertrank. Nur der zuversichtliche dritte sagte: Die Lage ist schwierig, aber nicht aussichtslos. Wenn ich kämpfe, habe ich vielleicht eine Chance. Er begann zu strampeln und mobilisierte seine Kraft durch die Hoffnung. Langsam wurde unter seinen paddelnden Füßen die Sahne zu Butter, und er konnte sich retten. Die Zuversicht oder – wie Chloe es genannt hatte – der anpackende Optimist überlebte.

Am Ende der Geschichte war Maighread überzeugt gewesen. »Okay, ich bin keine Optimistin«, hatte sie zugegeben. »Zumindest keine, die ihr Schicksal anderen überlässt.«

Die kleine Erinnerung hatte Maighread gutgetan. Drauf gepfiffen auf *Alles ist gut* – sie würde dafür sorgen, dass alles gut wurde. So war es nämlich richtig und nicht anders! Wenn sie dieses Abenteuer heil überstehen wollten, durften sie nicht aufgeben und auch nicht untätig auf eine Rettung vertrauen, die sich am Ende vielleicht zu lange hinzog und im schlimmsten Fall zu spät käme. Sie mussten anpacken, sich gegenseitig stärken und vor allem Chloe zur Seite stehen.

»Es ist, wie es ist«, sagte Maighread schließlich. »Eine Herausforderung, und wir haben keine Wahl, wir müssen sie annehmen. Wie es aussieht, sind wir die nächsten Stunden auf uns selbst gestellt. Machen wir das Beste daraus.«

Vivian kommentierte Maighreads Aussage nicht, aber Maighread konnte es an ihrer Stirn ablesen. »Na also, geht doch«, stand da.

Wieder einmal bewunderte Maighread Vivian für ihre toughe Art. Abgesehen von ihrem kurzen Moment der Panik, die Maighread bei der Nachricht in Vivians Augen gelesen hatte, als klar wurde, dass sie die Nacht hier verbringen würden, schien sie nichts aus der Ruhe bringen zu können. Und sie hatte die Fähigkeit, anderen von dieser Stärke abzugeben.

Das hatte sie gerade sehr überzeugend bewiesen. Maighread war froh, dass Vivian da war. Wenn sie schon im Sturm festsitzen musste, dann mit Menschen wie ihr.

»Können wir etwas tun?«, fragte Amely.

»Vielleicht eine Kanne Tee kochen«, schlug Maighread vor. Viel mehr fiel ihr im Moment auch nicht ein. Sie fühlte sich entsetzlich hilflos.

»Das übernehme ich«, meldete sich Eilidh sofort und marschierte auch schon Richtung Küche. Man sah ihr an, wie erleichtert sie war, etwas tun zu können.

Elisabeth legte ihr Strickzeug weg und stand auf. »Ich helfe dir«, sagte sie und ging Eilidh hinterher.

»Ich räume ein bisschen auf«, beschloss Amely und machte sich ohne lange zu fackeln daran, die Geschenkpapierberge zusammenzusammeln und zu sortieren. Schleifen kamen in einen Karton, unbeschädigtes Papier faltete sie sorgfältig, das konnte wiederverwendet werden. Der Rest landete in der Tonne.

Joshua und Peter waren noch immer damit beschäftigt, das Fenster zu verbarrikadieren.

Für Maighread wurde es Zeit, wieder ins Nebenzimmer zu gehen. Gwendolyn war bei Chloe, aber Maighread wollte ihr die Verantwortung für die hochschwangere Enkelin nicht länger aufbürden als nötig.

Vielleicht sollte sie, wenn der Tee fertig war, das Granny-Kleeblatt überreden, es Chloe gleichzutun und sich ein wenig auszuruhen. Sie musste aufpassen, dass die drei Ladys sich ihre Kräfte einteilten. Wer wusste schon, was die kommende Nacht noch an Überraschungen und Herausforderungen bringen würde. Die drei waren nun mal nicht mehr die Jüngsten.

»Jason, hast du vielleicht noch ein paar Decken?«, fragte sie deshalb. »Vermutlich werden wir alle froh sein, wenn wir uns nachher ein bisschen einkuscheln können.«

Jason nickte. »Ich hole sie«, sagte er. »Wie wäre es denn, wenn ich den Grannys mein Bett überlasse?«, fragte er.

»Das könnte dir so passen«, polterte es umgehend hinter ihm. Das war Eilidh, die gerade mit dem Tee um die Ecke kam. »Uns zum alten Eisen abschieben. Nichts da! Wir bleiben hier, genau wie alle anderen. Du glaubst doch nicht, dass wir Chloe allein lassen?«

Jason nickte und hob beschwichtigend die Hände. »Das habe ich mir schon gedacht«, sagte er. »Es war auch nur eine Idee. Ich wollte euch sicher nicht zu nahe treten«, versicherte er.

Eilidh war offensichtlich empört, dass Jason überhaupt auf so eine Idee hatte kommen können. Sie ignorierte ihn. Maighread gab Jason ein Zeichen, dass er sie lieber in Ruhe lassen sollte. Sie kriegte sich schon wieder ein. Jason verstand.

»In Ordnung. Ich hole alles an Decken und Kissen, was ich finden kann. Wir machen es uns hier unten gemütlich.«

»Und ich helfe dir, wenn du möchtest«, bot Vivian an.

»Danke, ihr beiden«, sagte Maighread. Sie nahm Eilidh den Tee ab. »Dann bin ich jetzt wieder drüben bei Chloe und schaue mal, wie die Lage ist.«

So leise wie möglich öffnete Maighread die Tür zum Nebenzimmer und schlich auf Zehenspitzen in den Raum. Gwendolyn saß in dem bequemen Ohrensessel, hatte eine Decke über den Knien und schlief.

»Schhh«, machte Maighread, als Molly, die neben dem Sofa auf ihrer Decke lag, den Kopf hob, wedelte und aufspringen wollte. »Bleib!« Sie hauchte den Befehl nur, zeigte Molly aber zusätzlich die flach ausgestreckte Hand. Das war das Zeichen für den Befehl Platz. Lennox und Bonny schliefen fest, und Molly legte den Kopf auch wieder ab und gehorchte ohne Widerspruch ihrem Frauchen. Sie schien zu spüren, dass Anspannung in der Luft lag und Maighread jetzt keine Zeit für sie hatte.

Hoffentlich war Chloe inzwischen eingeschlafen und die Krämpfe hatten aufgehört. Noch konnte sich alles zum Guten wenden.

Leider war im nächsten Moment schon klar, dass Maighreads Hoffnung nicht erfüllt wurde. Chloe hörte sie kommen und schlug sofort die Augen auf. Sie war blass und hatte Ringe unter den Augen.

»Hast du ihn erreicht?«, fragte sie.

Maighread hätte ihre letzte Wolle dafür gegeben, Ja sagen zu können. Doch ihr blieb nur, tröstend zu lächeln und Chloe die schlechte Nachricht zu überbringen.

»Leider nicht. Im Moment sind durch den Sturm alle Leitungen tot.« Sie beeilte sich, die Situation zu relativieren. »Chloe, ich bin sicher, dass längst daran gearbeitet wird. Ich versuche es in zehn Minuten wieder, vielleicht ist der Schaden dann schon behoben.«

Und morgen bekomme ich einen Lastwagen Wolle geschenkt, dachte sie. Die Wahrscheinlichkeit war ungefähr genauso groß. Aber das war egal. Hauptsache, Chloe glaubte an die Chance und geriet nicht in Panik.

Maighread setzte sich auf die vorderste Kante eines Sessels, ganz nah bei Chloe, die auf dem Sofa lag, und versuchte, sich ihre Angst nicht anmerken zu lassen. Chloe brauchte sie jetzt.

»Wie geht es dir? Hast du noch Krämpfe, oder hat es sich wieder beruhigt?«

Maighreads Herz klopfte wie verrückt, und die Sorge, dass etwas mit Chloe oder dem Baby sein könnte, machte sie fast wahnsinnig.

»Im Moment ist alles okay«, antwortete Chloe. »Aber ich habe Angst. Was machen wir denn, wenn etwas mit dem Baby ist?«

Maighread verstand sie so gut. Ja, dachte sie, das ist eine gute Frage. Was machen wir denn dann? Eine Antwort darauf hatte sie leider nicht.

Sie sah, dass Tränen über Chloes Schläfe liefen.

»Hey, Liebes, ganz ruhig«, versuchte sie, Chloe zu beruhigen. »Denk an dein Menschlein. Das braucht dich jetzt, und zwar so entspannt wie möglich. Außerdem hast du Scott doch gehört. Das sind wahrscheinlich Übungswehen. Und hey, ein bisschen Übung ist doch gut, oder was meinst du? Pass auf, wenn du dich jetzt entspannst und vielleicht sogar ein wenig schläfst, wird es dir garantiert bald wieder besser gehen.«

Sie staunte über sich selbst, denn sie schaffte es, ihre Stimme so klingen zu lassen, als glaubte sie das, was sie sagte. Sie war stolz auf sich und fest entschlossen, stark zu bleiben. Das war nie wichtiger gewesen als jetzt in dieser Situation.

Zumindest zeigte Chloe ein schiefes Grinsen. »Dafür, dass es Übungen sind, ist es aber schon echt heftig. Hätte mir auch mal jemand sagen können, dass das so wehtut, dann hätte ich mir das mit dem Baby vielleicht überlegt. Jetzt ist es wohl zu spät, um die Sache abzublasen, oder?«

»So etwa acht Monate zu spät«, antwortete Maighread.

Chloe seufzte. »Ich habe es mir fast gedacht.« Sie legte die Hände auf den Bauch und streichelte darüber. »Auch wenn es mir gerade wirklich Angst macht, ich würde um nichts auf der Welt auf diese Erfahrung verzichten wollen«, bestätigte sie. Dann klopfte sie sanft mit dem Zeigefinger auf ihren Bauch. »Hey, Menschlein«, sagte sie. »Ich kann mir vorstellen, dass es da drin ganz schön eng ist, und vermutlich bist du neugierig auf die Welt da draußen, aber könnten wir uns darauf einigen, die Sache noch etwa vier Wochen zu verschieben, so wie es der Plan sagt?«

Maighread bewunderte Chloe. Trotz der Angst schaffte sie es, nicht den Humor zu verlieren. Sie war der mutigste Mensch, den sie sich vorstellen konnte.

Maighread streichelte Chloes Schulter, ihre Wange und über die Haare. »Wir wissen ja noch gar nicht, was genau los ist. Vielleicht schläft dein Menschlein längst und hat gar nicht vor, die Sache zu beschleunigen.«

»Aber weißt du was, Maighread?«, sagte Chloe jetzt und rutschte ein bisschen höher auf dem Sofa, sodass sie halb zum Sitzen kam. »Ich bin nicht müde und viel zu aufgeregt, um jetzt zu schlafen. Was meinst du, könnten wir den Rest der Party vielleicht hierher verlegen? Ich möchte nicht allein sein, aber ich traue mich im Moment auch nicht aufzustehen und wieder mit rüberzukommen.«

Maighread war längst aufgestanden und schon halb auf dem Weg. Sie war so unfassbar dankbar, dass Chloe sich etwas gefangen hatte.

»Das ist eine meiner leichtesten Übungen«, sagte sie und lachte. Ihre eigene Anspannung löste sich, und vor lauter Erleichterung musste sie weinen. Schnell putzte sie sich die Nase, damit Chloe nicht mitbekam, wie sehr Maighread durch den Wind war.

Keine zehn Minuten später saßen die drei Grannys in den bequemen Sesseln um einen Schemel herum, auf dem ihre Füße lagen. Maighread saß bei Chloe auf dem Sofa, hatte ihre Füße auf dem Schoß und Strickzeug in der Hand. Joshua hatte sich auf den Boden vor das Sofa gesetzt und lehnte sich dagegen. Er hatte Maighreads Bein von hinten umfasst und streichelte es.

Der Rest der Bande hatte es sich mit Kissen und Decken auf dem Boden vor dem Kamin bequem gemacht. Auch Jason und Vivian saßen bei der Gruppe. Sie hatten sich zuerst geweigert, aber nachdem Chloe betont hatte, wie sehr sie sich freuen würde, hatten sie nachgegeben.

Vivian hatte sich etwas abseits gesetzt und spielte auf Chloes Wunsch hin noch ein bisschen Geige. Wieder bewies sie, was für ein gutes Gespür sie für Situationen hatte. Sie spielte ruhige Lieder, die den Zuhörern Entspannung brachten. *Should all acquaintance be forgot* und auch den Loch-Lomond-Song. Joshua summte leise mit, und Maighread gab ihm schnell einen Kuss auf die Wange. Das war ihr Lied. Vivian lächelte und spielte weiter.

Das Gespräch plätscherte locker vor sich hin. Der Sturm draußen hatte noch immer nicht nachgelassen, aber im Pub hatten sich die Wellen geglättet. Die Bedrohung schien gebannt.

Maighread und Joshua erzählten von ihrer Amrumreise, von der Nacht unter dem Leuchtturm und von den Menschen, die sie dort kennenlernen durften.

»Diese Elisabeth würde ich ja zu gerne mal kennenlernen«, meinte Peter. »Eine Frau, die Whisky über alles liebt und beinahe Joshua unter den Tisch saufen konnte, das muss ein gestandenes Weib sein.«

»Die Betonung liegt aber bitte auf beinahe«, stellte Joshua fest.

»Dort habe ich auch die Nixchen kennengelernt«, erzählte Maighread. »Eigentlich sind es Elfchen – ihr wisst schon, diese kleinen Gedichte aus elf Worten –, aber Fenja sagte, wenn sie am Meer entstehen, sind es Nixchen.«

»Oh ja.« Chloe lächelte. »Das war ein schönes Mitbringsel. Anfangs hast du immer wieder mal so ein Gedicht vorgetragen. Schade eigentlich, dass es im Laufe der Zeit untergegangen ist.«

Vivian legte die Geige weg, und Jason machte Musik an. Es war eine Mischung aus Chloes Lieblingssongs – Maighread hatte ihm die Playlist geschickt.

»Elf Worte?«, fragte Vivian, während sie sich auf die Decke neben den Hunden setzte. »Egal wie?«

Sie kraulte Molly hinter den Ohren, während sie sich mit Maighread unterhielt. Die Hündin streckte ihr den Kopf entgegen und genoss die Streicheleinheiten.

Doch Maighread schüttelte den Kopf. »Es ist eine vorgegebene immer gleiche Form. Ein Wort, zwei Worte, drei Worte, vier Worte und am Schluss wieder ein Wort. Und dieses letzte Wort ist quasi die Quintessenz der vorhergegangenen.«

»Okay«, kam es gedehnt von Vivian. So ganz schien sie noch nicht erfasst zu haben, wie das mit der Aufteilung funktionieren sollte.

Maighread strickte weiter und dachte nach. »Gib mir einen Moment«, sagte sie.

Und den brauchte sie nicht nur, um über ein Elfchen nachzudenken, sondern auch, um die Reihe zu beenden. Sie hatte die *Exquisite* auf der Nadel und arbeitete an einem weiteren *Flowers of Callwell.* Sie würde es im Laden ausstellen, das würde sicher gut bei ihren Kundinnen ankommen. Gerade war sie an einer Musterreihe, und wenn sie nicht aufpasste, strickte sie Fehler hinein, die sie später mühsam wieder ribbeln musste.

Während ihre Hände die Stricknadel hielten, Maschen zusammenstrickten, Umschläge setzten und sich in rasantem Tempo ans Reihenende vorarbeiteten, machten ihre Gedanken sich auf die Suche nach Worten und Emotionen.

Endlich hatte sie die letzte Masche der Reihe verdoppelt und konnte wenden. Sie hob den Kopf und merkte, dass alle sie gebannt beobachteten.

»Oh«, machte sie und merkte, wie ihr Hitze in die Wangen stieg. So plötzlich und unerwartet im Mittelpunkt zu stehen, war ihr etwas peinlich. Aber sie fing sich gleich wieder. »Ich habe eins«, verkündete sie, räusperte sich und setzte an:

»Stricken
Wolle fühlen
Masche für Masche
am eigenen Glück wirken
Leben.«

Die Worte schwangen nach. Maighread sah, wie alle einen Moment brauchten, um sie zu erfassen. Doch dann war der Bann gebrochen.

»Super!«, rief Chloe und klatschte. Auch die anderen waren beeindruckt und spendeten Beifall.

»Das möchte ich auch versuchen«, meldete sich Vivian. »Wartet, ich muss noch überlegen.«

Weil sie keinen Zettel hatte, fuhr sie mit dem Zeigefinger über die Decke, auf der sie saß, als wollte sie so die Worte aufschreiben.

»Begegnungen
Unerwartet tief
Das Leben balancieren
Immer auf der Suche
Friede.«

Auch auf Vivians Vortrag folgte einen Moment andächtiges Schweigen, bevor alle klatschten.

»Friede«, wiederholte Jason das letzte Wort beinahe ehrfürchtig.

»Soll es geben«, flachste Vivian. »Ich habe davon gehört. Wer weiß, vielleicht finde ich ihn eines Tages. Oder du.«

Jason warf Vivian einen Blick zu, den Maighread nicht ergründen konnte. Was hatten die beiden in der Küche wohl gesprochen? Sie hatte das Gefühl, dass Jason in der kurzen Zeit schon mehr von Vivian erfahren hatte als sie in den letzten Monaten.

Vielleicht taten die beiden sich gegenseitig gut? Nach dem Eindruck, den sie jetzt machten, wäre das möglich, und Maighread wünschte es ihnen.

Kapitel 14

Maighread

Inzwischen hatte sich die Nacht über das Pub gesenkt. Es war ein langer Tag gewesen, und Müdigkeit machte sich in der Gruppe breit. Elisabeth blätterte noch in einer Zeitschrift. Gwendolyn war wieder eingeschlafen, und auch Eilidh saß mit geschlossenen Augen in ihrem Sessel. Ihre Hände hielten noch das Strickzeug, lagen aber in ihrem Schoß. Sie hatte den Kopf nach hinten gelehnt, den Mund leicht geöffnet und schnarchte. Die anderen unterhielten sich leise, nahmen ab und an einen Schluck Tee oder Whisky und ließen den Tag nachwirken.

Maighread beneidete die Frauen um ihre Ruhe. Sie selbst war viel zu aufgewühlt, sie würde kein Auge zumachen können. Wenigstens konnte sie stricken. Ihre Nadeln klapperten leise, während sie Reihe um Reihe an ihrem Tuch arbeitete. Bald hatte sie die Stelle erreicht, an der sie all die stillgelegten Maschen aus den verkürzten Reihen wieder aktivieren musste, um über die gesamte Breite eine Borte zu stricken. Kurz hielt sie inne, um abzuschätzen, wann es so weit war.

Lächelnd betrachtete Maighread ihre Arbeit und strich über eine der stilisierten Blütendolden. Sie war ganz verliebt in das Muster und hatte es bereits so verinnerlicht, dass sie gar nicht mehr nachsehen musste, was wann an der Reihe war. Es strickte sich wie von allein. Die Maschenfolge war aber auch bei aller Raffinesse wirklich sehr eingängig. Ihre Kundinnen würden sich freuen, das wusste Maighread jetzt schon.

Muster, die schwieriger aussahen, als sie in Wahrheit waren, erfreuten sich großer Beliebtheit. So hatten auch weniger versierte Strickerinnen die Chance, Tücher zu zaubern, die wie kleine Kunstwerke wirkten.

Maighread nahm die Nadeln wieder auf. Während ihre Hände weiterarbeiteten, sah sie zu Chloe. Sie hatte die Augen zwar, wie Gwendolyn und Eilidh, geschlossen, aber ihre Hände streichelten über den Babybauch, sie war also wach.

Um sicherzugehen, dass alles in Ordnung war, beobachtete Maighread sie ein bisschen. Im Gegensatz zu vorhin wirkte Chloe jetzt entspannt. Was für ein Glück, dass Scotts Ferndiagnose wohl richtig gewesen war. Maighread war enorm dankbar, auch wenn ihr Puls noch immer beschleunigte, wenn sie an Chloes Übungswehen dachte.

Diese Braxton-Hicks-Kontraktionen hatten ihnen allen einen gehörigen Schrecken eingejagt. Maighread hatte sich schon als Hebamme im Einsatz gesehen. Und sie hatte in ihrer Vorstellung keinen sehr kompetenten Auftritt hingelegt. Was kein Wunder war. Sie hatte schließlich keine Ahnung davon, was sie tun müsste, und wäre in dieser Rolle vollkommen überfordert gewesen.

Eine Geburt zu betreuen, stand nun wirklich nicht auf ihrer Bucket-List. Erleben – ja, vielleicht sogar bald. So, wie Joshua sie vorhin angesehen hatte … Als sie daran dachte, musste sie kurz die Stricknadel loslassen und Joshua berühren, der noch immer vor dem Sofa auf dem Boden saß. Der Gedanke an die Hochzeit und dass sie vielleicht tatsächlich bald über eigene Kinder nachdenken würde, machte sie atemlos, aber auch glücklich.

Eine Geburt miterleben, während ein Arzt oder eine Hebamme sich kümmerte – weshalb nicht? Auch das stand zwar nicht auf ihrer Wunschliste, aber sie hätte kein Problem damit, Chloe beizustehen. Händchen halten, Rücken massieren, gut zureden, Mut machen, Wasser reichen oder den Schweiß von der Stirn wischen – all das würde sie, ohne mit der Wimper zu zucken, machen.

Aber selbst Hand anlegen und dem Baby auf die Welt helfen? Never ever! Allein der Gedanke daran ließ ihren Mund vor Schreck staubtrocken werden. Was für ein Glück, dass ihr und Chloe das erspart blieb.

Jetzt erst merkte Maighread, wie sehr sie das alles mitgenommen hatte. Ihr tat jeder Muskel weh, sie fühlte sich wie durchgeprügelt. Dieses Gefühl war ihr vertraut. Es kam immer mit etwas Verzögerung nach extremen Stressmomenten. Vermutlich war es das Adrenalin, das jetzt langsam abgebaut wurde.

Maighread atmete bewusst tief ein und wieder aus, um ihrem Körper beim Stressabbau zu helfen. Sie ließ ihren Blick durch den Raum schweifen, um sich ein bisschen abzulenken und ihren Gedanken und Gefühlen die Chance zu geben, zur Ruhe zu kommen. Sie bewunderte die Ornamente an der Decke und die liebevoll gestalteten Wände. Jason hatte ein Händchen für Dekoration, das musste sie ihm lassen. Er hatte alte Ölbilder mit modernen Fotoplakaten kombiniert. Die meisten zeigten die Highlands und den Blick auf den Loch Lomond. Obwohl es alles ähnliche Motive waren, wirkte jedes Bild einzigartig.

Auch mit der Weihnachtsdekoration hatte Jason sich Mühe gegeben. Maighread wusste, dass er das nur ihr zuliebe gemacht hatte. Sie hatte ihn überredet, aber, nachdem er solchen

Widerstand geleistet hatte, nicht mit viel Dekoration gerechnet. Deshalb hatte sie ja auch Amely gebeten, früher oben zu sein und zur Not nachzubessern. Aber die hatte ihr erzählt, dass so gut wie alles bereits fertig gewesen war.

Offenbar war es für Jason, nachdem er ihr zugesagt hatte, eine Frage der Ehre gewesen, es dann auch richtig zu machen. An den Wänden, um den ganzen Raum herum, hatte Jason Weihnachtsgirlanden mit Tannengrün, Stechpalmen und Misteln gehängt. Natürlich hingen auch Mistelzweige an strategisch günstigen Stellen. Maighread und Joshua hatten sich bereits zweimal darunter geküsst, und auch Peter und Amely hatten sich die Chance nicht entgehen lassen.

In der Ecke stand ein mit Holzdekoration geschmückter Weihnachtsbaum. Jason hatte Maighread verraten, dass er die hübschen Anhänger selbst gedrechselt hatte. Natürlich hatte Maighread sofort angeregt, daraus ein kleines Business zu machen. So etwas würde auf dem Weihnachtsbazar der Verkaufsschlager werden, das stand für sie außer Frage. Doch Jason hatte abgewehrt. Er drechselte nicht mehr, hatte er gesagt und das Thema gewechselt. Für den Moment hatte Maighread es gut sein lassen, aber in dieser Sache war das letzte Wort noch nicht gesprochen.

Ein Meer an Lichterketten rundete das Bild ab und gab dem Kaminzimmer den notwendigen Glanz, um nicht nur behaglich, sondern auch festlich zu wirken. Und dann war da natürlich der Kamin selbst, der dem Raum seinen besonderen Zauber verlieh. Maighread wusste es von Callwell Castle. Das Kaminzimmer liebten alle besonders und hielten sich gern dort auf.

Maighread freute sich, dass sie die Idee mit den Weihnachtsstrümpfen gehabt hatte. Sie stellte sich vor, dass am

Weihnachtsmorgen tatsächlich etwas darin steckte. Vielleicht konnte sie das organisieren.

Gleichzeitig war ihr bewusst, dass es für Jason eine furchtbar schwierige Zeit war. Und so einen Weihnachtsstrumpf ganz für sich allein auszupacken, war sicher nicht besonders schön und würde bei ihm keine Weihnachtsstimmung aufkommen lassen. Sie überlegte, was sie tun könnte, um das zu ändern.

Jason weigerte sich, Weihnachten auf Callwell Castle mit ihnen zu feiern. Und sie konnten sich nicht ohne Weiteres am Weihnachtsmorgen aus dem Staub machen und zu ihm fahren. Ganz davon abgesehen, dass sie nicht wusste, wie das Wetter an Weihnachten sein würde. Dass es besonders hier oben mitunter tückisch sein konnte, hatten sie heute zu spüren bekommen.

Und trotzdem. Sie konnte ihn nicht einfach so allein und auf sich gestellt hier die Feiertage verbringen lassen und beschloss, die Sache mit Joshua zu besprechen. Vielleicht hatte er eine Idee, wie sie Jason überzeugen konnten.

Maighread löste ihren Blick von der weihnachtlichen Dekoration und betrachtete die Menschen, die sich hier um den Kamin versammelt hatten. Eine Woge der Zuneigung schwappte über sie hinweg, und ihr Herz ging auf. Es tat so gut, sie alle hier um sich herum zu haben.

Was war sie doch für ein Glückskind!

Im Kreis ihrer Lieblingsmenschen fühlte Maighread sich wohl und geborgen. Am liebsten hätte sie vor lauter Dankbarkeit und überschäumender Freude, dass es sie gab, alle umarmt.

Gemeinsam hatten sie es geschafft, aus einer unschönen Situation etwas zauberhaft Schönes zu machen. Und nicht nur das, sie hatten es sogar geschafft, mitten im Sturm neue Pläne zu machen und nach vorn zu sehen.

Wieder dachte Maighread daran, dass sie in wenigen Wochen wirklich Joshuas Frau werden würde, und genoss das warme Gefühl, das dieser Gedanke mit sich brachte. Joshua hatte recht, sie hatten jetzt wirklich lange genug gewartet.

Vielleicht war das ähnlich wie mit der Entscheidung, Kinder zu bekommen. Wenn man zu viel darüber nachdachte und auf den perfekten Zeitpunkt wartete, kam der vielleicht nie. Wie war es denn bei Chloe gewesen? Das Menschlein war absolut nicht geplant gewesen. Hätten sie die Entscheidung bewusst treffen müssen, wäre Chloe vermutlich jetzt nicht kurz davor, Mutter zu werden. Aber hatten sie es bereut? Keine Sekunde – soweit Maighread das beurteilen konnte. Sie war ziemlich sicher, dass Chloe ihr von solchen Gefühlen erzählt hätte. Vielmehr hatten Scott und Chloe sich in das Abenteuer fallen lassen und das Menschlein als Geschenk ihrer Liebe angenommen. Sie hatten nicht gewartet, bis außen herum alles perfekt passte, sondern sich der Situation angepasst und ihr Leben so gestaltet, dass dieses Baby einen Platz darin finden würde. Und was für einen. Ein mit Liebe und Glück gepolstertes Nest.

War nicht immer das Jetzt genau der richtige Moment, um glücklich zu sein? Und die Hochzeit würde dieses Glück garantiert verstärken. Der äußere Zeitpunkt, ob Frühjahr, Sommer, Herbst oder Winter, war dabei im Grunde vollkommen egal. Der innere Zeitpunkt musste passen. Und das tat er. Dessen war sich Maighread endlich sicher.

Mittlerweile waren die leisen Gespräche verstummt. Im Moment saßen alle still da. Wer nicht schlief, lauschte der Musik oder dem Tosen und Grollen des Sturms. Peter und

Amely saßen aneinander gekuschelt vor dem Kamin und sahen den Flammen zu. Peter massierte Amely dabei sanft den Nacken. Vivian starrte vor sich hin ins Leere. Wo sie mit ihren Gedanken wohl gerade war? Jason warf ihr hin und wieder einen Blick zu, in dem Maighread Bewunderung erkannte.

Maighread war froh, dass sie so viel Wolle mitgenommen hatte. Egal was passierte, ihre Hände hatten ganz sicher immer was zu tun – selbst wenn sie noch länger würden hier oben bleiben müssen. Sie überlegte, ob sie das Tuch, an dem sie arbeitete, vielleicht zur Seite legen und stattdessen mit dem Tea Cozy für Chloe beginnen sollte. Als Chloe ihr von dem Malheur mit der Waschmaschine erzählt hatte, hatte Maighread sofort eine Idee im Kopf gehabt und kurz entschlossen zwei Knäuel der *Hygge* in der Farbe Off White eingepackt. Sie war sich noch nicht sicher, ob es funktionieren würde, aber einen Versuch war es wert. Sie stellte es sich ganz schlicht mit einem kleinen Muster gehäkelt vor. Vielleicht Büschelmaschen oder Streifen mit Reliefmaschen und ansonsten nur feste Maschen, damit der Überzug die Wärme gut hielt. Und als Dekoration würde sie am Ende aus bunter Wolle ein paar Blümchen oder Schleifen häkeln und sie darauf festnähen.

In ihrem Kopf hatte sie ein Bild, wie es aussehen sollte. Sie war gespannt, ob es klappte. Ach, wie sehr sie diese Momente liebte, wenn sie in Gedanken in ihrer Wolle baden und in aller Ruhe darüber nachdenken konnte, mit welchem der Schätzchen sich eine Idee wohl am besten umsetzen ließe. Die *Hygge* von Novita schien ihr für ein Tea Cozy perfekt, weil sie so dick war. Das würde den Tee sicher lange warm halten. Sie könnte auch die *Retreat super chunky* nehmen, einen Überzug stricken und ihn dann filzen. Maighread versuchte, es sich vorzustellen, und verwarf die Idee wieder. Es könnte funktionieren, keine Frage, aber in ihrem Kopf hatte sich das andere Bild bereits zu sehr festgesetzt.

Da Chloe ihre Beine auf Maighreads Schoß liegen hatte und gerade zu dösen schien, beschloss Maighread, doch erst noch am Tuch weiterzuarbeiten. Die Häkelnadel lief ihr ja nicht weg, und die Nacht war noch lang. Vielleicht würde sie durchmachen.

Irgendwann würde sie Chloes Kind von diesem Abenteuer berichten und von der Aufregung, die es damals verursacht hatte. Maighread lächelte bei der Vorstellung. Sie freute sich darauf.

Nachdem sich die Lage um Chloe beruhigt hatte, fand Maighread die Situation gar nicht mehr so schlimm. Gut, sie hatten eine relativ unbequeme Nacht vor sich. Aber das würden sie überstehen. Und wie so oft hatten die Freunde bewiesen, dass sie zusammenhielten, nicht nur bei Sonnenschein, sondern auch bei Orkan.

Wenn am nächsten Tag die Straßen geräumt waren und sie alle wieder nach Hause konnten, war die Aufregung und Angst sicher schnell vergessen. Was bleiben würde, war ein Abenteuer, das sie noch viele Jahre später bei besonderen Gelegenheiten erzählen würden.

Maighread lächelte und sah es schon vor sich. Sie alle, einige Jahre älter. Ihre Kinder um sich herum. Vielleicht an einem Lagerfeuer. Und die Eltern erzählten von dieser einen Nacht, als sie im Sturm gefangen waren.

Gänsehaut lief über Maighreads Arme. Hatte sie wirklich gerade an ihre Kinder gedacht? Ja, es stimmte. Es fühlte sich fast schon selbstverständlich an, als müsste es einfach so sein. Die Vorstellung, dass sie und Chloe Kinder in etwa dem gleichen Alter hätten, gefiel ihr.

Ihre Gedanken wanderten weiter. Es war immer noch unglaublich, dass Joshua sie gebeten hatte, jetzt endlich zu heiraten. Ganz so schnell würden sie das nicht auf die Beine stellen können. Vor allem musste Chloe erst ihr Baby zur Welt bringen. Eine Hochzeit ohne Chloe war für Maighread unvorstellbar.

Maighread beugte sich zu Joshua hinunter, der seinen Kopf gegen ihr Bein gelehnt hatte und wohl mit offenen Augen träumte.

»Was würdest du zu Januar sagen?«, fragte sie.

Sofort war er wieder hellwach und sah sie fragend an. »Ernsthaft?«, vergewisserte er sich und wusste sofort, wovon sie sprach.

Maighread nickte. »Ernsthaft. Such dir den Tag aus.«

Damit, dass Joshua sofort sein Handy zücken und den Kalender studieren würde, hatte Maighread allerdings nicht gerechnet. Er hielt das Handy zu ihr hin und tippte auf den zweiten Samstag im Januar. »Einverstanden?«, fragte er.

Sie nickte. »Einverstanden.«

Mit diesem einen Wort hatte sie ein Strahlen in Joshuas Augen gezaubert.

»Leute, hört mal bitte«, sagte er in die entspannte Stille hinein. »Ich muss euch etwas sagen.«

Eilidh zuckte zusammen und gab einen lauten Schnarcher von sich.

»Wie? Was?« Sie fuhr sich mit den Händen durch die Haare und setzte sich aufrecht hin. »Habe ich etwas verpasst?«, wollte sie wissen.

Auch Gwendolyn war aufgewacht.

»Maighread und ich«, sagte Joshua und fasste nach Maighreads Hand. »Also ich meine, ihr wisst ja, dass wir verlobt sind«, setzte er an. »Aber irgendwie haben wir uns schwergetan mit … Na ja, wir wollten euch jedenfalls mitteilen, dass wir endlich einen Termin für unsere Hochzeit gefunden haben.«

»Hört, hört«, kam es von Peter.

»Und wann?«, fragte Chloe. »Jetzt macht es doch nicht so spannend. Nehmt gefälligst Rücksicht auf meinen Zustand.«

»Sehr bald. In ein paar Wochen schon. Am zweiten Samstag im Januar«, verkündete Joshua.

»Ich brauche einen großen Zettel«, rief Eilidh. »Ich muss sofort anfangen zu planen. Ihr seid ja verrückt. Wie soll ich in der kurzen Zeit eine Hochzeitsfeier organisieren? Wisst ihr schon, was ihr für eine Hochzeitstorte wollt?«

»Herzlichen Glückwunsch«, sagte Vivian.

»Du bist selbstverständlich auch eingeladen«, antwortete Maighread.

»Cool. Wenn das kein Grund ist, länger in der Gegend zu bleiben, dann weiß ich auch nicht«, sagte Vivian. Sie sah so aus, als würde sie sich wirklich freuen.

»Ohh.« Chloe keuchte und stöhnte. »Mmmmm«, machte sie, und Maighread blieb fast das Herz stehen vor Schreck. Es dauerte eine ganze Weile, in der alle nur auf Chloe starrten.

»Es geht wieder«, sagte sie nach einer gefühlten Ewigkeit und trank einen großen Schluck Wasser. »Aber das war heftig. Ich glaube nicht, dass das eine Übung war«, stellte sie fest und brach in Tränen aus. »Ich mache mir solche Vorwürfe«, schluchzte sie. »Vielleicht war ich zu leichtsinnig. Ich hätte nicht einfach zu den Kühen gehen dürfen. Vielleicht ist der Sturz daran schuld. Was machen wir denn jetzt? Es ist doch zu früh.«

Maighread hielt Chloes Hand und suchte Joshuas Blick. Die Frage war absolut berechtigt. Was sollten sie nur tun? Ach, dieser verfluchte Sturm. Von wegen Schneezauber. Die Welt war nicht verzaubert, sondern verhext.

»Wir brauchen Tücher«, sagte Eilidh. »Und sorgt dafür, dass das Feuer ordentlich brennt, damit Chloe nicht friert.«

»Wir sind bei dir«, versuchte Maighread, die aufgelöst weinende Chloe zu beruhigen. »Und wir schaffen das. Glaub mir, wir schaffen das. Es wird deinem Baby gut gehen. Etwas anderes stellen wir uns gar nicht vor.«

»Ohh«, jammerte Chloe. »Es geht schon wieder los.«

Jetzt ließ es sich nicht mehr schönreden. Chloe hatte Wehen. Und zwar richtige Wehen. Nichts mit Übung und Vorbereitung. Chloe bekam ihr Baby.

Jetzt!

Sie konnten nur hoffen, dass es lange genug dauerte und die Rettungskräfte rechtzeitig da waren. Bei Erstgebärenden konnte sich das mit den Wehen doch oft sehr lange hinziehen. Vielleicht war es bei Chloe auch so? Doch gleichzeitig war da die Frage: Und was, wenn nicht?

Was, wenn Chloe schon den ganzen Tag leichte Wehen gehabt hatte und das Kind wirklich jetzt rauswollte? Maighread dachte an diese Schmerzen, die Chloe auf einen gezerrten Muskel zurückgeführt hatte. Pah! Von wegen gezerrt! Im Nachhinein setzten sich die Bilder zusammen, und Maighread konnte nicht fassen, wie blind sie alle gewesen waren. Sie hatten die Situation vollkommen falsch eingeschätzt.

Jetzt hatten sie den Schlammassel.

Natürlich wusste Maighread theoretisch, wie eine Geburt ablief. Aber sie wusste theoretisch auch – zumindest ungefähr –, wie eine Herzoperation vonstattenging. Trotzdem bildete sie sich nicht ein, jemals eine durchführen zu können. Am liebsten wäre sie aufgesprungen und schreiend davongerannt.

Chloe stöhnte.

»Keine Angst, Chloe, das ist gleich wieder vorbei«, sagte Maighread und konnte kaum glauben, dass ihre Stimme ihr gehorchte. Sie streichelte die Hand der Freundin, die sich in die Decke gekrallt hatte. »Du musst ganz ruhig atmen.« Maighread versuchte, sich zu erinnern. Chloe hatte ihr von ihrem Geburtsvorbereitungskurs erzählt. Wie war das gewesen? Es war so eine bestimmte Formulierung gewesen. Sie und Chloe hatten noch Witze darüber gemacht. Ach ja, jetzt wusste sie es wieder. »Atme in den Schmerz hinein, Chloe«, sagte sie. »So, wie du es in dem Kurs gelernt hast. Nicht dagegen arbeiten, sondern es annehmen. So hast du es mir doch erzählt.«

»Mhhhhh«, kam es von Chloe. Sie hatte die Augen geschlossen.

Doch nicht nur Chloe musste mit dem Schmerz zurechtkommen. Im nächsten Moment konnte Maighread versuchen, ihre Anweisungen direkt selbst umzusetzen. Chloe hatte die Decke losgelassen und krallte sich stattdessen mit aller Macht in Maighreads Unterarm. Verflixt noch mal, wo hatte Chloe diese Kraft her?

Maighread versuchte, ihren Arm zu befreien und in Sicherheit zu bringen. Keine Chance. Chloe hatte einen eisernen Griff. Das würde bestimmt ein deftiger blauer Fleck werden.

Erleichtert atmete sie auf, als die Wehe nachließ und Chloe den Griff lockerte.

»Okay, Chloe, wie es aussieht, macht dein Menschlein jetzt wirklich ernst. Aber im Moment sind es nur Wehen.«

Sie lachte, als Chloe empört schnaubte.

»Entschuldige bitte, so war das natürlich nicht gemeint. Was ich sagen möchte: Noch ist es die Vorarbeit. Bis zur Geburt haben wir noch Zeit. Leider weiß niemand, wie lange. Wir bleiben bei dir, helfen dir und passen auf dich auf. Und du kümmerst dich um dich und das Menschlein und hast Vertrauen. Deal?«

»Ich würde doch gern zurücktreten«, kam es kleinlaut von Chloe. »Können wir die Sache nicht abblasen? Ich glaube, ich habe es mir anders überlegt.«

Maighread lachte, obwohl ihr viel mehr nach Schreien zumute war. »Ich fürchte, da müssen wir jetzt alle durch. Was ist, möchtest du liegen bleiben? Kann ich etwas Gutes für dich tun? Die nächste Wehe lässt sich ja zum Glück etwas Zeit, das heißt, noch wird nichts weiter passieren.«

Dafür, dass Maighread eigentlich keine Ahnung hatte, fand sie sich selbst ziemlich überzeugend. Sie hoffte nur, dass sie keinen totalen Bockmist erzählte.

Zur Absicherung warf sie einen Blick zu den Grannys.

Elisabeth lächelte und nickte. »Du machst das prima, Maighread«, sagte sie.

»Und was ist mit mir? Bekommt Maighread das Menschlein oder ich?«, protestierte Chloe.

Wieder lachte Maighread, doch sie spürte, wie sich ein Kloß der Verzweiflung in ihrem Hals bildete. Sie fürchtete, jeden Moment weinen zu müssen. Aber das durfte sie nicht. Nicht jetzt. Chloe brauchte sie.

Kapitel 15

Vivian

Was für ein Tag. Was für ein Abend. Was für eine eigentlich beschissene Situation und was für eine unfassbar coole Truppe.

Hätte irgendjemand Vivian am Morgen gesagt, dass sie die kommende Nacht mit einem Haufen Menschen eingeschneit in einem Pub verbringen würde, hätte sie demjenigen ohne zu zögern den Vogel gezeigt und »Am Arsch« geantwortet.

Und jetzt? Als es klar geworden war, dass sie vorerst hier oben festsaßen, hatte Vivian im ersten Moment zwar fast der Schlag getroffen, aber hey, irgendwie hatte sie es geschafft, sich damit zu arrangieren. Sie hatte in ihrem Leben schon einiges an Mist erlebt, da war das hier vergleichsweise ein Kindergeburtstag.

Als ihr klar wurde, was sie da gedacht hatte, prustete sie laut los und weckte damit Gwendolyn, die sich kurz überrascht umsah und dann die Augen wieder schloss. Vivian hielt sich die Hand vor den Mund und flüsterte zwischen den Fingern hindurch: »Sorry.«

Jason sah sie fragend an, doch sie schüttelte den Kopf. »Nichts, was ich teilen möchte«, sagte sie. »War nur ein kurzer Joke, der mir durch den Kopf ging.«

Die meisten Menschen hätten das nicht so ohne Weiteres akzeptiert und mindestens noch einen Versuch gestartet, sie zum Reden zu bringen. Das lag in der Natur der Menschen.

Sie waren eben neugierig. Nicht so Jason. Er nickte kurz und drehte sich wieder zum Kamin.

Innerlich kicherte Vivian immer noch. Das Gehirn schlug manchmal lustige Purzelbäume. Der Gedanke mit dem Kindergeburtstag war so unfreiwillig komisch, dass sie beschloss, ihn doch mit Jason zu teilen. Vielleicht auch, weil er sie nicht, wie sie es erwartet hatte, bedrängte. Das war ein Charakterzug, den Vivian echt zu schätzen wusste.

Sie beugte sich zu ihm und erzählte ihm leise flüsternd direkt an seinem Ohr, was sie zum Lachen gebracht hatte.

»Witzig«, antwortete Jason. Doch er wirkte mehr bedrückt als amüsiert.

»Hey, mach dich locker!« Vivian schubste mit ihrer Schulter gegen seine. »Das wird schon alles gut gehen«, sagte sie. »Und dann ist das hier nicht nur im übertragenen Sinn, sondern ganz real ein Kindergeburtstag.«

»Hoffen wir, dass du recht hast und wirklich alles gut geht«, brummte Jason.

»Wirst du schon sehen«, sagte sie. »Und außerdem braucht Chloe gute Stimmung um sich herum. Wir müssen ihr zeigen, dass wir keine Angst haben.«

Sie hatte recht, das wusste Vivian. Tief in ihrem Inneren war sie zutiefst davon überzeugt. Chloe war schon weit genug, das Kind würde das sicher ohne medizinische Unterstützung packen, falls es überhaupt so weit kam. Vielleicht hatte sie auch noch ein paar Stunden Wehen, und wenn es dann richtig zur Sache ging, waren die Straßen längst wieder frei und Hilfe da. Oder Chloe zum Zeitpunkt der Geburt sogar schon in einem Krankenhaus.

Vivian hielt nichts davon, sich von Angstgespenstern runterziehen zu lassen und schlechte Stimmung zu verbreiten.

Sie lehnte sich wieder zurück und ließ ihre Gedanken spazieren gehen. Etwas anderes gab es gerade sowieso nicht zu tun.

Sie saß in diesem behaglich eingerichteten Kaminzimmer neben Jason auf dem Teppich, den Rücken gegen die Wandvertäfelung aus Holz gelehnt, und fühlte sich viel weniger unwohl, als sie erwartet hatte. Mehr noch, es fing an, ihr zu gefallen, Teil der Truppe zu sein.

Vivian, Vivian, dachte sie. Pass bloß auf dich auf! Du weißt doch genau, wohin das führt. Willst du es wirklich noch mal drauf anlegen, auf die Schnauze zu bekommen? Hast du etwa vergessen, was passiert, wenn du Leute an dich ranlässt?

Nein, antwortete sie sich in Gedanken selbst. Natürlich habe ich das nicht vergessen. Wie könnte ich?

Aber sie hatte jetzt keine Lust auf Warnungen und Unkereien. Weder von Jason noch von ihrer inneren Stimme. Wir hängen jetzt nun mal hier fest, da kann ich mich doch auch mal ein bisschen wohlfühlen, oder?, führte sie das Zwiegespräch mit sich selbst weiter.

Es war der Versuch, die durch ihre innere Stimme geweckte Unruhe wieder zu besänftigen.

Ich habe jetzt keinen Bock auf den Mist. Morgen ist der Spuk vorbei, und ich ziehe wieder meines Weges. Alles cool. Ich pass schon auf mich auf. Also halt gefälligst die Klappe, befahl sie sich kurzerhand selbst.

Während es ihr – abgesehen von kleinen Unruheattacken – da unten am Boden eigentlich ziemlich gut ging, beobachtete sie das Geschehen auf dem Sofa. Wie es aussah, bahnte sich da eine ziemliche Scheiße an. Jetzt tat es Vivian doch leid, dass sie bei dem Gedanken an den Kindergeburtstag nur den Witz des Wortspiels wahrgenommen hatte. Besonders locker und lustig wirkte das alles nicht.

Chloe hätte sich echt einen anderen Zeitpunkt aussuchen können, um diesen Zwerg aus sich herauszupressen.

Wie sie so dalag und stöhnte, tat sie Vivian richtig leid. Die Sache schien ganz schön heftig zu sein. Das mitzuerleben, bestätigte Vivian in ihrer Entscheidung, keine Kinder zu wollen. Das sah jetzt schon voll schmerzhaft aus, dabei war es erst der Anfang. Sie wollte sich lieber nicht ausmalen, wie sich das noch entwickeln würde.

Noch mehr als Chloe bedauerte Vivian allerdings Maighread. Sie machte das fantastisch, und Vivian bewunderte sie dafür, wie cool sie blieb. Äußerlich zumindest. Aber ihr konnte sie nichts vormachen. Vivian sah, wie elend und hilflos Maighread sich in Wahrheit fühlte.

Sie redete Chloe gut zu und erzählte, wie gut sie das alles hinbekommen würde, und doch sah sie jetzt gerade so aus, als würde sie jeden Moment aus den Latschen kippen. Die Verzweiflung stand ihr ins Gesicht geschrieben.

Zum Glück klang Chloes Stöhnen ab. Die Wehe war vorbei, und die werdende Mama entspannte sich zusehends.

Vivian nahm noch einen Schluck Whisky und hatte das Gefühl, plötzlich nicht mehr bequem sitzen zu können. Verdammt. Sie spürte, wie ihre Unruhe sich verstärkte. Sie hatte zwar versucht, es aufzuhalten, aber ihre verflixte innere Stimme hatte etwas losgetreten, was Vivian nicht mehr kontrollieren konnte. Sie brauchte dringend frische Luft.

Ein Blick auf Maighreads Gesicht sagte ihr, dass sie nicht die Einzige war, die kurz davor war durchzudrehen. Entschlossen stellte Vivian ihr Glas auf den Tisch und sprang auf.

»Wie es aussieht, hat Chloe gerade Erholungspause«, sagte sie zu Maighread. »Was ist? Kommst du mal mit mir raus? Mal sehen, was der Sturm so treibt. Wenn wir uns ganz nah an den Eingang stellen, haben wir etwas Windschatten. Ich muss mal durchatmen.«

Maighread warf Chloe einen fragenden Blick zu. Die lächelte schief und sagte: »Geht schon. Ich werde das Kind nicht in den nächsten fünf Minuten kriegen. Mein Menschlein und ich ruhen uns aus.«

»Ich setz mich zu Chloe«, sagte Amely.

»Soll ich euch begleiten?«, fragten Joshua und Jason fast gleichzeitig. Beide waren bereits aufgestanden.

»Glaubt ihr, wir schaffen es nicht ohne männlichen Beistand bis vor die Tür?« Vivian hörte sofort, dass sie viel zu barsch klang. »Sorry«, schob sie deshalb schnell hinterher. »War nicht so gemeint. Ich wollte nur mal ein paar Minuten etwas weniger Leute um mich«, bekannte sie und staunte, wie leicht es ihr fiel, das zuzugeben. »Also lasst uns bitte allein gehen, okay?«

»Alles klar. Dann viel Spaß«, sagte Joshua. »Ich kümmere mich in der Zwischenzeit ums Feuer. Ein paar neue Scheite kann es vertragen.«

»Wie sieht es denn aus? Möchte jemand etwas essen? Ich könnte eine Suppe kochen. Oder ein paar Toasts machen«, bot Jason an. Es war offensichtlich, dass er auch mal etwas Luft brauchte.

»Ich helfe dir«, kam es sofort von Eilidh.

Doch dieses Mal war Jason schnell genug, um sie zu bremsen.

»Wenn du erlaubst, Eilidh, du hast für heute wirklich genug für uns gesorgt. Und außerdem wäre mir wohler, wenn du hier bei Chloe bleiben würdest.«

Eilidh warf einen Blick auf Chloe und sah dann wieder Jason an. Man konnte sehen, wie schwer es ihr fiel, doch dann nickte sie. »In Ordnung, Jason. Aber wenn du Hilfe brauchst, melde dich.«

Vivian grinste, als sie die Erleichterung spürte, die Jason empfand.

Ein paar Minuten später standen Vivian und Maighread im Windschatten des Türfangs vor dem Haus. Es war eisig kalt, aber sie hatten sich warm eingepackt und hielten jede einen heißen Tee in der Hand.

Der Schnee türmte sich meterhoch. Die Autos auf dem Parkplatz und auch der Parkplatz selbst waren kaum noch auszumachen in diesem weißen Meer. Direkt vor Vivian lag ein weißer Haufen, sie stieß mit dem Fuß hinein und ließ das weiße Pulver aufwirbeln. Es fühlte sich gut an. Vielleicht sollten sie einen Schneemann bauen. Das wäre eine prima Ablenkung von dem ganzen Schlamassel.

Der Sturm war ein bisschen abgeflaut, aber es schneite noch immer dicke Flocken, und einzelne Böen bliesen sich auf, als wollten sie es nicht wahrhaben, dass ihre Zeit vorbei war. Den Schneemann verschob sie besser auf später. Bestimmt würde sich das Wetter bald beruhigen. Es tobte ja jetzt schon seit Stunden.

Vivian starrte auf den fallenden Schnee im Licht des geschmückten Weihnachtsbaums. Die Flocken wirbelten und tanzten. Es dauerte nicht lange, und vor Vivians Augen begann es zu flimmern. Es war ähnlich, wie wenn man bei Schneetreiben Auto fahren musste. Diese weißen Flocken, die permanent auf einen zuflogen, aus dem Sichtfeld verschwanden und neuen Flocken Platz machten, weckten das Gefühl, hypnotisiert zu werden. Der Blick schaffte es nicht mehr, einen festen Punkt zu fixieren, und brauchte die volle

Konzentration, um das Auto auf der Straße zu halten. Der Unterschied war nur, dass Vivian hier jederzeit wegschauen konnte, sie musste kein Auto in der Spur halten.

Sie hatte gar kein fahrtüchtiges Auto, korrigierte sie den Gedanken und merkte, wie sehr ihr die Situation doch auf den Geist ging. Sie hatte die Nase voll davon, hier festzusitzen.

»Danke«, sagte Maighread. »Es tut gut, mal etwas durchzuatmen.«

»Manchmal muss man sich ein bisschen Freiraum gönnen«, meinte Vivian. »Frag mich, darin bin ich Expertin.«

»Um ehrlich zu sein, ich war kurz davor durchzudrehen«, gestand Maighread. Und dann fing sie an zu weinen. »Was soll ich denn machen?«, fragte sie. »Chloe verlässt sich auf mich, aber ich habe doch keine Ahnung von Geburten. Ich meine, klar, ich habe schon Filme gesehen, in denen Frauen ein Kind bekamen, aber was heißt das schon?« Maighreads Zähne klapperten, und sie nahm einen Schluck Tee. »Weißt du, Vivian, ich möchte ja stark sein. Aber meine Nerven gehorchen mir gerade nicht mehr. Die entgleiten mir, als wären sie Maschen, die von der Nadel rutschen und sofort abwärts laufen. Je mehr ich versuche, sie zu fangen, desto schwieriger wird es, sie zu erwischen. Und am Ende habe ich Angst, einfach durchzudrehen.«

Maighread schniefte.

Oha. Wie es aussah, hatte Vivian gerade noch rechtzeitig eingegriffen. Höchste Zeit, Maighread mal wieder in ihre Mitte zu bringen.

»Hey«, sagte Vivian. »Jetzt atme mal tief. Und gönn dir einen Blick in die Nacht. Schau doch nur, wie unfassbar es hier gerade aussieht.«

Sehr weit konnte man zwar nicht sehen, aber der vom warmen Schein der Lichterketten beleuchtete Schnee wirkte wie eine Winterwunderlandschaft.

»Wer hätte gedacht, dass wir heute noch so einen Schneezauber erleben würden?«, fragte Vivian. »Mal ganz abgesehen von den Problemen, die wir drinnen gerade haben: Das hier ist doch echt magisch, oder?«

Sie musste etwas lauter sprechen, da der Sturm gerade wieder Fahrt aufnahm.

»Und wenn ich ihr nicht helfen kann?«, fragte Maighread. Vivians Versuch war fehlgeschlagen. Maighread hatte keinen Blick für den Schneezauber.

»Lass uns mal nachdenken«, sagte Vivian. »Ich kann leider nichts Kompetentes beisteuern. Aber hey, Gwendolyn und Elisabeth haben Babys zur Welt gebracht. Das ist doch schon mal ein kleiner Pluspunkt, meinst du nicht?«

Maighread war nicht überzeugt. »Ja, sie haben selbst Kinder zur Welt gebracht, aber das ist doch schon viele Jahrzehnte her. Außerdem kann ich den beiden die Aufregung der Verantwortung auf keinen Fall zumuten«, erklärte sie mit fester Stimme.

Vivian stellte zufrieden fest, dass Maighread sich durch die Suche nach einer Lösung zumindest von ihrer Panik hatte ablenken lassen. Das war ein Anfang.

Die Tür ging auf, und Joshua und Jason kamen nach draußen.

»Es tut mir leid, ich weiß, ihr wolltet einen Moment für euch«, sagte Joshua. »Aber Chloe hatte wieder eine Wehe und hat nach dir gefragt«, erzählte er. »Und sie sagt, sie kann nicht mehr liegen. Sie möchte ein paar Schritte gehen.«

»Danke, Vivian. Die kurze Auszeit war gut. Aber jetzt

werde ich drinnen gebraucht«, verkündete Maighread und straffte die Schultern. Vivian sah, wie sie sich für das wappnete, was als Nächstes kam.

»Wenn du mich brauchst, ich bleibe noch einen Moment hier draußen«, sagte Vivian. »Und bleib cool, Maighread. Du schaffst das. Chloe vertraut dir, du hast die Fähigkeit, ihr beizustehen und Ruhe zu vermitteln.«

Maighread hatte schon die Hand an der Tür, als sie innehielt und Joshua ansah. »Vivian hat recht«, sagte sie. »Ich habe die Kraft, Chloe beizustehen. Ich werde jetzt da reingehen, ihr Händchen halten, den Rücken massieren oder mich von ihr zerquetschen lassen, wenn sie das braucht. Aber Joshua, weißt du was? Du wirst mich unterstützen und den praktischen Teil der Geburt übernehmen. Dann kann ich mich auf meine Stärke konzentrieren.«

Einen Moment schien sogar der Sturm die Luft anzuhalten. Doch schon beim nächsten Atemzug heulte er wieder los, und Joshua rief: »Bitte was? Maighread, was ist das denn für eine Idee? Sorry, aber das geht nicht, das ist doch verrückt.«

»Clever«, sagte Vivian und nickte Maighread anerkennend zu.

»Joshua, entschuldige, wir haben nicht viel Zeit, das zu diskutieren. Aber wenn sich jemand mit Geburten auskennt, dann bist du das.«

Der Blick, den Joshua Maighread zuwarf, war nicht sehr schmeichelhaft. Vielmehr schien er an ihrer Zurechnungsfähigkeit zu zweifeln.

»Wie kommst du nur auf so eine Idee?«, fragte er. »Ich war nur bei einer Geburt dabei, und das war meine eigene.« Er zuckte mit den Schultern. »Selbst wenn ich wollte, ich kann das nicht.«

»Und was ist mit den Hunderten Geburten deiner Lämmer?«, fragte Maighread. Sie hob beschwichtigend die Hände. »Schon gut, ich weiß, dass Chloe kein Schaf ist. Aber Joshua, du bist gerade derjenige, der am nächsten an diesem Thema dran ist. Und du bist der coolste Kerl, den ich kenne. Wenn jemand die Nerven behält, dann bist du das. Liebling, komm. Wir beide machen das zusammen. Okay?«

Joshua brauchte noch eine Sekunde, dann holte er tief Luft und nickte. »Okay«, sagte er. »Wir beide.«

Maighread und er gingen hinein.

Vivian und Jason blieben noch draußen.

»Wenn wir nicht das Drama mit Chloe hätten, könnte man fast sagen, die Welt ist wie verzaubert«, sagte Jason.

»Und wieso kann man das jetzt nicht sagen?«, fragte Vivian. »Ich meine, hey, klar, da drinnen kochen die Emotionen gerade hoch. Aber das ist doch auch ein Wunder, das sich da gerade ankündigt, oder?«

»Ich versuche wirklich, die Sache positiv zu sehen«, sagte Jason. »Aber was, wenn das Kind nicht weit genug entwickelt ist? Was, wenn es Probleme hat beim Atmen?«

»Und was, wenn uns gleich das Dach vom Pub auf den Kopf fällt?«, fragte Vivian.

»Ich glaube nicht«, sagte Jason und warf einen prüfenden Blick nach oben. »Vorhin war ich mir nicht so sicher. Aber hey, es hat bis jetzt standgehalten, da wird es diesen abflauenden Sturm auch aushalten.«

»Und wieso kannst du die Sache mit dem Dach positiv sehen, verrennst dich aber in Ängste wegen des Babys, die vermutlich ebenso unwahrscheinlich sind wie die Sache mit dem Dach?«

»Danke.« Das kam eine ganze Weile später. Jason hatte Vivians Worte wirken lassen und schien jetzt tatsächlich zuversichtlicher zu sein. Er grinste Vivian an und zog den Kragen seiner Jacke etwas höher, als eine Böe in den Windfang fuhr.

»So wie du hat es seit dem Unglück noch nie jemand geschafft, mich zum Umdenken zu bringen«, sagte Jason.

»Vielleicht, weil wir beide die Dunkelheit gesehen haben«, kommentierte Vivian. »Wichtig ist, dass wir wieder ins Licht schauen und nicht immer nur die Schwärze wahrnehmen«, erklärte sie.

Jason kippte den Whisky, den er noch im Glas hatte, und stellte das Glas neben die Tür. »Bei dir klingt das so leicht«, sagte er. »Aber was, wenn die Schwärze das Licht frisst? Ich meine, diese Schwarzen Löcher im All, die schlucken doch auch alles um sich herum, oder nicht?« Jason wischte sich mit dem Ärmel über die Augen. Er starrte vor sich hin und sagte: »Es ist so verdammt unfair. Ich müsste tot sein, und meine Frau und meine Tochter sollten leben.«

»Weißt du, Jason, wir haben keinen Einfluss auf diese Ereignisse. Aber – und davon bin ich zutiefst überzeugt – wir haben eine Verantwortung denjenigen gegenüber, die nicht mehr bei uns sind. Wir haben kein Recht, unser Leben wegzuwerfen. Was wir haben, ist die Pflicht, ein erfülltes Leben zu führen, auch für sie. Im Gedenken an sie und aus Respekt.«

Jason bückte sich, nahm eine Handvoll Schnee und formte einen Schneeball. Er holte aus und warf ihn so weit er konnte.

»So habe ich das noch nie gesehen«, gestand er. »Danke, Vivian. Ich glaube, dieser Gedanke ist ein hilfreicher Ansatz. Auf jeden Fall ist es ein guter Punkt, um darüber nachzudenken.«

Vivian sagte nichts, sie nickte nur. Sie hatte selbst viele

Jahre immer wieder genau darüber nachgedacht. Besonders in den ersten Jahren nach dem Tod ihres Vaters, als ihr Leben in Kinderheimen und bei wechselnden Pflegeeltern die Hölle auf Erden gewesen war.

»Was meintest du eigentlich damit, dass du mit dem Balancieren dein Leben gerettet hast?«, fragte Jason, und Vivian ging den Themenwechsel mit.

»Es war mein Tor in eine andere Welt«, antwortete sie, als sei es das Selbstverständlichste auf der Welt. »Immer, wenn ich es nicht mehr aushalten konnte – das Heim, die anderen Kinder, die Sehnsucht nach meinem Vater, dem Zirkus –, habe ich balanciert. Sobald ich einen Fuß vor den anderen setze, bin ich dort. Ich höre die Musik, den Applaus. Ich kann wieder atmen.«

»Wie ging es weiter nach …«

Ein Teil von Vivian sträubte sich, doch nun hatte sie Jason schon so viel von sich preisgegeben, da konnte sie ihm auch noch den Rest erzählen. Wieso auch nicht?

»Der Zirkus wurde verkauft, und ich wurde in ein Kinderheim und später zu Pflegefamilien gesteckt«, erzählte sie. »Es war schrecklich. Es war ein Leben, das mich zu ersticken drohte. Du musst dir vorstellen, ich war von meiner Geburt an nie länger als ein paar Wochen an einem Ort gewesen. Meine Heimat war der Zirkus, und die Menschen dort waren meine Familie.

Ich hatte also in dieser einen Sekunde nicht nur meinen Vater verloren, sondern meine komplette Familie und mein Zuhause.«

Es auszusprechen, machte Vivian kurzatmig. Sie spürte wieder die Enge und den Schmerz von damals. Aber sie wich nicht aus. Sie hatte das Gefühl, weitersprechen zu müssen. Sich selbst zuliebe.

»Als wir mit dem Zirkus unterwegs waren, bin ich immer an dem jeweiligen Ort zur Schule gegangen, an dem wir uns gerade aufhielten. Anfangs habe ich noch versucht, Freundschaften zu knüpfen. Aber es war immer das gleiche schmerzhafte Spiel. Ich freundete mich an, die Spielzeit war vorbei, und ich musste weiterziehen. Jeder dieser verlorenen Freunde behielt ein Stück meines Herzens. Mit der Zeit aber habe ich gelernt, mir selbst genug zu sein. Ich wollte keine Freunde mehr, die ich doch wieder verlieren würde. Andere Menschen habe ich nur noch bis auf eine bestimmte Entfernung an mich herangelassen. Anfangs war das nicht einfach, aber ich habe es geschafft und gut damit gelebt. Und dann sollte ich plötzlich an einem Ort bleiben, mit Menschen, die mir völlig fremd waren, und all das, was ich mir über die Jahre mühsam beigebracht hatte, vergessen und ein anderer Mensch werden. Es hat mich kaputtgemacht.« Kaputt, ja, das war das Wort, das ihren damaligen Zustand am besten beschrieb.

»Deshalb verschiedene Pflegefamilien.« Es war mehr eine Feststellung als eine Frage.

Vivian lachte bitter. »Am Anfang überschlagen sie sich. Oh, das arme Waisenkind. Ein Zirkuskind. Wie außergewöhnlich. Aber wenn sie dann merken, dass man nicht in ihr Schema passt, dann ist schnell alles zu viel. Und so landete ich immer wieder im Heim.« Die kurze Zusammenfassung zeigte nur die Oberfläche des Schmerzes, aber Vivian fand, das war genug. Sie wollte nicht tiefer in die Geschichten einsteigen, an die sie nie mehr denken wollte. Jetzt war alles wieder da, doch merkwürdigerweise tat es gut, darüber zu sprechen, obwohl es auch schmerzte. »Kurz vor meinem sechzehnten Geburtstag bin ich abgehauen. Ich habe mir ein eigenes Tingeltangelleben aufgebaut. Mir wieder einen Zirkus zu suchen, kam für mich nicht infrage. Ich wollte unabhängig sein. Meine Geige und ich – wir waren immer ein gutes Team und sind es bis heute. Lebe wild, frei und glücklich, dafür bist du auf der Welt! Nicht das schlechteste Motto, oder was meinst du?«

»Ich meine, dass du ein toller Mensch bist, Vivian. Und ich danke dir.«

»Dafür, dass ich meinen Mist bei dir abgeladen habe?«

»Dafür, dass du mir vertraust und mir die Augen geöffnet hast.«

»Na dann.« Vivian formte einen Schneeball und warf ihn nach Jason. »Gib mir Bescheid, wenn es den ersten selbstgemachten Käse gibt«, sagte sie.

»Na warte«, rief Jason. Er griff ebenfalls in den Schnee, um sich für das Attentat zu rächen.

Vivian rannte ein Stück vom Haus weg und versank bis zu den Oberschenkeln in der weißen Pracht.

Sie lachte, als Jason mit den Händen in den Schnee fuhr und eine volle Ladung auf sie warf.

»Sobald ich mich befreit habe, gibt es Rache«, rief Vivian übermütig. Ein Teil des Schnees war ihr in den Kragen gefallen. Das Schmelzwasser lief ihr den Rücken hinunter und löste einen Schauer aus.

»Nur zu«, forderte Jason sie auf. »Trau dich!«

Vivian lachte und versuchte, sich freizukämpfen.

Da zerschnitt ein Blitz die Dunkelheit. Nur eine Sekunde später donnerte es so laut, dass die Luft vibrierte.

»Ein Wintergewitter«, staunte Vivian. »Wie es aussieht, lässt die Natur heute nichts aus.«

Ein zweiter Blitz folgte wieder fast zeitgleich mit dem Donner. Es knallte, und alles versank in absoluter Dunkelheit.

Kapitel 16

Joshua

Während Joshua mit Maighread zusammen wieder ins Haus ging, versuchte er, die Situation zu erfassen. War er etwa von allen guten Schafen verlassen? Hatte er tatsächlich gerade zugestimmt, im Notfall Chloes Baby zur Welt zu bringen? Ja, bestätigte er sich selbst die Frage sofort. Er musste total übergeschnappt sein, aber genau das hatte er getan.

Jetzt erst wurde ihm die Wucht seiner Entscheidung bewusst, und sein Magen zog sich zusammen. Er war nicht der Mensch, der sich vor Verantwortung drückte, aber das hier war jetzt doch etwas viel. Er hatte keine Ahnung, ob er dem, was da auf ihn zukam, gewachsen sein würde. Sein Magen jedenfalls schien nicht begeistert. Er rebellierte. Joshua merkte, wie ihm flau wurde. Ein Teil von ihm wünschte sich, einen Ausweg zu finden.

Fragte sich nur wie?

Auf Hilfe von außen brauchten sie im Moment noch nicht zu hoffen. Die Straßen waren komplett zugeschneit. Vor dem frühen Morgen würden sicher keine Räumfahrzeuge kommen.

Im nächsten Moment hatte Joshua einen Gedanken, der ihn elektrisierte. Vielleicht gab es eine andere Erklärung für das sich ständig steigernde Chaos. Vielleicht passierte das alles gar nicht in echt, sondern nur in seinem Kopf. Was, wenn er in einem Albtraum steckte? Es wäre zwar ein ausgesprochen realistischer Albtraum, aber so etwas gab es doch, oder etwa nicht?

Auch wenn er sich ein wenig albern vorkam, die Situation war derart surreal, dass Joshua sichergehen musste. Er brauchte Beweise. Bei all dem, was um ihn herum geschah, traute er sich selbst und seinen Wahrnehmungen nicht mehr und musste wissen, ob er nur träumte oder nicht. Falls es ein Albtraum war, würde er nämlich verrückt gern einfach aufwachen.

Aber wie konnte er das herausfinden?

Sich zu kneifen, war keine Option. Das sagte man zwar im täglichen Leben locker daher, doch tatsächlich bewies das überhaupt nichts. Denn Joshua wusste, dass man auch im Traum Schmerz empfinden konnte. Es musste etwas sein, was tatsächlich unmöglich war. Verschiedene Möglichkeiten schossen ihm durch den Kopf. Am Ende beschloss er, es mit Fliegen zu versuchen. Er setzte die Idee auch sofort um. Intensiv stellte Joshua sich vor, wie er vom Boden abhob und die Szene von der Decke aus beobachtete. Er konzentrierte sich voll darauf und versuchte rein über die Gedankenkraft, seinen Körper in die Luft zu zwingen.

Doch es passierte nichts. Sosehr Joshua es auch versuchte, seine Füße blieben am Boden. Diese Hoffnungsblase zerplatzte.

»Okay«, murmelte er enttäuscht. »Kein Traum.«

Das, was er gerade erlebte, war bittere Realität, und er war mittendrin. Es blieb ihm nichts anderes übrig, er musste sich der Sache stellen.

Ein Zurück gab es nicht. Für Chloe nicht, aber für ihn auch nicht. Denn so ungern Joshua Maighread in diesem Fall zustimmte, wie es aussah, hatte sie recht. Er war derjenige, der am nächsten an dem Thema Geburten dran war, und damit der beste Helfer, den es für Chloe im Moment geben konnte.

Und Maighread war wie dafür gemacht, Chloe emotional beizustehen.

Wir beide werden das zusammen durchstehen und Chloe begleiten, dachte Joshua. Und nachdem er sich endgültig damit abgefunden hatte, spürte er, dass er bereit dafür war. Mit Maighread an seiner Seite würde er diese Herausforderung meistern.

Jetzt kam es nur drauf an, es Chloe so zu vermitteln, dass sie ihn als Geburtshelfer akzeptierte.

»Wir schaffen das«, flüsterte er Maighread zu und drückte ihre Hand.

Sie schenkte ihm einen Blick, in dem er alles sah. Ihre Dankbarkeit, ihr Vertrauen in ihn und ihre tiefe Liebe. Meine Frau, dachte er und genoss die Glückswelle, die diese zwei Worte auslösten. Nicht mehr lange, dann konnte er sie ganz offiziell so nennen. Er konnte es kaum erwarten. Joshua küsste Maighread kurz auf ihre weichen Lippen, dann traten sie in das Nebenzimmer.

»Gut, dass ihr da seid«, begrüßte Amely die beiden erleichtert und stand auf, damit Maighread ihren Platz neben Chloe wieder einnehmen konnte. Amely sah so aus, wie Joshua sich gerade eben gefühlt hatte – vollkommen überwältigt und überfordert und sehr dankbar, dass sie aus der Situation befreit wurde.

Chloe hatte sich inzwischen hingesetzt. Sie saß auf der Sofakante, hatte das Gesicht in die Hände gelegt und atmete tief und schwer.

Joshua ging neben ihr in die Hocke und legte ihr die Hand auf das Knie.

»Hey, Chloe, Maighread und ich sind da«, sprach er sie ruhig an. »Wenn es für dich in Ordnung ist, werde ich deinem

Menschlein helfen, auf die Welt zu kommen, wenn es so weit ist. Und Maighread bleibt an deiner Seite und passt auf dich auf.«

»Was?« Chloe hob den Kopf und sah Joshua an, als habe er den Verstand verloren, ihr so einen Vorschlag zu machen. »Nicht böse sein, Joshua, aber wieso du?«

Maighread setzte sich neben Chloe auf das Sofa und legte den Arm um sie. »Ganz einfach, weil ich alle Hände voll zu tun habe, dir den Rücken zu massieren oder deine Hand zu halten. Und Joshua ist ein erfahrener Geburtshelfer. Wir dachten …«

Chloe schaltete sofort.

»Ihr dachtet, hey, soll Joshua sich mal um das Schaf kümmern«, kommentierte sie trocken und musste trotz allen Elends grinsen. »Määhhhäää«, machte sie.

Joshua fürchtete, sie würde ihn ablehnen, und kramte bereits nach Argumenten, um sie von seinen Qualitäten zu überzeugen. Das war nicht einfach, da er selbst nicht vollkommen überzeugt war. Wie er die Sache einschätzte, war er, verglichen mit allen Möglichkeiten, als Helfer lediglich das kleinste Übel.

Zu seiner großen Erleichterung nickte Chloe ohne weitere Diskussion.

»Ich bin mir nicht ganz sicher, wie ich es finde, mit einem Schaf verglichen zu werden, aber an eurer Logik ist tatsächlich was dran. Na dann, Hebamme Joshua, soll es so sein. Mein Menschlein und ich begeben uns im Notfall in deine Hände.«

Joshua atmete erleichtert auf.

»Apropos Hände«, sagte er. »Ich gehe sie mir mal gründlich schrubben – nur für den Fall der Fälle natürlich«, fügte er schnell hinzu.

Kapitel 17

Maighread

»Joshua sagte, du möchtest ein bisschen herumgehen«, sagte Maighread. »Das ist vielleicht gar nicht schlecht. Bewegung beruhigt die Nerven und lenkt ein bisschen ab. Soll ich dich stützen?«

»Wenn du mir hoch hilfst, bin ich froh«, sagte Chloe und griff nach Maighreads Hand. »Gehen kann ich allein, im Moment ist alles ruhig. Aber falls du gerade nichts Besseres zu tun hast, würde ich mich trotzdem über deine Gesellschaft freuen.«

Für das, was gerade passierte, wirkte Chloe enorm gelassen. Maighread bewunderte sie dafür. Sie wusste nicht, wie sie selbst reagieren würde. Chloe schien die Situation angenommen zu haben und bereit zu sein, das Beste daraus zu machen.

»Wie der Zufall es will, war mir tatsächlich gerade langweilig«, sagte Maighread. »Ich nehme deine Einladung zum Spaziergang also sehr gern an.«

»Als ob, du kleine Schwindlerin«, kam es von Chloe. »Solange du Wolle hast, weißt du doch gar nicht, was Langeweile ist«, ergänzte sie. Sie drückte Maighreads Hand und sagte leise: »Danke.«

Chloe wanderte mit Maighread an ihrer Seite durch den Gastraum. Sie begutachtete das notdürftig mit Brettern verbarrikadierte Fenster.

»Unglaublich, was für eine Kraft dieser Sturm hat«, sagte sie. »Damit konnte doch wirklich niemand rechnen. Ein bisschen Schnee, okay. Aber ein Schneesturm dieses Ausmaßes – nie. Schon gar nicht, wenn man vorher den Wetterbericht gehört hat.«

»Da sagst du was«, stimmte Maighread ihr zu. »Nicht der Hauch einer Warnung. Ich habe den Verdacht, der Wetterfrosch hatte vielleicht ein bisschen zu viel Weihnachtspunsch und hat die Karten verwechselt.«

»Weihnachtspunsch«, hauchte Chloe. »Oh, weißt du, wie gern ich jetzt einen Weihnachtspunsch hätte?«, fragte sie.

»Und ich dachte, das mit den Gelüsten lässt im Laufe der Schwangerschaft nach«, neckte Maighread Chloe. »Aber wenn du das ernst meinst – wieso denn nicht? Natürlich einen Kinderpunsch, das ist ja klar. Aber wir könnten Jason fragen, was er im Haus hat. Irgendein Fruchtsaft mit einem Früchtetee kombiniert, etwas Obst, Ingwer, Zimt … Was meinst du?«

»Oh Maighread, das wäre wirklich toll. Keine Ahnung, irgendwie hast du damit gerade voll meinen Nerv getroffen. Das wäre jetzt ein echter Seelendrink.«

»Dann komm, schauen wir mal, ob Jason noch im Windfang …« Maighread hatte den Satz nicht beendet, da blitzte und donnerte es fast zeitgleich. Im nächsten Moment standen sie im Dunkeln.

Draußen hörte man jemanden fluchen, das musste Jason sein. Eine Frauenstimme lachte – Vivian. Im Nebenzimmer hörte man es aufgeregt flüstern. Dort war es nicht ganz dunkel, da das Kaminfeuer einen warmen Lichtschein in den Raum warf.

»Ach du meine Güte«, jammerte Chloe. »Nicht das auch noch.«

Maighread überlegte, was das nun für sie bedeutete. Einfacher wurde die Situation dadurch sicher nicht, aber welche Probleme brachte es?

Die Eingangstür ging auf, und ein kalter Schwall Luft strömte ins Pub. Der Strahl einer Taschenlampe leuchtete am Boden entlang bis zu ihnen.

»Alles okay bei euch?«, fragte Jason.

»Alles in Ordnung«, antwortete Maighread. »Jason, kannst du nachsehen, ob vielleicht nur die Hauptsicherung rausgesprungen ist?«, fragte sie.

»Bin schon auf dem Weg«, sagte er. »Hoffen wir das Beste.«

»Wo ist Vivian?«, wollte Maighread wissen.

»Noch draußen. Sie meinte, sie braucht noch ein paar Minuten für sich. Außerdem liebt sie Gewitter und will ein bisschen zusehen.«

Als hätte er das Kommando gegeben, durchfuhr wieder ein Blitz die Dunkelheit. Dieses Mal dauerte es länger, bis der Donner zu hören war. Das Gewitter war bereits weitergezogen.

»Mmmm«, kam es von Chloe.

»Geht es wieder los?« Sofort war Maighread an ihrer Seite und stützte sie. »Weiteratmen, Chloe. Halte dich an mir fest, und atme.«

»Auauauauaau!«

Chloe klammerte sich an Maigread. Sie keuchte und gab Wehlaute von sich, die Maighread durch Mark und Bein gingen.

»Hilft es dir, wenn ich etwas den Rücken massiere?«, fragte sie.

»Hmmmm«, kam als Antwort von Chloe, und es war von der Tonlage so, dass Maighread es als Ja deutete.

Sie fasste um Chloe herum, die sich immer noch an ihren Schultern festklammerte, und begann, sanft über ihren Rücken zu streichen.

»Es wird bald wieder besser, Chloe. Atme weiter, immer weiter. Es dauert nicht lange.«

Chloe keuchte und atmete hektisch. Maighread ließ sich nicht beirren. Ihre Hände wussten, was zu tun war, und in ihrem Kopf herrschte konzentrierte Ruhe. Alles andere war unwichtig, jetzt ging es nur darum, die nächste Wehe zu überstehen.

»Atme durch die Nase ein, Chloe, und durch den Mund wieder aus. Ganz ruhig. Nicht zu hektisch. Einatmen und langsam wieder aus.« Sie machte die Atemzüge mit Chloe zusammen und konnte fühlen, wie die Wehe abebbte. »Gut gemacht, Chloe. Ganz hervorragend. Nimm dir noch einen Moment Zeit, dann gehen wir rüber zu den anderen. In Ordnung?«

Maighread konnte Chloes rasendes Herz spüren. Oder war es ihr eigenes? Hatte sie sich ihre Ruhe nur eingebildet? Sie war sich nicht sicher. Es war auch egal. Wieder eine Wehe geschafft!

»Geht wieder«, kam es von Chloe, und Maighread hörte, wie viel Kraft es sie kostete.

»Alles in Ordnung bei euch?« Joshua kam zu ihnen, rempelte dabei gegen einen Stuhl und unterdrückte den Fluch, der ihm auf den Lippen lag. »Was war denn los? Ich habe mir die Hände eingeseift, und plötzlich war alles zappenduster. Ist es die Sicherung?«

»Leider nein«, verkündete Jason. »Ich war gerade hinten und habe den Sicherungskasten gecheckt. Da ist alles in Ordnung. Der Blitz muss draußen eine Leitung oder einen Verteilerkasten getroffen haben.«

»Dann sollten wir zumindest für mehr Feuerholz sorgen«, meldete sich jetzt Peter, der wie Jason die Taschenlampe an seinem Handy angeschaltet hatte. »Das wird sonst irgendwann knapp.«

»Seid bitte sparsam mit euren Taschenlampen«, bat Joshua. »Falls der Strom länger ausfällt, kann es sein, dass wir sie noch brauchen.«

Peter und Jason knipsten ihre Lampen sofort aus.

»Können wir wieder zum Sofa gehen?«, bat Chloe, und Maighread nickte. Im nächsten Moment wurde ihr klar, dass Chloe das gar nicht sehen konnte. »Ja, natürlich«, sagte sie deshalb. Sie fasste Chloe unter den Arm und ging vorsichtig mit ihr zum Nebenzimmer.

»Ich komme gleich nach«, sagte Joshua. »Falls etwas ist, ruft mich, ich kann euch hören.«

Die Grannys schliefen inzwischen alle drei. Amely schürte gerade das Feuer.

Der Raum wirkte im Schein des Kaminfeuers behaglich und wie ein Ort, wo man Schutz finden konnte. Maighread hatte das Gefühl, hier geborgen zu sein. Hoffentlich hatte sie damit recht.

»Möchtest du dich wieder hinlegen?«, fragte sie und wollte Chloe um das Sofa herumführen.

»Ich bleibe noch etwas stehen und lehne mich nur hier an«, sagte Chloe und stützte sich an der Rückenlehne des Sofas ab. Sie seufzte. »Ja, so ist es für den Moment gerade richtig«, sagte sie. »Das tut gut.«

»Alles klar. Dann bleib so. Okay? Ich bin gleich wieder da.«

Sie ging mit eiligen Schritten in den Gastraum zurück, fest entschlossen, etwas für Chloe zu tun.

Sie hatten keine Chance, hier wegzukommen. Sie hatten jetzt keinen Strom mehr. Okay. Dann war es so. Das ließ sich nicht ändern. Aber sie hatten das Kaminfeuer, und Maighread würde jetzt versuchen, für Chloe die Zutaten für etwas Punschähnliches zusammenzusuchen. Wenn ihre liebste Freundin schon ihr Kind unter solchen Umständen zur Welt bringen musste, wollte sie ihr wenigstens die Wünsche erfüllen, die zu erfüllen es eine Möglichkeit gab.

»Joshua?«, fragte Maighread in die Dunkelheit des Schankraums hinein.

»Hier«, kam es prompt von links vorne. »Ich bin hinter der Theke.«

»Was machst du?«, wollte Maighread wissen.

»Kerzen suchen«, sagte Joshua.

Maighread hörte etwas klicken, und gleich darauf sah sie den Schein eines Feuerzeugs. Joshua zündete drei dicke Kerzen an.

»Was für eine gute Idee«, lobte Maighread. »Wo ist denn Jason?«, wollte sie wissen.

»Mit Peter draußen. Sie schippen den Weg zum Schuppen frei, da ist schon wieder alles dicht. Aber sie müssen dort rein, um Feuerholz zu holen. Peter meinte, es reicht sonst nicht die ganze Nacht. Wenn der Strom wegbleibt, ist der Kamin unsere einzige Heizung.«

»Auch das noch«, stöhnte Maighread. »Wie es aussieht, lassen wir nichts aus. Was kommt als Nächstes? Kein Wasser? Eine Sturmflut?«

Joshua kam zu ihr und nahm sie in die Arme. »Es ist vollkommen egal, was als Nächstes kommt«, sagte er und drückte sie fest an sich. »Solange ich mit dir zusammen bin, darf mir der Himmel auf den Kopf fallen, ich bin trotzdem der glücklichste Mensch«, erklärte er.

»Du weißt aber schon, dass die Hochzeit nicht stattfindet, wenn uns der Himmel auf den Kopf fällt«, neckte sie ihn, war aber unfassbar dankbar für seine Nähe, seine Wärme und seine Liebe. »Ich liebe dich, Joshua«, sagte sie.

»Und ich liebe dich, Maighread.«

Sie küssten sich, doch Maighread zog sich relativ schnell von Joshuas Lippen zurück. »Ich fürchte, ich muss wieder rein. Könntest du Jason fragen, ob er vielleicht Früchtetee, Saft, Obst und Gewürze für einen Weihnachtspunsch hat?«, bat sie ihren Liebsten. »Chloe hatte gerade Gelüste darauf, und ich würde ihr den Wunsch gern erfüllen.«

»Da findet sich bestimmt etwas«, sagte Joshua und klang zuversichtlich. »Ich kümmere mich darum.«

In Maighreads Danke hinein hörte sie Chloes Stöhnen. Die nächste Wehe nahm Anlauf.

»Bis gleich«, rief sie noch und eilte zurück ins Kaminzimmer. In der Dunkelheit knallte sie gegen einen Tisch. »Autsch«, machte sie und hielt sich die Hand, die sie sich angeschlagen hatte. Aber sie hatte jetzt keine Zeit, sich um ihre Wehwehchen zu kümmern. Sie wurde gebraucht!

Chloe kniete auf dem Boden vor dem Sofa und lag mit dem Oberkörper auf dem Polster.

Ihr Wehklagen klang beinahe wie Gesang. Inzwischen waren auch die Grannys aufgewacht.

»Das klingt aber schon nach ordentlichen Wehen«, sagte Gwendolyn, und Maighread sah ihr an, dass sie am liebsten rübergekommen wäre.

»Chloe macht das super«, sagte sie deshalb. »Sie braucht nur ein bisschen Freiraum. Ich glaube, zu viele Menschen zu nahe wären gerade ein Problem.«

»Natürlich«, sagte Gwendolyn sofort. »Du hast recht,

Maighread. Chloe, du machst das ganz wunderbar. Ich bin so stolz auf dich, Liebes«, sagte sie, blieb aber in ihrem Sessel sitzen.

»Gwendolyn hat recht«, sagte Maighread. »Du machst das fantastisch! Kann ich etwas für dich tun?«, fragte sie. Sie hatte sich inzwischen neben Chloe auf den Boden gesetzt.

»Massage«, presste Chloe hervor.

Sofort begann Maighread, ihr den Rücken zu streichen.

»Verflixt, tut das weh«, jammerte Chloe.

»Gleich ist es wieder geschafft, und du kannst ausruhen«, sprach Maighread ihr Mut zu. »Noch ein paar Sekunden.«

Hinter sich hörte Maighread Schritte. Sie drehte sich um, während ihre Hand immer weiter über Chloes Rücken strich. Die Berührung schien ihr sehr gutzutun.

Die Männer hatten Feuerholz, einen Topf und jede Menge Obst und Gewürze dabei. Jason und Joshua kippten Saft und Tee und alle möglichen Zutaten in den Topf und stellten ihn ins Feuer.

»Wieder besser«, murmelte Chloe. Sie klang erschöpft. »Wie lange geht das denn noch so weiter, Maighread?«, fragte sie und klang weinerlich. »Ich kann nicht mehr. Wirklich, ich schaffe das nicht.«

Jetzt flossen Tränen.

Maighread legte den Arm um Chloe und hielt sie einfach nur fest. Sie gab ihr einen Moment, um sich wieder zu fangen.

»Was mache ich nur, wenn mit meinem Menschlein irgendetwas nicht in Ordnung ist?«, fragte sie. »Wieso war ich nur so leichtsinnig? Ich bin schuld.«

Das war nicht gut. Chloe drohte sich in eine Panik hineinzusteigern. Der Druck war einfach zu viel.

»Denk an die drei Frösche, Liebes«, sagte Maighread. »Die

haben mir heute auch schon geholfen, die Nerven zu behalten, das Gleiche werden sie mit dir tun, das verspreche ich.«

»Was willst du denn jetzt mit einem Frosch?«, fragte Chloe, und immerhin hörte sie auf zu weinen.

»Nicht ein Frosch, Chloe. Drei Frösche. Das ist deine Geschichte – erinnerst du dich? Drei Frösche in der Sahne? Es geht um zuversichtlichen Optimismus. Du musst immer weiterkämpfen. Aufgeben ist keine Option.«

Sie sah an Chloes Gesichtszügen, dass sie es geschafft hatte. Auch diese Krise war abgewendet, und Maighread würde weiterkämpfen, sich für jede neue Krise eine neue Strategie überlegen. So lange, bis sie es geschafft hatten. Für den Moment aber konnten sie durchatmen.

»Wenn du so weitermachst, hast du bald den ganzen Zoo durch«, knirschte Chloe zwischen zusammengepressten Zähnen heraus. »Jetzt bin ich schon ein Schaf und ein Frosch. Was kommt als Nächstes? Alpaka?«

Maighread lachte und wischte Chloe mit einem feuchten Tuch über die Stirn. »Vor allem bist du die wunderbarste Chloe, die es auf der Welt geben kann«, sagte sie.

Maighread wollte sie fragen, ob sie sich nicht lieber hinlegen wollte, da kam die nächste Wehe. Chloe legte den Kopf auf ihre Arme und schaukelte ganz leicht mit dem Schmerz.

»Mmmmmm«, kam es dumpf unter ihren Armen hervor. Die langgezogenen Wehlaute gingen Maighread durch und durch.

Sie kniete neben Chloe und massierte ihr wieder den unteren Rücken.

Plötzlich wurde ihre Jeans ganz warm und nass. Erstaunt schaute Maighread nach unten und sah, dass sich um Chloe herum eine Pfütze gebildet hatte.

»Joshua!«, rief Maighread.

Sofort war er bei ihr. Sie zeigte es ihm.

Joshua rieb sich das Kinn und nickte. »Scheint, es wird langsam ernst«, erklärte er. »Die Fruchtblase ist geplatzt.«

Kapitel 18

Scott

Wie ein eingesperrter Tiger rannte Scott durch das Haus und fand keine Ruhe. Immer wieder sah er auf die Uhr, deren Zeiger entsetzlich träge schienen. Die Minuten dehnten sich zu einer gefühlten Ewigkeit.

Er war wütend auf sich selbst. Wieso hatte er unbedingt noch diesen Hausbesuch machen müssen? Wieso war er nicht gleich mit den anderen zu Jason gefahren? Dann wäre er jetzt an Chloes Seite, wo er hingehörte.

Doch natürlich wusste er, dass es richtig gewesen war. Besonders, wenn er daran dachte, dass dieser Hausbesuch wahrscheinlich ein Leben gerettet hatte.

Und was, wenn er dafür ein anderes Leben kostete?, meldete sich die Stimme in Scott sofort, und ihm wurde schlecht bei dem Gedanken, dass so etwas passieren könnte. Er musste ganz dringend zu Chloe. Er musste sehen, ob es ihr gut ging.

Die offiziellen Räumfahrzeuge würden erst in ein paar Stunden starten und dann erst die größeren Straßen räumen. Es würde Vormittag werden, bis sie die Strecke zu Jason frei hatten. Doch Scott hielt es nicht mehr aus. Er konnte nicht länger nur zu Hause sitzen und warten.

Was, wenn er sich geirrt hatte und es gar keine Braxton-Hicks-Kontraktionen gewesen waren? Was, wenn Chloe da oben im Pub dringend seine Hilfe brauchte, und er saß warm und gemütlich im Wohnzimmer und ließ es sich gut gehen?

Er würde es sich nie verzeihen, wenn ihr oder dem Menschlein etwas zustieß. Die Sache mit ihrem angeblich gezerrten Muskel hatte ihn im Nachhinein stutzig gemacht. Er wusste, dass viele Frauen die ersten noch relativ leichten Wehen fehldeuteten. Und ebenso viele Frauen klagten über Rückenschmerzen, und es stellte sich bei der Untersuchung heraus, dass es sich um Wehen handelte. Geburten gab es nicht im Normalpaket. Sie waren genauso individuell wie die Frauen und Babys, die daran beteiligt waren.

Trotzdem ging er um Mitternacht zu Bett, nur um die leere Betthälfte neben sich anzustarren und sich die schlimmsten Szenarien auszumalen. An Schlaf war nicht zu denken.

Kurz nach zwei Uhr nachts riss Scotts Geduldsfaden. Er stand auf und zog sich an. Er konnte nicht mehr zu Hause bleiben. Es ging einfach nicht.

Der kniehohe Schnee in der Auffahrt bremste ihn nicht. Voller Energie schippte er die Bahn so weit frei, dass er den Wagen wegfahren konnte. Er versuchte es erst gar nicht ohne, sondern zog direkt Schneeketten auf. Trotz aller Widrigkeiten fuhr er zu Henry. Dessen Hof lag nur zwei Kilometer außerhalb, trotzdem dauerte es ewig, bis Scott die Strecke geschafft hatte. Die Hauptstraße war zwar einigermaßen geräumt, aber der Sturm hatte für etliche Verwehungen gesorgt, und teilweise musste Scott wegen der schlechten Sicht Schritttempo fahren. Es schneite und stürmte noch immer.

Hoffentlich konnte Henry ihm helfen. Scott wusste sonst auf Anhieb niemanden, den er fragen könnte. Henry war ein Patient, mit dem er sich angefreundet hatte. Er war ein maschinenverrückter Sammler und hatte einen eigenen kleinen

Fuhrpark in der Scheune. Endlich kam der Hof in Sicht. Scott sprang aus dem Wagen und klingelte die Bewohner des Hauses aus dem Bett.

Henry öffnete im Morgenmantel die Tür und starrte Scott einigermaßen verdattert an.

»Scott?«, fragte er. »Was machst du denn hier?«

Hinter ihm kam seine Frau Fiona, um zu sehen, was es mit der nächtlichen Störung auf sich hatte.

»Hallo, Henry, guten Morgen, Fiona«, grüßte Scott. »Fiona, es tut mir leid. Ich muss ganz dringend mit deinem Mann sprechen.«

»Leg dich wieder hin, Liebling«, sagte Henry. »Ich komme auch gleich wieder. Komm rein«, forderte er seinen nächtlichen Überraschungsgast auf.

Sie gingen in die Küche und setzten sich. Henry hörte sich Scotts Notlage an.

»Du hast so viele Maschinen, Henry. Da ist doch sicher ein Schneepflug dabei. Kannst du mir bitte helfen?«, flehte Scott. »Du weißt, ich würde nicht fragen, wenn es nicht um Leben oder Tod ginge. Aber wenn das zutrifft, was ich mir ausmale, dann könnte es genau darum gehen. Ich glaube, Chloe hat Wehen bekommen, und sie ist mit den anderen bei Jason. Und deshalb muss ich schnellstmöglich hoch zum Pub. Verstehst du?«

»Natürlich verstehe ich das, Scott«, sagte Henry. Doch er schüttelte bedauernd den Kopf. »Wenn ich könnte, Scott – für dich und Chloe würde ich sofort loslegen. Aber mit meinem kleinen Bock – no way. Wir kämen nicht mal den ersten Hang hinauf, dann wäre entweder die Maschine überhitzt, oder wir lägen im Graben. Es tut mir leid, aber mein kleiner Rutscher ist für eine solche Aufgabe nicht gemacht«, sagte er bedauernd.

Aber schon im nächsten Satz zerstreute er Scotts aufwallende Verzweiflung wieder, denn er wusste, dass sein Nachbar Angus eine passende Maschine hatte.

»Danke, Henry«, sagte Scott und sprang auch schon auf. »Und sorry für die nächtliche Störung. Du hast was gut bei mir.« Damit stürmte er zu dem Haus hinaus und in sein Auto. Nur ein paar Minuten später hielt er vor dem benachbarten Hof und klopfte und klingelte den Bauern aus dem Schlaf.

Es dauerte lange, aber irgendwann ging im Haus das Licht an, und der alte Schäfer kam zur Tür. Es war Scotts Glück, dass der alte Angus schon bei ihm in Behandlung gewesen war und ihn erkannte.

»Was um aller wilden Schotten ist denn in dich gefahren, Doc?«, fragte Angus.

»Guten Morgen, Angus. Ja, ich weiß, es ist mitten in der Nacht. Aber es ist ein Notfall.« Scott holte aus und erzählte von der Babyparty und dem Ausfall des Funknetzes. Er berichtete dem alten Schäfer von Chloes Wehen – die Übungswehen gewesen sein konnten oder auch nicht. Und von seiner Angst, dass er als Vater und Arzt nicht alles in Bewegung gesetzt hatte, um seiner Frau und dem Baby beizustehen.

»Ich brauch dich, Angus«, endete Scott. »Es ist wirklich dringend.«

Angus nickte. »Und wieso sagst du das nicht gleich und erzählst mir erst deine Lebensgeschichte?«, fragte er.

Angus war kein Mann vieler Worte.

»In einer halben Stunde fahren wir los«, brummte er und schlurfte in sein Haus zurück. Während er durch den Flur ging, zeigte er auf eine Tür. »Warte«, kam es kurz und knapp.

Scott ging hinein und war froh, nicht die halbe Stunde draußen in der Kälte ausharren zu müssen. Aber auch das hätte er getan, wenn es notwendig gewesen wäre. Am liebsten hätte er Angus gefragt, ob sie nicht eher losfahren könnten, aber er wollte sich die Gunst des Alten nicht verscherzen.

Als sie endlich loskamen, war es bereits halb vier, und in Scotts Kopf spielten sich die schlimmsten Dramen ab. Er sah es vor sich, wie Chloe in den Wehen lag. Wie es zu Komplikationen kam und niemand ihr helfen konnte. Er hörte sie schreien und hätte am liebsten selbst laut geschrien.

Das Schneckentempo des Pflugs zerrte an seinen Nerven und trieb ihn in den Wahnsinn, aber er konnte nichts tun. Und es war ihm klar, dass Angus keine Möglichkeit hatte, die Sache zu beschleunigen.

Auch wenn sein Verstand das alles wusste, musste Scott dennoch drängeln.

»Geht das nicht schneller, Angus?«

Scott trommelte mit den Fingern ungeduldig auf der Beifahrertür des Schneepflugs herum.

»Es geht so schnell, wie es geht«, kam es von Angus. Er hielt den Blick starr geradeaus gerichtet und hatte beide Hände am Steuer.

»Da könnte ich ja laufen«, murrte Scott halblaut in das Motorbrummen hinein, weil er seinen Helfer nicht vor den Kopf stoßen wollte, und natürlich war ihm klar, dass er zu Fuß keine Chance gehabt hätte.

Er wusste ja, dass es schwierig war, den Pflug durch den Tiefschnee zu manövrieren und die Maschine dabei auf der Straße zu halten. Er wunderte sich ohnehin, wie Angus wissen konnte, wo der Weg war. Die ganze Welt war so dick zugeschneit, dass sich kaum noch Grenzen ausmachen ließen. Und es schneite weiter.

Dazu der Sturm, der zwar etwas nachgelassen hatte, aber noch lange nicht vorbei war. Noch immer fegten Böen über den Schnee hinweg und ließen ihn aufwirbeln, sodass die Männer in der Fahrerkabine nur noch weißen Nebel sahen. Es war gespenstisch und beängstigend.

Leider hatte Angus Scotts Bemerkung trotz des Lärms drum herum gehört und reagierte prompt beleidigt. Er nahm den Fuß vom Gas.

»Soll ich dich rauslassen?«, fragte er brummig.

Er warf einen Blick zu seinem Beifahrer, in dem Scott trotz Dunkelheit die eindeutige Warnung erkannte, es nicht darauf anzulegen. Angus war ein eigenwilliger Mensch, das wussten alle in Callwell. Manche nannten ihn auch wenig schmeichelhaft einen sturen alten Bock. Auf jeden Fall hatte er seine eigenen Regeln.

Scott konnte sich vorstellen, dass Angus ihn sogar mitten im Nirgendwo sich selbst überlassen würde, wenn er sich richtig über ihn ärgerte. Er beschloss, den Bogen besser nicht zu überspannen.

Außerdem war Scott froh, überhaupt jemanden zu haben, der sich mit ihm in die Berge wagte. Außer Angus wäre wohl kaum jemand verrückt genug gewesen, seiner Bitte nachzukommen.

»Schon gut«, sagte er deshalb etwas weniger drängend. »Sorry, Angus. Ich weiß, die Verhältnisse sind mies. Aber mach, was du kannst. Bitte!«

Meter für Meter kämpften sie sich den Weg frei. Manchmal musste Angus ein Stück zurück, um die Richtung zu korrigieren. Gerade jetzt auch wieder. Angus war zu weit nach rechts gekommen und in eine hohe Wehe geraten. Er fluchte, legte den Rückwärtsgang ein und gab Gas. Zuerst geschah nichts, dann war der Pflug mit einem Mal frei und machte einen Satz nach hinten.

Scott klammerte sich erschrocken am Haltegriff fest.

Als Angus wieder vorwärtsfahren wollte, ging nichts mehr. Trotz Schneeketten und Motorpower saßen sie fest.

»Wir müssen raus und die Hinterräder frei schippen«, sagte Angus.

»Bleib du sitzen«, sagte Scott sofort. »Ich schippe, und du versuchst rauszukommen.«

Das war allerding leichter gesagt als getan. Der Wind biss Scott mit eiskalten Zähnen ins Gesicht und dröhnte in den Ohren. Der Schnee stob um ihn herum, sodass er kaum die Hand vor Augen sehen konnte. Er tastete sich vorwärts, schaufelte und schuftete.

Zehn Minuten dauerte es, bis der Pflug sich endlich wieder in Gang setzte.

Wenigstens ließ der Wind jetzt nach. Scott atmete erleichtert auf. Dieses Heulen und Brausen hatte ihn verrückt gemacht.

Kapitel 19

Chloe

Die Wehen wurden immer heftiger, und Chloe verlor jedes Gefühl für die Zeit. Gerade war sie wieder mitten in einer besonders heftigen Wehe. Jetzt ging es nur noch darum, das alles irgendwie zu überleben. Falls sie es überlebte. Ganz sicher war sie nicht. Was, wenn es Komplikationen gab? Diese Schmerzen waren absolut mörderisch. Das konnte doch nicht normal sein.

Warum gab es Frauen, die sich so etwas freiwillig mehrfach antaten? Chloe konnte sich nicht vorstellen, sich jemals wieder darauf einzulassen. Ein Kind war doch mehr als genug. Hätte sie geahnt, was auf sie zukam, wäre kein Kind auch in Ordnung gewesen.

Natürlich hatte sie gewusst, dass eine Geburt kein Schäfchenstreicheln war, aber dass es so schlimm werden würde, hatte sie sich nicht ausgemalt.

Wie konnte Scott ihr so etwas antun? Er als Arzt hätte es doch wissen und sie warnen müssen. Und er behauptete, sie zu lieben. Wenn das seine Vorstellung von Liebe war – na danke! Und jetzt war er nicht einmal hier, um sie zu unterstützen.

Ein Teil von Chloe wusste, dass sie ungerecht war, aber das war ihr egal. Jetzt, in diesem Moment, den Schmerzen und der Angst ausgeliefert, war sie einfach nur wütend. Scott hatte Glück, dass er nicht da war. Sie würde ihm was erzählen, von wegen Liebe und Babyglück.

»Ohhhhh.«

Sie konnte nicht anders, sie musste den Schmerz rauslassen. Im Moment war es ihr vollkommen egal, was die anderen dachten. Es kostete sie alle Kraft, das irgendwie auszuhalten. Sie versuchte, sich nicht gegen den Schmerz zu sperren. Aber es war zu schlimm. Sie schaffte es nicht, in die Wehe hineinzuatmen, wie es im Geburtsvorbereitungskurs immer empfohlen worden war. Wie sollte das denn funktionieren? Die Frauen, die solche Empfehlungen gaben, hatten sicher noch nie selbst ein Kind entbunden, sonst würden sie nicht so einen Quatsch erzählen.

Dabei war das alles in ihrer Vorstellung so schön gewesen. Dieses Wunder der Geburt, die Freude, ein neues Leben auf dieser Welt zu begrüßen. Theoretisch war es der Himmel auf Erden. Praktisch konnte Chloe jetzt in diesem Moment nur noch »Scheiße, tut das weh« denken und wunderte sich über sich selbst. Die Wortwahl ihrer Gedanken passte gar nicht zu ihr. Aber sie hatte auch noch nie im Leben solche Schmerzen aushalten müssen. Kein Wunder, dass da die Gedanken entgleisten.

Von der Idee, die Geburt ganz locker zu nehmen, war sie ungefähr eine Million Schmerzpunkte entfernt.

Wie naiv sie doch gewesen war!

Sie hatte fest vorgehabt, das Baby ohne Periduralanästhesie zur Welt zu bringen. Doch wenn sie jetzt die Möglichkeit hätte, sie würde keine Sekunde zögern. Ach, was gäbe sie dafür, jetzt in einem Krankenhaus sein zu können und eine PDA zu bekommen. Chloe stöhnte und wusste nicht mehr, wie sie das noch aushalten sollte.

Sie hatte das Gefühl, zerrissen zu werden von dem Schmerz. Diese Wehe schien endlos zu sein. Weil ihre Zähne vor lauter Anstrengungen anfingen zu klappern, presste sie die Kiefer zusammen. Sie war vollkommen durchgeschwitzt, ihr Hemd war klatschnass. Gleichzeitig fror sie erbärmlich und zitterte. In ihrem Kopf drehte sich alles. »Hmmmmm«, summte sie und versuchte alles, um diesem elenden Schmerz zu entkommen.

Maighread wischte ihr mit einem Tuch die verschwitzte Stirn trocken. Als die Wehe nachließ, stand sie neben Chloe und bot ihr etwas zu trinken an.

»Ich habe etwas Punsch abkühlen lassen. Nimm einen Schluck«, sagte sie. »Das wird dir bestimmt guttun.«

Chloe kam ein bisschen in die Höhe, trank etwas von dem lauwarmen Punsch und ließ sich vollkommen erledigt wieder auf das Sofa sinken.

Was täte sie nur ohne Maighread. Sie machte das einfach fantastisch. Schon strich sie mit sanftem Druck wieder über Chloes Rücken und half ihr dabei, die Pause zur Entspannung zu nutzen.

»Maighread, du bist wirklich zauberhaft«, flüsterte Chloe mit geschlossenen Augen. Sie war so erschöpft, dass sie fast wegdöste. »Danke.«

»Na hör mal«, kam es prompt von Maighread. »Das ist doch selbstverständlich.«

Sie strich Chloe noch einmal mit dem kühlen Lappen über die Stirn. Chloe ließ die Augen geschlossen und versuchte, zwischen den Wehen wieder etwas Kraft zu schöpfen. Aber sie konnte Maighread neben sich spüren, wusste, dass die Freundin sie ständig im Blick behielt. Maighread war seit Stunden an ihrer Seite und achtete auf jede ihrer Regungen.

»Du musst nicht jede Sekunde auf mich aufpassen,

Maighread. Wenn du willst, dann strick doch ein bisschen«, sagte Chloe mit einem Anflug von schlechtem Gewissen. Maighread gönnte sich keine Pause. Sie musste doch auch total erschöpft und müde sein.

»Das mache ich ganz sicher nicht«, protestierte Maighread. »Ich bin zwar strickverrückt, aber so sehr dann doch nicht. Oder was glaubst du? Du kämpfst hier mit den schlimmsten Schmerzen, und ich nadle nebenbei vergnügt vor mich hin?« Sie schnaubte, hörbar empört, dass Chloe ihr so etwas überhaupt zutraute.

»Du bist die beste Freundin, die ich mir wünschen könnte«, murmelte Chloe im Halbschlaf. »Habe ich dir das schon gesagt?«

»Ein- oder zweimal sicher schon«, sagte Maighread, und Chloe hörte ihrer Stimme an, dass sie beim Sprechen lächelte. »Aber wie wäre es, wenn du jetzt still bist und dich ausruhst? Wenn du etwas brauchst, ich bin da.«

Chloe wusste, dass Maighread entsetzt gewesen war von der Vorstellung, ihr bei der Geburt zu helfen. Und jetzt machte sie so einen super Job, als würde sie jeden Tag Mütter auf diesem schwierigen Weg begleiten. Sie hatte ihr geholfen, die nasse Umstandshose auszuziehen, und sie stattdessen in eine Decke gewickelt. Sie schien immer schon zu ahnen, was Chloe brauchte, und war keine Sekunde ungeduldig – dabei machte Chloe es ihr nicht einfach. Nicht absichtlich, aber sie wusste sich ja selbst kaum zu helfen. Sie hatte sicher schon zehnmal die Stellung gewechselt. Stehen, sitzen, gehen, auf der Seite liegen oder auf dem Rücken. Immer wenn Chloe dachte, sie hätte eine gute Position gefunden, schwappte wieder eine Schmerzwelle über sie hinweg und zeigte ihr, dass sie es auch in dieser Lage nicht aushalten konnte.

Die letzten zehn Minuten hatte sie auf der Seite gelegen. Maighread hatte eine dicke Decke und eine der Wickelunterlagen, die bei den Baby-Shower-Geschenken dabei gewesen waren, auf das Sofa gelegt und Chloe geholfen, sich hinzulegen.

Die nächste Wehe rollte heran und riss Chloe aus dem Dämmerschlaf.

»Mmmmmmmm«, summte sie und krallte sich im Sofa fest, während der Schmerz sie im eisernen Griff hatte.

»Liebes, du musst atmen«, sagte Maighread. »Komm, versuche es. Ich glaube, das ist wichtig.«

Chloe atmete nicht, sie keuchte und stöhnte und biss sich in die Hand, um dem Schmerz im Unterleib etwas entgegenzusetzen.

Irgendwann ließ es nach, und Chloe atmete wieder.

»Wie spät ist es?«, fragte sie. Immerhin lag sie noch immer auf der Seite. Sie hatte das Gefühl, dass die Schmerzen so am erträglichsten waren.

»Fast fünf Uhr«, sagte Maighread.

»Die ganze Nacht«, stöhnte Chloe. »Wie lange denn noch?«

Joshua, der, genau wie Maighread, seit Stunden nicht von Chloes Seite gewichen war, nahm ihre Hand.

»Chloe, die Wehen kommen jetzt schon sehr dicht aufeinander«, sagte er. »Ich schätze, dass es demnächst losgehen wird. Du wirst es merken. Wenn der Schmerz sich verändert, Chloe, wenn du das Gefühl hast, pressen zu wollen, dann musst du dich bitte auf den Rücken drehen. Am besten ist es, wenn du die Beine anziehst und die Knie zur Seite fallen lässt. Wir schaffen das zusammen, Chloe. Ich werde auf dein Menschlein aufpassen und ihm helfen. Das verspreche ich dir.«

Chloe nickte dankbar. Joshua würde das bestimmt gut machen. Sie vertraute ihm.

Aber erst wollte sie ausruhen. Nur ein ganz kurzes Nickerchen. Bitte, lieber Körper. Lass mich ganz kurz schlafen. Bitte.

Doch der anwachsende Schmerz machte ihr klar, dass jetzt nicht die Zeit für ein Schläfchen war. Die nächste Wehe rollte heran, drohte sie umzubringen, und kurz bevor Chloe in eine erlösende Ohnmacht fiel, ebbte die Schmerzwelle ab.

Maighread streichelte ihre Wange, flüsterte ihr alles Mögliche zu. Chloe verstand nicht alles, in ihrem Kopf dröhnte noch der Schmerz nach. Einzelne Worte: Toll. Du bist stark. Bald. Stolz auf dich.

Es war wie ein positives angenehmes Plätschern, und Chloe ließ sich von Maighreads Stimme tragen.

Doch plötzlich änderte sie die Tonlage.

»Chloe«, rief sie. »Chloe, hör doch mal!«

Chloe brummte unwillig. Sie wollte sich von Maighreads Plätschern weitertragen lassen. Doch Maighread hatte andere Pläne. Sie rüttelte sanft an Chloes Schulter. »Jetzt hör doch mal«, forderte sie erneut.

Es fiel Chloe schwer, aber sie hob den Kopf ein wenig und lauschte. Aber sie wusste nicht, was Maighread meinte. Da war doch nichts. Chloe schüttelte den Kopf. »Was denn?«, fragte sie. »Ich höre nichts.«

Maighread nickte und strahlte Chloe an.

»Aber genau das meine ich doch«, jubelte sie begeistert. »Nichts. Kein Heulen und Brausen. Da draußen ist es still. Der Sturm ist vorbei! Chloe, hast du verstanden? Der Sturm ist vorbei. Ganz bestimmt wird es nicht mehr lange dauern, bis sie die Straße räumen.«

Maighread weinte vor Erleichterung. Sie beugte sich zu Chloe hinunter und küsste sie auf die Wange. Chloe schaffte ein schwaches Lächeln.

»Das ist gut«, sagte sie mit matter Stimme und stöhnte, als die nächste Wehe sich bemerkbar machte.

Vielleicht würde Scott ja doch noch rechtzeitig kommen. Chloe wünschte es sich so sehr, ihn in diesem Moment an ihrer Seite zu haben.

Doch sie hatte nicht lange Zeit, über ihre Wünsche nachzudenken oder überhaupt irgendetwas anderes wahrzunehmen als den Schmerz der nächsten Wehe. Sie kam mit einer Gewalt, die alles mit sich zu reißen drohte.

In Chloes Kopf ratterte und rumpelte es, in ihrem Bauch drehte jemand ein Messer in ihren Eingeweiden und brachte sie zum Schreien.

»Ich muss pressen«, keuchte sie. »Joshua. Jetzt! Ich muss jetzt pressen.«

Sofort war Joshua da.

Kapitel 20

Jason

Chloe hatte zwar gesagt, dass von ihr aus alle bleiben durften – immerhin war das Kaminzimmer der einzige beheizte Raum im Haus. Doch je weiter die Geburt voranging, desto unwohler fühlte sich Jason.

Natürlich hatten sich alle so hingesetzt, dass Chloe nicht unter ständiger Beobachtung stand. Sie hatten nicht einmal darüber sprechen müssen, das war ganz selbstverständlich gewesen. Und dennoch war Jason das alles viel zu nah. Er hatte das Gefühl, in diesen intimen Moment einzudringen, und fand seine Anwesenheit unpassend.

Obendrein kämpfte er noch immer mit seinen Gefühlen. Mit den Ängsten und Erinnerungen. Und das nahm ihn ziemlich mit.

Was, wenn etwas schiefging? Er wollte sich nie wieder so hilflos und schuldig fühlen wie damals nach dem Unfall. Und doch fühlte er sich zumindest mitverantwortlich an allem, was jetzt gerade in dieser Sturmnacht geschah. Hätte er die Gruppe rechtzeitig vor dem Schneesturm gewarnt, wäre alles anders gekommen. Sie hätten noch zurückfahren können. Dann wäre Chloe längst im Krankenhaus, und alles wäre sehr viel entspannter.

Vorausgesetzt, sie hätten seine Warnung überhaupt ernst genommen. Jason war sich nicht sicher, ob er sich hätte durchsetzen können. Die Stimmung war so ausgelassen gewesen, vermutlich hätten sie, statt ihm zu glauben und auf ihn zu hören, von Babyliedern auf Sturmsongs umgeschwenkt und weiter gefeiert.

Andererseits hatte er gar keine Chance gehabt, sie zu warnen. Es hatte ihn ja selbst vollkommen überrascht. Es hatte keine Wetterwarnungen gegeben. Dieser Sturm war wie aus dem Nichts über sie hereingebrochen. Als er den Wetterumsturz bemerkt hatte, war es längst zu spät gewesen, um sicher den Berg hinunterzukommen.

Das viele hätte, wäre, wenn in seinem Kopf machte Jason verrückt. Wenn er wenigstens etwas hätte tun können. Aber das Herumsitzen und Grübeln tat ihm überhaupt nicht gut. Und es half niemandem. Er brauchte dringend etwas Abstand, räumlich und emotional, sonst lief er Gefahr durchzudrehen.

Jason sah zu Vivian und erkannte, dass es ihr wohl ähnlich ging. Zu viele Menschen, zu viel Nähe, viel zu intim – das alles spiegelte sich auf ihrem Gesicht. Sie sah genau so aus, wie er sich fühlte. Das war der letzte Impuls gewesen, den er gebraucht hatte.

»Pause?«, fragte er sie leise. Um sicherzugehen, dass sie ihn richtig verstand, gab er ihr im flackernden Licht des Feuers ein Zeichen, indem er mit dem Kinn Richtung Tür deutete.

Vivians Lächeln zeigte ihm, wie froh sie über die Idee war.

»Aber sowas von«, flüsterte sie sofort zurück.

Schon stand sie auf den Beinen.

Jason kam ebenfalls hoch. Ein bisschen schwerfälliger als Vivian.

»Da merkt man, dass ich keine Seiltänzerin bin«, flüsterte er, und Vivian kicherte.

»Würde dir bestimmt guttun, ein bisschen die Balance zu

halten«, neckte sie ihn ebenfalls flüsternd. »Soll ich es dir beibringen?«

Sie schlichen an Chloe vorbei, die nichts von ihrem Aufbruch mitbekam. Gerade fing sie wieder an zu stöhnen. Hastig verließen Jason und Vivian das Zimmer.

Im Gastraum atmeten sie synchron erst einmal erleichtert auf.

»Brr«, machte Vivian und schüttelte sich. »Dass es hier zu warm ist, kann man nicht behaupten«, sagte sie und schlang die Arme um den Oberkörper.

»Warte, ich habe eine Wärmflasche.« Schon wollte Jason loseilen, stoppte aber sofort wieder. »Shit«, sagte er. »Der Wasserkocher funktioniert ja nicht. Ich müsste Wasser über dem Kaminfeuer erhitzen.«

Er rang mit sich. Einerseits wollte er, dass es Vivian gut ging. Andererseits widerstrebte es ihm, wieder in das Nebenzimmer zurückzugehen. Er wollte Chloe nicht stören und sich selbst der Situation auch nicht noch mal aussetzen. Über Stunden eine Frau bei den Wehen zu begleiten, war nun wirklich nichts, wofür er gemacht schien. Sein Respekt vor den Menschen, die das beruflich machten, war in dieser Nacht enorm gestiegen.

»Lass gut sein«, sagte Vivian und nahm Jason damit die Entscheidung ab. »Wir haben doch Decken. Ich setze mich und wickle mich ein. Das geht schon.«

»Am besten gehen wir an den Ecktisch, auf die Bank«, schlug Jason vor. »Da haben wir zumindest von zwei Seiten eine Wand im Rücken. Es ist nicht viel, aber zumindest ein kleiner Schutz vor Zugluft.«

Selbstverständlich waren alle Fenster und Türen fest verschlossen, aber das Haus war alt und undicht und so ganz ohne Heizung echt bitterkalt. Der Sturm pfiff durch die Ritzen und ließ, wie gerade schon Vivian, auch Jason vor Kälte schaudern.

Dazu kam, dass das eingeschlagene Fenster natürlich nur notdürftig mit Brettern geflickt war. Besonders dort fiel die Eiseskälte wenig gebremst in den Raum ein.

»Ecke klingt gut«, meinte Vivian. Sie steuerte auf den Tisch zu.

Jason sah ihr kurz hinterher und bewunderte sie. Vivian war eine sehr geradlinige und auf ihre komplizierte Art unkomplizierte Frau. Wenn sie Ja sagte, war es ein Ja, ohne Wenn und Aber. Wenn sie Nein sagte, hatte man vermutlich aber schlechte Karten. Jason konnte sich vorstellen, dass Vivian nicht leicht umzustimmen war. Eine Frau, die wusste, was sie wollte, und für sich selbst eintrat. Und eine Gesprächspartnerin, die ihn forderte und sein Denken bereicherte. Er hätte das bei ihrem ersten Zusammentreffen niemals gedacht, aber er mochte Vivian und schätzte ihre Meinung.

Bevor er sich auch setzte, nahm Jason zwei Kerzen vom Tresen und stellte sie auf den Tisch. Die Flammen tanzten leicht im Windzug. Dann ging er noch mal zurück, holte eine Flasche von Peters Whisky und zwei Gläser.

»Wenn wir schon keine Wärmflasche haben, dann doch zumindest etwas innere Wärme«, meinte er.

Ein paar Minuten später saßen sie beide dick in Decken eingemummelt am Tisch. Vor ihnen die Gläser mit fingerbreit Whisky darinnen.

Aus dem Nebenzimmer klangen Chloes Schreie.

Dazwischen hörte man Joshuas Stimme. Er sprach beruhigend auf Chloe ein, versuchte, ihr Mut zu machen und ihr Kraft zu geben.

»Verdammt noch mal«, fluchte Jason und vergrub sein Gesicht in den Händen. »Es klingt grauenvoll. Hoffentlich geht das gut.«

»Hey, haben wir nicht vorhin darüber gesprochen, dass man positiv bleiben muss?«, sagte Vivian. »Ich glaube, da drinnen läuft alles ganz okay, auch wenn es schauderhaft klingt.«

Jason nahm die Hände vom Gesicht, sah Vivian an und konnte nicht anders. Er musste über seine Ängste und Sorgen sprechen, es schnürte ihm die Luft zum Atmen ab.

»Was aber, wenn es nicht okay läuft?«, fragte er. »Was, wenn mit dem Kind etwas ist oder Chloe Probleme bekommt? Was, wenn sie ihr Baby verliert, nur weil sie hier oben bei mir war, als der Sturm losging?«

»Scheiße«, sagte jetzt Vivian und schaffte es damit, Jason aus seinem Gedankenkarussell zu reißen.

»Ist es das, was du positiv bleiben nennst?«, fragte er und lachte bitter auf. »Ich dachte, du wolltest mir zeigen, wie das richtig geht.«

Vivian grinste ihn an.

»Erwischt«, sagte sie. »Okay, dann also positiv: schöne Scheiße!«

Jason, der gerade einen Schluck Whisky in den Mund genommen hatte, verschluckte sich. Er hustete und lachte gleichzeitig und ließ sich von Vivian den Rücken klopfen. Dafür, dass sie so eine zierliche Person war, hatte sie einen verdammt kräftigen Schlag.

Das Bild von Vivian, wie sie an den Armen ihres Vaters am Trapez hing, kam ihm vor Augen. Natürlich musste sie Kraft haben, wenn sie schon als Kind solche Kunststücke vollbracht hatte. Und eine enorme Körperbeherrschung –

das hatte er selbst gesehen, als sie auf der Mauer balanciert war. Aber auch mit dem Wissen, dass sie das wirklich konnte, wurde ihm noch immer schwummrig bei dem Gedanken, was da alles hätte passieren können. Vivian war wirklich leichtsinnig, das war nicht gut. Sie balancierte durch ihr Leben, als wäre ihr alles egal.

Nachdem der Husten sich beruhigt hatte, nahm Jason noch einen Schluck und stieg wieder auf dieses, wie er wusste, ungute Karussell der Selbstvorwürfe.

»Ich hätte aufpassen müssen«, sagte er und nickte, als wollte er den Gedanken bestätigen.

»Jason, jetzt hör mal auf mit der Selbstzerfleischungsnummer, okay?«, fuhr Vivian ihn an. »Mach mal den Kater.«

Jason hatte keine Ahnung, was Vivian damit nun wieder meinte. Er sah sie fragend an und machte probehalber: »Miau?«

»Idiot«, folgte prompt Vivians klare Reaktion. »Ich meine das ernst, da musst du keinen Joke draus machen. Es geht um den positiven Umgang mit Dingen, die sich nicht mehr ändern lassen.«

»Könntest du es mir dann bitte – und das meine ich ganz ernsthaft – erklären?«, bat er. »Ich habe nämlich keine Ahnung, wovon du da sprichst. Was hat mein Umgang mit Dingen, die schiefgelaufen sind und sich nicht mehr ändern lassen, mit einem Kater zu tun?«

»*No use crying over spilled milk*, kennst du die Redewendung? Katzen lieben Milch. Wenn du diesen Spruch nimmst und dich nicht über vergossene Milch aufregen möchtest, ist es das Allerbeste, den Kater zu geben und alles, was danebenging, einfach aufzuschlecken. Zack, nichts mehr da, worüber du dich aufregen könntest.«

Darüber musste Jason erst einmal nachdenken. Je nachdem, wie er es drehte, schien es ihm absolut folgerichtig oder totaler Quatsch zu sein. Er kam zu keinem Ergebnis.

»Bestechend logisch und doch komplett unlogisch«, sagte er deshalb.

Wieder zeigte Vivian ihr spitzbübisches Grinsen. Sie hob ihr Glas und nickte. »Sag ich doch – genau deshalb funktioniert es. Also manchmal.«

Vom Kaminzimmer kam wieder Chloes Wimmern und Wehklagen. Es ging Jason durch und durch, und auch Vivian rieb sich über die Arme.

Sie schüttelte den Kopf.

»Was Chloe durchmachen muss, ist ganz schön harter Tobak«, sagte sie. »Mal ehrlich, wieso tut man sich das an?«, kam die Frage hinterher, die Jason sich auch schon oft gestellt hatte.

Nicht nur wegen der schwierigen Geburt, sondern vor allem wegen des schrecklichen Verlustes. Der Preis der Liebe war Trauer. Immer. Irgendwann traf es jeden. Und Jason wusste nicht, ob das nicht zu teuer war. Für ihn jedenfalls war es das gewesen.

Und dann wieder wurde ihm klar, dass diese Gedanken absoluter Quatsch waren. Hätte er – um den Preis, diesen Schmerz nicht fühlen zu müssen – auch nur auf eine Sekunde mit seiner Frau oder seiner Tochter verzichten wollen? Nein. Ganz sicher nicht!

An dieser Stelle der Überlegungen staunte Jason. So weit war er mit dem Nachdenken bislang noch nie gekommen. Er hatte immer an der Stelle abgebrochen, wenn es darum ging, welchen Preis er hatte zahlen müssen, und war bei seinem vertrauten Selbstmitleid gelandet.

Aber jetzt, nachdem er sich getraut hatte, ein Stück weiterzudenken, war ihm klar, dass es gar keinen anderen Weg gegeben hätte. Er hätte niemals auf die Liebe der beiden wichtigsten Menschen in seinem Leben verzichten wollen, nur um den Schmerz zu vermeiden.

Jason drehte sein Whiskyglas in den Händen und staunte über diese Erkenntnis. Es stimmte ihn irgendwie versöhnlich, ohne dass er fassen konnte, weshalb.

Um sich selbst eine Pause zu gönnen, konzentrierte Jason sich auf das Jetzt und betrachtete sein Glas.

Die bernsteinfarbene Flüssigkeit schimmerte in unterschiedlichen Nuancen im Schein des Kerzenlichts. Wo das flüssige Gold innen am Glas hinunterlief, hinterließ es Schlieren.

»Als Elli mit Jessi in den Wehen lag, bin ich fast durchgedreht. Mitzuerleben, wie meine Frau litt, und nichts tun zu können, war das Schlimmste, was ich bis dahin je erlebt hatte.« Jason lachte bitter auf. Wenn er damals geahnt hätte … Er schob den Gedanken schnell wieder weg und erzählte weiter. »Aber als unser Sonnenschein dann da war, dieses kleine runzelige, blut- und schleimverschmierte Wesen, war innerhalb eines Atemzugs alles vergessen. So groß die Schmerzen auch gewesen waren, es schien, als wäre Ellis Erinnerung mit Jessis erstem Schrei gelöscht. Da war nur noch Liebe. Sie war so eine unfassbar starke und wunderbare Frau.«

»Was für ein Glück, dass du so einen tollen Menschen kennen durftest«, sagte Vivian.

Und Jason nickte. Ja, Vivian hatte recht. Wie viele Menschen sehnten sich nach so etwas. Und er hatte dieses Glück viele Jahre erleben dürfen. Vielleicht musste er lernen, das so zu sehen, anstatt sich immer auf das zu fokussieren, was er nicht mehr hatte.

Jason staunte. Er wusste nicht, wie sie es machte, aber Vivian brachte seine Gedanken in neue Bahnen. In Bahnen, von denen Jason bisher nicht einmal geahnt hatte, dass es sie geben könnte.

Er hob sein Glas, betrachtete den Whisky, als könne er darin Antworten finden, und nahm einen Schluck. Wieder spürte er dem Geschmack nach. Es tat ihm gut, sich mit etwas Unverfänglichem zu beschäftigen und dem tiefgründigen Denken eine Pause zu gönnen.

Peter war wirklich ein Zauberer. Dieser Tropfen war ein absoluter Genuss. Warmer Torf, ein bisschen Süße und beim Schlucken geballte Eiche. Das war kein Stoff, der sich mit Spielerei aufhielt, der machte direkt klar, wo es langging. Das war ein Whisky für Kenner.

Vivian schien es genauso zu sehen, denn sie nahm einen großen Schluck und gab ein genüssliches »Hmm« von sich.

»Ich fahre voll auf diese fast schon derben Aromen ab«, sagte sie. »Zwischendurch darf es auch mal etwas Blumiges, Verspieltes sein, aber das hier ist der Himmel über den Whiskyfässern, das sage ich dir. Ganz große Kunst. Der fackelt nicht lange, sondern erobert selbstbewusst den Gaumen. Da steh ich voll drauf.«

Jason lächelte. Es wunderte ihn nicht, dass Vivian auf diese Art Whisky stand, er hatte Ähnlichkeit mit ihr. Keine Kompromisse. Immer voll auf die Mitte halten.

Jason hatte plötzlich das Bedürfnis, Vivian eine Freude zu machen. Deshalb wechselte er das Thema.

»Wenn du möchtest, kann ich – wenn es dann wieder funktioniert – meinen Freund anrufen und fragen, ob er sich deinen Wagen ansieht. Thomas war früher mein Mitarbeiter. Er repariert alles, was ihm unter die Finger kommt.«

»Auch kaputte Seelen?« Vivian lächelte, aber Jason konnte den Schmerz dahinter sehen und die Sehnsucht spüren, die in dieser vermeintlich scherzhaft gemeinten Frage lag.

»Das ist ein Spezialauftrag. Den übernehmen die Highlands«, sagte Jason, ohne lange zu überlegen. »Bei mir jedenfalls ist es so. Auch wenn es lange dauert. Noch habe ich es nicht geschafft, aber ich bin auf dem Weg.«

Doch Vivian schüttelte den Kopf. »Ich bin mir nicht ganz sicher, Jason. Die Einsamkeit hilft vielleicht dabei, die erste Dunkelheit zu überstehen, den Schmerz zu beruhigen, aber ist das dann wirklich Heilung? Kann es richtig sein, sich aus dem Leben rauszuziehen und aus Angst, wieder verletzt zu werden, nichts mehr an sich heranzulassen? Oder macht man sich da nur selbst etwas vor, weil es so einfacher ist?«

Jason ließ Vivians Worte sacken. Er nippte an dem Whisky und dachte nach. Er konnte sich nicht erinnern, wann er das letzte Mal mit einem Menschen so ehrlich über Gefühle und Gedanken gesprochen hatte. Er spürte, dass es ihm guttat und schon während des Gesprächs begann, in ihm zu arbeiten.

»Vielleicht hast du recht«, sagte er nach einer ganzen Weile. »Vielleicht ist es nur ein erster Teil der Heilung, und es braucht, wenn die Zeit reif ist, einen nächsten Schritt.«

»Alles ganz schön kompliziert«, meinte Vivian. »Da wäre es doch einfacher, wir wären ein Auto. Ölwechsel, Reifenwechsel, ein paar Dellen ausbessern, und alles ist wie neu.«

»Und ständig von anderen benutzt werden und nie selbst die Richtung vorgeben dürfen?« Jason machte eine skeptische Miene. »Nein, ich glaube, wenn ich die Wahl hätte, würde ich doch lieber das bleiben, was ich bin. Ein Mann auf seinem Weg. Mit Narben und Wunden, aber auch mit ganz viel Glück und Liebe, die er bereits erleben durfte.«

Vivian hob ihr Glas. »Auf die Narben«, sagte sie. »Sie machen uns zu den Menschen, die wir heute sind.«

Jason und Vivian stießen miteinander an.

Vivian nahm den letzten Schluck, stellte ihr Glas ab und streckte sich.

»Jetzt ein bequemes Bett und Musik«, sagte sie und gähnte. »Nicht mehr lange, und wir haben die Nacht durchgemacht.«

»Ein Bett könnte ich dir anbieten«, sagte Jason und beeilte sich, es richtigzustellen. »Nur das Bett, meinte ich natürlich. Keine Hintergedanken. Das mit der Musik wird komplizierter. Du könntest dir selbst etwas auf deiner Geige vorspielen. Ohne Strom ist alles andere schwierig, und Ellis Harfe kann ich leider nicht spielen.«

Sofort war Vivian wieder hellwach.

»Sag nicht, dass du eine Harfe hast«, hauchte sie und sah ihn mit großen Augen an.

»Doch, sage ich«, wiederholte er. »Sie steht oben im Schlafzimmer. Kannst du etwa spielen?«

Vivian zuckte leicht mit den Schultern. »Ich bin keine Virtuosin, aber ein wenig – ja. Ich habe es als Teenie angefangen. Aber mein Lebensstil und so ein großes unhandliches Instrument waren keine gute Kombination. Also habe ich es wieder aufgegeben und mir fest vorgenommen, eines Tages wieder damit anzufangen.«

Jason saß da, starrte Vivian an und kämpfte einen Kampf mit sich selbst.

Vivian verstand sofort, was mit ihm los war. Sie legte ihre Hand auf seine und beruhigte ihn. »Hey, Jason, es ist okay. Das hat sich jetzt nur gerade im Gespräch so ergeben, aber ich verstehe das. Es ist Ellis Harfe. Mach dir keine Gedanken.

Meine Harfenzeit wird schon kommen. Das muss nicht heute Nacht sein.«

Jason stand auf. »Komm«, sagte er. »Zeig mal, wie viel Kraft du hast. Wir holen sie herunter.«

Es war ein sehr eigentümliches Gefühl, diese andere – eigentlich fremde – Frau an Ellis Harfe zu sehen. Jasons Herz klopfte heftig gegen seine Brust. Sein Hals war rau, er musste sich räuspern.

Vivian saß nur da, die langen Haare flossen über ihren Rücken, die Hände hatte sie an die Harfe gelegt und die Augen geschlossen. Als würde sie mit dem Instrument in Kontakt treten wollen.

Und dann begannen die Hände, hauchzart an den Saiten entlang zu fliegen. Sie zupfte hier, sie zupfte da und entlockte der Harfe die ersten sanften Töne. Es war nicht mehr als eine lose Tonfolge, ein leises Plätschern. Doch für Jason war es eine Sturmflut, die ihn überrollte und unter sich begrub. Er hatte am ganzen Körper Gänsehaut, und Tränen liefen ihm über das Gesicht.

Es klang, als würde Elli dort sitzen und spielen, und doch wieder ganz anders. Vivian spielte bestimmter, fokussierter. Ellis Musik war eine zarte Einladung gewesen, Vivians Spiel war eine ganz direkte Herausforderung.

Jason mochte, was sie mit der Harfe anstellte. Und sie hatte tatsächlich jahrelang nicht gespielt? Vivian war eindeutig ein musikalisches Wunderkind. Eine Harfe war nun auch nicht gerade ein einfaches Instrument, doch es gab nur vereinzelt Töne, die nicht perfekt saßen.

Nachdem sie es eine Weile hatte plätschern lassen, erfasste Vivian offensichtlich die Lust und die Gewissheit, dass sie es auch konnte. Sie stimmte ein erstes Lied an. Es war der Loch-Lomond-Song, und ehe Jason sich versah, stimmte er bereits mit ein und sang leise mit, um Chloe im Nebenzimmer nicht zu stören.

Dieser Moment war magisch, und für die Dauer der Klänge vergaß Jason all seinen Schmerz, seine Ängste und den Schneesturm. Er konnte Elli um sich herum spüren, glaubte, ihr melodisches Lachen zu hören, und wusste, sie war glücklich, weil er es gerade jetzt, in dieser Sekunde, auch war.

Am Ende des Liedes legte sich für Sekunden Schweigen über Jason und Vivian.

»Wow«, sagte er, nachdem er seine Sprache wiedergefunden hatte.

Chloes Stöhnen brachte ihn allerdings schneller in die Wirklichkeit zurück, als ihm lieb war. Er warf einen Blick zur Tür, überlegte, ob er nach dem Rechten sehen sollte. Doch helfen konnte er sowieso nicht.

»Jason, merkst du, wie still es plötzlich ist?«, fragte Vivian.

»Still finde ich die Wehlaute jetzt nicht gerade«, sagte Jason und hörte Chloe wieder stöhnen.

»Das doch nicht.« Vivian zeigte auf die Fenster. »Das da draußen meine ich. Hör doch mal!«

Jetzt wurde Jason klar, was sie meinte, und sie hatte recht. Draußen war Ruhe eingekehrt. Der Sturm hatte sich gelegt.

»Fantastisch!« Jason atmete erleichtert auf. »Das wäre geschafft«, sagte er. »Der Rest wird sicher bald folgen. Vermutlich sind vormittags die Straßen wieder frei.«

»Und solange werden wir weiter das Beste aus der Situation machen«, sagte Vivian. »Dann jetzt eines meiner Lieblingslieder.« Sie begann, die Saiten zu zupfen, und Jason lauschte. Er schüttelte den Kopf, erkannte das Lied nicht.

»Kennst du *Sons of Anarchy*?«, fragte Vivian.

»Nein«, sagte Jason. »Ist das deren Musik?«, wollte er wissen.

»Nein. Das ist eine ziemlich deftige Serie über eine Rockerbande. Nichts für Weicheier. Jede Menge Gewalt und Tote. Aber auch jede Menge Liebe in allen Facetten. Suche nach dem Sinn des Lebens, Versuche, aus dem Sumpf zu fliehen, nur um doch immer wieder genau dort zu enden.«

»Das klingt nicht, als würde dieses zarte Lied dazu passen«, befand Jason.

Doch Vivian widersprach. »Ich sagte doch: auch jede Menge Liebe. Vor allem zu den Kindern. Und dieses Lied ist für ein Neugeborenes. Es ist der Wunsch, dass diesem neuen Leben Glück beschert sein möge«, erklärte sie. »Und deshalb spiele ich es. Für dieses neue Leben, das gerade dabei ist, seinen Platz auf dieser Welt zu erobern. Der Song heißt *Forever Young* und ist von Audra Mae.«

Jason mochte die Melodie, auch wenn es ihm schwerfiel, sie mit dem zusammenzubringen, was Vivian über die Serie erzählt hatte. Doch als Vivian begann, zu singen, vergaß er, weiter darüber nachzugrübeln. Er wollte ihr nur noch zuhören.

Kapitel 21

Maighread

Ach du meine Güte, ach du meine Güte, ach du meine Güte! Mehr konnte Maighread gerade nicht denken. Ihr Mund war wie eine Wüste, der Puls raste, und vor lauter Aufregung atmete sie nur ganz flach.

Gleichzeitig lief sie beinahe über vor Liebe und Glück und wusste gar nicht wohin mit ihren Gefühlen. Es geschah wirklich. Gleich würde Chloe ihr Menschlein gebären.

Aber jetzt war keine Zeit für Sentimentalitäten. Noch nicht. Erst mussten sie – Chloe natürlich allen voran – diese letzte Phase bewältigen.

Um ihr gut helfen zu können, kniete Maighread hinter Chloe auf dem Polster. Sie stützte sie und half ihr, den Oberkörper anzuheben, wenn die Presswehen kamen. Sie war unfassbar dankbar, dass sie Chloe begleiten und betreuen durfte und Joshua alles andere übernommen hatte. Wenn das jemand konnte, dann er. Davon war Maighread nach wie vor überzeugt.

Hoffentlich sah er das auch immer noch so. Maighread warf Joshua einen prüfenden Blick zu. Er kniete hoch konzentriert vor dem Sofa und sagte Chloe wieder und wieder, wie wunderbar sie das machte. Er ließ es sich nicht anmerken, aber Maighread fühlte, dass er ebenso aufgeregt und nervös war wie sie.

Genau wie alle anderen im Raum. Schlafen konnte ohnehin

niemand mehr. Anfangs hatten die Grannys noch gestrickt, doch inzwischen hatten sie ihre Handarbeiten längst beiseitegelegt. Sie hielten sich gegenseitig an den Händen, während Gwendolyns Urenkelkind drauf und dran war, das Licht der Welt zu erblicken.

Amely und Peter hatten sich an das andere Ende des Zimmers zurückgezogen und hielten sich eng umschlungen. Neben ihnen schliefen die Hunde.

Keiner sprach. Alle schienen die Luft anzuhalten, um dieses Wunder nicht zu stören.

Vom Gastraum drangen zarte Klänge zu ihnen ins Kaminzimmer. War das Harfenmusik? Maighread wunderte sich. Wie konnte Jason ohne Strom Musik abspielen? Er würde doch dafür nicht den Akku seines Handys nutzen und riskieren, im Notfall nicht telefonieren zu können – falls das demnächst vielleicht wieder möglich war.

Als das Spiel zwischendurch unterbrochen wurde, leise Stimmen zu hören waren und gleich darauf wieder Harfenklänge, wurde Maighread klar, dass es keine Konserve war. Das konnte nur Vivian sein, die da spielte.

Maighread hatte keine Ahnung gehabt, dass Vivian auch Harfenistin war, sie kannte sie bisher nur an der Geige. Unglaublich, was für ein Talent diese Frau hatte.

Aber wo kam so plötzlich die Harfe her? Sollte Jason etwa ... Ja, beantwortete Maighread sich den angefangenen Gedanken sofort selbst. Es konnte nur so sein.

Wow. Maighread war beeindruckt. Sie wusste, dass Jason Ellis Harfe heilig war. Stark, dass Vivian ihn dazu gebracht hatte, sie spielen zu lassen. Und wenn Maighread sich nicht täuschte, war das ein gutes Zeichen. Es schien Jason langsam besser zu gehen.

Und dass Vivian ausgerechnet jetzt, in dieser Situation, spielte, empfand Maighread als Geschenk. Die zauberhaften Harfenklänge waren für diesen unfassbar schönen Moment, den sie hier gerade erlebten, genau die richtige Begleitung.

Chloe ließ sich zurückfallen und lehnte sich gegen Maighread. Sie stöhnte, wirkte aber erleichtert. Die Wehe war vorbei.

»Du musst tief durchatmen, Chloe. So tief du kannst«, sagte Maighread. Liebevoll strich sie Chloe die nassgeschwitzten Haare aus der Stirn und trocknete ihr das Gesicht, auf dem sich rote Flecken zeigten, mit einem Tuch.

»Jetzt dauert es nicht mehr lange. Noch ein oder zwei Wehen, denke ich«, sagte Joshua, und Maighread wusste, dass er versuchte, Chloe, aber auch sich selbst Mut zu machen. »Du hast es fast geschafft, Chloe. Ich kann das Köpfchen schon sehen. Gleich ist es so weit.«

»Ich kann nicht mehr«, jammerte Chloe und schüttelte den Kopf. »Ich habe keine Kraft mehr.«

»Quatsch«, kam es mit fester Stimme von Joshua. Er ließ nicht zu, dass sie aufgab. »Natürlich kannst du. Ich verspreche es dir, Chloe, du kriegst das hin. Du bist fantastisch, glaub mir. Mutig und stark, und in ein paar Minuten bist du Mama. Dann kannst du dein Menschlein im Arm halten.«

Chloe hatte die Augen geschlossen. Sie gab nicht zu erkennen, ob sie Joshua gehört hatte und ob sie ihm glaubte. Maighread streichelte ihr die Wange, massierte ihr dann ganz sacht den Nacken und versuchte, Chloe auf diese Weise ein bisschen Kraft zu geben.

Plötzlich wurde es draußen im Gastraum laut. Maighread hörte aufgeregte Stimmen. Im nächsten Moment wurde die Tür aufgerissen, und Scott stürmte in das Kaminzimmer. Er hatte seinen Arztkoffer in der Hand. Mit drei großen Schritten war er neben dem Sofa.

»Chloe«, rief er. »Liebling, ich bin da. Alles ist gut, ich bin bei dir.« Während er das sagte, schlüpfte er aus seiner Jacke und warf sie achtlos neben sich. Er hatte nur Augen für Chloe.

»Oh Mann, Scott«, sagte Joshua, und seine Erleichterung schwang in jedem Buchstaben mit. »Du hast dir echt ganz schön Zeit gelassen.« Sofort stand er auf und überließ seinem Freund den Platz.

Joshua war bleich wie ein Schluck Schafsmilch, und Maighread sah, dass seine Hände zitterten. »Man kann das Köpfchen schon sehen«, sagte er.

Scott nickte.

Er fühlte Chloes Puls, nahm das Stethoskop aus seiner Tasche und legte es ihr auf den Bauch. Die Augenbrauen hatte er vor lauter Konzentration eng zusammengezogen.

Maighread traute sich kaum, Luft zu holen. Hoffentlich war mit dem Baby alles in Ordnung. Hoffentlich!

Es fühlte sich an wie eine Ewigkeit. Endlich hellten sich Scotts Gesichtszüge auf. Er nickte und strahlte. Jetzt erst beugte er sich zu Chloe hinab und gab ihr einen Kuss.

»Die Herztöne sind gut, genau wie dein Puls«, bestätigte er. »Du hast das bis hierhin fantastisch gemacht, Liebling. Soweit ich sehe, ist alles genau so, wie es sein soll. Nur ein bisschen zu früh. Unser Menschlein scheint es eilig zu haben«, sagte er mit zärtlichem Ton in der Stimme.

»Ich bin so froh, dass du da bist«, sagte Chloe. Tränen liefen ihr über die Schläfen. Sie schluchzte vor Erleichterung.

»Hey, Liebes, nicht weinen. Jetzt bin ich da«, tröstete Scott die erschöpfte Chloe und streichelte ihr das Gesicht. »Alles ist gut.«

»Ich hatte solche …« Statt das nächste Wort auszusprechen, stöhnte Chloe. »Es geht schon wieder los«, wimmerte sie. »Ich habe keine Kraft mehr, Scott. Ich kann nicht.«

»Doch, natürlich hast du Kraft, Liebling. Das Köpfchen ist schon zu sehen. Es dauert nicht mehr lang. Ich bin bei dir.«

Die Wehe hatte bereits ihren Höhepunkt erreicht. Chloe presste, und Scott blieb keine Zeit mehr, sich die Hände zu waschen. Er schaffte es gerade noch, sie mit reichlich Alkohol zu desinfizieren.

»Weiter, weiter, weiter, komm, Chloe, streng dich an. Nur noch ein bisschen«, feuerte er seine Liebste an.

Doch da hatte die Wehe schon an Kraft verloren, und Maighread versorgte Chloe wieder, indem sie ihr das Gesicht abwischte und sie hielt.

»Es hat nicht viel gefehlt«, erklärte Scott. »Glaub mir, Liebes, es ist gleich geschafft.«

Da schrie Chloe auch schon wieder auf. Die nächste Wehe war da.

»Du machst das fantastisch, Liebling. Weiter so. Pressen. Das Köpfchen kommt. Weiter, weiter, weiter. Nicht nachlassen, Chloe. Pressen!«

Doch wieder stieß Chloe die Luft heraus, die sie angehalten hatte, und ließ sich nach hinten fallen. Es war deutlich zu sehen, dass sie wirklich nicht mehr konnte. Aber irgendwie musste sie noch mal Kraft mobilisieren, das war Maighread klar.

Scott machte Chloe weiter Mut.

»Das war unglaublich gut, Chloe. Mit der nächsten Wehe schaffst du es. Und dann kannst du dich ausruhen, Liebling. Das verspreche ich dir. Das geht jetzt ganz schnell. Nur noch ein paar Augenblicke.«

Und wirklich. Jetzt gab es kaum noch Erholungspausen. Die Wehen kamen Schlag auf Schlag. Schon ging es weiter. Chloe schrie und presste. Scott feuerte sie an, und Maighread stützte ihr den Rücken, damit sie alle Kraft für das Pressen nehmen konnte.

Jetzt gab Chloe einen lauten, langgezogenen Schmerzensschrei von sich.

»Fantastisch. Nicht mehr pressen, Chloe. Hecheln, jetzt musst du hecheln.«

Chloe folgte Scotts Anweisung und hechelte.

Scott arbeitete konzentriert.

»Chloe«, rief er im nächsten Moment. »Liebling, wir haben eine Tochter«, sagte er. Er weinte und strahlte. »Wir haben ein wunderschönes Mädchen.«

Chloe warf einen Blick nach unten. Ein Lächeln überzog ihr ganzes Gesicht. Dann lehnte sie sich vollkommen erledigt gegen Maighread, die ihre Arme um sie gelegt hatte.

Scott untersuchte das Neugeborene, das nun zu weinen begann, und sagte gleich darauf: »Sie ist perfekt, Chloe. Genau wie ihre Mutter.«

Vorsichtig nahm er seine Tochter und legte sie noch mit der Nabelschnur Chloe auf den Bauch.

Allen im Raum liefen Tränen über die Gesichter.

»Hallo, Menschlein«, sagte Chloe sanft und streichelte vorsichtig über das winzige Händchen. »Willkommen in diesem Leben.«

Maighread schniefte. Sie gab Chloe einen Kuss auf die Wange, stand auf und ging aus dem Zimmer. Alle anderen taten es ihr gleich. Auch die Hunde kamen mit. Dieser Moment gehörte Chloe, Scott und ihrer kleinen Tochter.

Als sie aus dem Kaminzimmer traten, standen Jason und Vivian direkt vor der Tür und nahmen die Truppe in Empfang.

»Und?«, fragte Jason.

Maighread sah die Anspannung und Sorge in seinem Gesicht. Und auch Vivian hing an Maighreads Lippen.

»Ein Mädchen«, sagte Maighread. Mehr konnte sie gerade nicht sprechen. Das war so überwältigend, sie hatte keine Worte mehr.

Amely holte Gläser. Peter füllte sie großzügig mit seinem flüssigen Gold, und alle nahmen eines in die Hand.

»Auf das Leben«, sagte er. Sie erhoben feierlich ihre Gläser. »Auf das Leben«, klang es vielstimmig, wie ein Echo.

Maighread seufzte wohlig, als der Whisky ihr die Kehle hinunterrann. Das tat gut. Joshua stand hinter ihr und hatte die Arme um sie gelegt. Es war wunderbar, seine Nähe zu spüren.

Erst nach ein paar Schlucken hatte Maighread ihre Sprache wiedergefunden. Draußen begann der Tag langsam zu dämmern.

»Du warst großartig«, flüsterte Joshua ihr leise ins Ohr. Maighread lächelte und beugte den Kopf zu ihm.

»Und du erst«, antwortete sie und küsste ihn auf die Wange. »Aber am großartigsten war Chloe«, stellte sie fest. »Unglaublich, wie sie das gemeistert hat.«

Maighread kippte den Rest des Whiskys hinunter und fühlte sich mit einem Mal sehr unruhig.

»Wisst ihr, was ich jetzt brauche?«, fragte sie in die Runde.

»Frühstück?«, fragte Eilidh.

»Dein Strickzeug«, warf Amely eine Idee in den Ring.

Maighread lachte und schüttelte den Kopf. »Das klingt

beides sehr verlockend«, sagte sie. »Aber erst einmal brauche ich Bewegung. Ich muss den Stress abbauen. Und die Hunde müssen auch mal raus. Jason, hast du Schneeschaufeln?«

Jason nickte. »Eine hinter dem Haus und mindestens noch eine im Schuppen.«

»Dann los. Wer kommt mit?«

Die Grannys winkten ab. Sie waren müde und grau im Gesicht. Diese Nacht hatte sie viel Kraft gekostet, das war Maighread klar.

»Wir wickeln uns ein und machen uns warme Gedanken«, erklärte Elisabeth.

»Nachher können wir über dem Kaminfeuer Tee kochen«, sagte Eilidh. »Aber lassen wir den dreien noch ein bisschen Zeit. Solange werden wir es hier schon auch ohne ein warmes Getränk aushalten.«

Alle anderen schlüpften in Jacken, Mützen und Handschuhe. Ausgelassen alberten sie herum und stürmten nach draußen, wo sie meterhoher Neuschnee erwartete. Noch lag alles im Halbdunkel, der Tag hatte die Nacht noch nicht endgültig vertrieben.

»Wow!«, rief Maighread.

Außer den Spuren des Schneepflugs, der schon wieder weg war, sah man nur Weiß, so weit das Auge blicken konnte. Die Konturen der Welt waren unter einer dicken Schicht Schnee verborgen.

Molly, Bonny und Lennox wühlten sich begeistert durch das Weiß. Manchmal machten sie Sprünge wie ein Känguru, dann wieder senkten sie den Kopf und nutzten ihn als Pflug, mit dem sie eine Schneise in den Schnee schoben. Sie bellten und wedelten mit den Schwänzen und hatten richtig Spaß.

Maighread schnappte sich die Schneeschaufel und begann zu schippen. Zuerst war der Weg zum Schuppen dran. Maighread arbeitete zügig und mit viel Kraft. Es tat so gut! Die frische Luft, die Bewegung und das Wissen, dass dort drin die Welt in Ordnung war. Sie fühlte sich, als könnte nichts sie bremsen.

Joshua schnappte sich einen Besen und unterstützte Maighread, so gut es ging. Amely rannte noch einmal ins Haus und kam mit einer Kehrschaufel und zwei Eimern zurück.

»Auf geht's, Peter, damit können wir auch helfen.«

Maighread lachte und schippte und lachte wieder. Das Leben konnte so, so, so herrlich sein! Sie wollte am liebsten die ganze Welt umarmen.

Doch sosehr sie das Schneeschippen gerade liebte, nach ein paar Minuten wurden ihre Arme schwer, und ihr Atem ging keuchend. Sie begann trotz der Kälte zu schwitzen.

»Ich bin dran«, sagte Joshua. Er nahm ihr die Schaufel ab und drückte ihr stattdessen den Besen in die Hand. Es waren nur noch zwei Meter bis zum Schuppen.

Maighread gab den Besen an Vivian weiter. Sie hatte eine andere Idee.

Entschlossen stapfte sie durch den tiefen Schnee. Es war ein Kampf, aber das war ihr egal. Sie wollte an den Rand des Platzes, auf die Wiese. Dort ließ sie sich rücklings fallen.

Sie streckte ihre Arme und Beine aus und bewegte sie so, dass sie einen Engel in den Schnee zeichnete.

»Joshua«, rief sie übermütig. »Komm, und hilf mir hoch, damit ich den Engel beim Aufstehen nicht kaputt mache.«

»Schneeengel«, rief Amely. »Was für eine schöne Idee.« Schon kam sie – Peter hinter sich herschleppend – zu Maighread und ließ sich neben ihr rückwärtsfallen.

Maighread sah, dass Jason sie amüsiert beobachtete, während er jetzt das Schippen übernommen hatte. Es war schön, ihn lächeln zu sehen.

Sie hatten erst ein kleines Stück des Platzes frei. Das würde sie noch eine ganze Weile beschäftigen, so viel war klar.

Joshua streckte Maighread die Hand hin, um ihr auf die Beine zu helfen. Doch statt sich von ihm hochziehen zu lassen, sorgte sie dafür, dass er vornüberkippte und neben ihr im Schnee landete.

»Hey«, protestierte Joshua. »Dein schöner Engel.«

»Der hat jetzt einen gebrochenen Flügel«, konterte Maighread. »Aber dafür bekomme ich einen Kuss – das war es mir wert.«

Joshua tat gespielt entsetzt. »Wie gut, dass ich diese schwarze Seite an dir noch vor der Hochzeit kennenlerne«, scherzte er.

»Und jetzt?« Maighread schenkte ihm einen koketten Augenaufschlag. »Bekommst du Angst? Willst du es dir noch mal überlegen?«

»Von wegen!« Joshua zog sie auf sich und küsste sie lange und intensiv. »Würde ich dich nicht schon lieben, mit dieser schwarzen Seite hättest du mein Herz erobert«, sagte er schließlich, als Maighread unter seinem Kuss schon fast geschmolzen war. »Es gibt doch nichts Spannenderes als eine skrupellose Frau.«

»Skrupellos?« Maighread schnappte empört nach Luft.

»Na, zumindest Schneeengeln gegenüber.«

Joshua wollte sie gerade wieder an sich ziehen, da kam ein Ruf vom Haus zu ihnen herüber.

»Kommt ihr wieder zu uns?«, rief Scott und winkte sie herbei. »Wir wollen euch gern unsere Tochter vorstellen.«

Im Eingangsbereich mussten sich alle erst einmal aus ihren Jacken, Schals, Handschuhen und Mützen schälen. Sie klopften sich gegenseitig den Schnee von der Kleidung und zogen letztlich auch die nassen Schuhe aus.

Auf Strümpfen und vor Staunen und Ehrfurcht bebend, betrat Maighread mit den anderen das Kaminzimmer.

Chloe lag auf dem Sofa und strahlte ihnen entgegen. In ihrem Arm lag das Menschlein, das sie alle während der letzten Stunden auf Trab gehalten hatte.

Scott stellte sich an das Kopfende neben Chloe und seine Tochter.

Das Baby hatte einen hellbraunen Flaum auf dem Kopf und eine rosa Hautfarbe. Die kleinen, ein bisschen schrumpeligen Hände waren winzig. Sie bewegte ihre Finger und gab ein zufriedenes Babygurgeln von sich. Scott hatte der Kleinen einen der Strampler angezogen, die bei den Baby-Shower-Geschenken dabei gewesen waren.

»Wir wollen euch gern Sheona vorstellen«, sagte Chloe leise.

Maighread liefen Tränen über das Gesicht. Sie lachte und weinte gleichzeitig und ging neben Chloe in die Hocke.

»Hallo, Sheona«, sagte sie leise und strich ganz leicht mit dem Zeigefinger über das Babyhändchen. »Herzlich willkommen.«

Dann sah sie Chloe und Scott an. »Herzlichen Glückwunsch zu eurer wunderschönen Tochter«, sagte sie.

Jetzt löste sich die ehrfürchtige Erstarrung, die alle ergriffen hatte. Aus mehreren Kehlen rief es »Herzlichen Glückwunsch«.

Sheona wurde bewundert und durfte unter Scotts strengem Blick auch direkt ausprobieren, wie es sich anfühlte, in den Armen der Menschen zu liegen, die sie in ihrem Leben begleiten würden.

Gwendolyn setzte sich in den Sessel und ließ sich ihre Urenkelin in den Arm legen.

Maighread fiel ein, dass es sicher schön wäre, Bilder von diesen ersten Momenten zu haben. Sie zog ihr Handy aus der Tasche und begann zu knipsen. Ganz besonders berührend fand sie das Bild der beiden runzeligen Hände – eine Hand mit vielen Jahren Leben und eine gerade erst bereit, nach dem Leben zu greifen.

»Geht es ihr wirklich gut?«, fragte Joshua. »Sie ist doch ein paar Wochen zu früh dran, ist das kein Problem?«

Scott lächelte und schüttelte den Kopf. »Alles in Ordnung. Es sind dreieinhalb Wochen vor dem errechneten Termin. Sie ist vielleicht ein bisschen kleiner, aber sie atmet stabil, und es gab bei der Erstuntersuchung keinerlei Auffälligkeiten. Wenn wir in der Praxis sind, nehme ich die Maße und wiege sie, aber das ist nur eine Formsache.«

»Auf alle Fälle weiß Sheona, was sie will«, meldete Peter. »Baby Shower ohne sie – keine Chance. Das wollte sie sich nicht entgehen lassen.«

Vivian und Jason verschwanden und kamen gleich darauf mit der Harfe wieder zurück.

»Ich möchte Sheona willkommen heißen und ihr die besten Wünsche mit auf den Weg geben«, sagte Vivian. Ohne Umschweife setzte sie sich und begann zu spielen, während Gwendolyn noch immer ihre Urenkeltochter im Arm hielt und Glückstränen weinte.

Maighread war gespannt, welches Lied Vivian ausgesucht hatte.

»May god bless, and keep you always,
may your wishes all come true …«

Vivian spielte und sang noch einmal *Forever Young* von

Audra Mae. Maighread wischte sich die Tränen von den Wangen und fiel in den Gesang mit ein.

Sie liebte den Song, auch wenn sie von der Serie selbst nicht alles gesehen hatte. Über weite Strecken hatte sie sich während der brutalsten Szenen Augen und Ohren zugehalten, bis Joshua Entwarnung gegeben hatte. Und obwohl es so gar nicht die Art Unterhaltung war, die sie sonst mochte, hatte sie sich diesem eigenartigen Bann der *Sons* doch nicht vollständig entziehen können. Noch einmal würde sie es aber sicher nicht ansehen. Für ihre Seele war das auf Dauer nichts. Aber dieses Lied spiegelte all die Liebe und Hoffnung wider, die ein Leben begleiten konnte. Vivian hatte eine perfekte Wahl getroffen.

»Wunderschön«, sagte Chloe und warf Vivian eine Kusshand zu. »Danke!«

Auch Scott war begeistert. »Ein wunderschönes Lied und der schönste Text, den man einem neugeborenen Menschenkind schenken kann«, sagte er.

Joshuas Magen knurrte so laut, dass alle ihn erstaunt ansahen. Er hob entschuldigend die Schultern. »So viel Aufregung macht hungrig«, erklärte er.

Sheona begann leise zu weinen. Scott nahm sie Gwendolyn aus den Armen und legte sie wieder zu Chloe. »Vielleicht ist Joshua nicht der Einzige, der Hunger hat«, meinte er.

»Dann kümmere ich mich jetzt um das Frühstück«, verkündete Eilidh. »Mal sehen, was wir auf dem offenen Feuer alles zaubern können.«

Sie rieb sich unternehmungslustig die Hände und marschierte los. Maighread vermutete, dass sie Jasons Vorräte inspizieren wollte.

Gerade als sie zur Tür hinauswollte, flackerte es kurz in den Lampen, und im nächsten Moment war das Licht wieder an.

»Wunderbar«, rief Eilidh. »Dann kann ich ja loslegen. In einer halben Stunde gibt es Frühstück.«

Kapitel 22

Maighread

Maighread saß auf dem Stuhl direkt neben dem Sofa und konnte sich kaum von dem Anblick des schlummernden Babys lösen. Voller Staunen betrachtete sie dieses zarte Menschenkind, das so winzig und doch so perfekt war. Sie versuchte zu begreifen, dass es wirklich gerade erst auf die Welt gekommen war. Und dass sie die Ehre gehabt hatte, bei diesem unfassbar besonderen Moment dabei zu sein. Und wenn sie hundert werden würde – dieses Erlebnis würde sie nie mehr vergessen.

Die Kleine lag zufrieden im Arm ihrer Mama. Im Schlaf verzog sie ihr Mündchen, als wollte sie lächeln.

Natürlich wusste Maighread, dass ein Neugeborenes noch nicht bewusst lächeln konnte. Aber hey, was wusste die Wissenschaft schon? Vielleicht konnte Sheona es noch nicht steuern, aber wer konnte behaupten, dass sich da nicht das innere Lächeln zeigte, das dieses Kind mit auf die Welt gebracht hatte? Getragen von schönen Momenten im Bauch seiner Mama und von der Liebe, die es vom ersten Herzschlag an begleitet hatte.

Maighread musste über sich selbst und ihre philosophischen Ansätze schmunzeln. Bewusst oder unbewusst – es war ein Lächeln, und das berührte sie tief und machte sie glücklich.

Vielleicht sollte sie sich ihr Strickzeug holen und sich neben Chloe und Sheona setzen. Jetzt gerade konnte sie sich keinen schöneren Ort auf der Welt vorstellen als genau hier.

Doch dann sah sie, wie die arme Chloe kaum noch die Augen offen halten konnte. Was kein Wunder war, nach all den Strapazen.

Sofort stand Maighread auf.

»Peter, Joshua, würdet ihr bitte die Wiege holen?«, bat sie. »Ich glaube, wir sollten Sheona hineinlegen, damit Chloe etwas schlafen kann.«

»Das wäre schön«, sagte Chloe leise und strich ihrer Tochter zärtlich über die Wange. »Aber ganz nah bei mir, ja?«, bat sie.

Sie zog die verrutschte Decke etwas hoch, und Maighread erinnerte sich daran, dass Chloe ja gar nichts mehr anhatte.

Ihre Hose war nass vom Fruchtwasser, und das Shirt hatte sie so durchgeschwitzt, dass sie es auch hatte ausziehen müssen.

Sie brauchte dringend Kleidung.

»Jason, hast du einen Moment Zeit für mich?«, fragte Maighread und bat ihn per Handzeichen, mit hinüber in den Gastraum zu kommen. Sie hatte Angst, dass Chloe die Hilfe abwehren würde, weil sie Jason nicht noch mehr zur Last fallen wollte.

Jason ging sofort mit Maighread mit. Er wirkte aufgewühlt.

»Kannst du glauben, was für eine Nacht wir hinter uns haben?«, fragte er und sah Maighread mit vor Verzauberung funkelnden Augen an. »Ehrlich, Maighread, du weißt, dass ich nicht begeistert war, als du mit der Baby-Shower-Idee zu mir kamst. Wenn es nach mir gegangen wäre, hättet ihr in Callwell oder meinetwegen auf Callwell Castle gefeiert. Aber du wolltest nichts davon wissen und hast mich überredet. Anfangs war das echt nicht gerade cool für mich. Ich habe mich, als ich alles dekoriert habe, mehr als einmal gefragt, wieso ich nicht Nein gesagt habe. Aber jetzt?« Er schüttelte den Kopf, als könne er noch immer nicht begreifen, was er alles erlebt hatte.

»Tja«, sagte Maighread und grinste. »Wenn du dich mit mir einlässt, musst du immer auf alles gefasst sein«, ulkte sie. »Manchmal habe ich sogar Schneezauber im Gepäck.«

»Und ohne Schnee hätte das mit dem Zauber nicht geklappt?«, fragte Jason, nickte aber sofort. »Ja, ich sehe schon. Das musste wohl alles so sein. Aber nur als Notiz, falls du wieder einmal so etwas planst – auf den Stromausfall hätten wir verzichten können.«

Maighread lachte laut auf.

Nach allem, was sie erlebt hatten, fühlte sie sich im Moment so fröhlich, dass sie selbst über eine laufende Masche in ihrem Strickzeug laut hätte lachen können. Es perlte nur so in ihr und wartete auf eine Gelegenheit, um herauszusprudeln.

»Okay, ich notiere das für die nächsten Schneestürme«, scherzte sie locker weiter. »Keinen Stromausfall mehr.« Doch dann erinnerte sie sich, dass sie ja ein Anliegen hatte. »Also, Jason, ich danke dir jedenfalls sehr für deine Unterstützung, deine Gastfreundschaft und alles, was du für uns getan hast.«

Aus der Küche kam ein Scheppern, und gleich darauf schimpfte Eilidh vor sich hin. Jason grinste und zuckte mit den Schultern, als Zeichen, dass er sich machtlos fühlte. »Nur für das Protokoll: Dass du das Kommando in der Küche abtreten musstest, gehörte übrigens auch nicht zu meinem Plan – obwohl ich das offen gestanden hätte ahnen können«, gab Maighread zu.

»Eilidh ist eine Naturgewalt«, bestätigte Jason, und sie konnte ihm nur zustimmen.

»Aber eine von der guten Sorte«, ergänzte sie und freute sich, als Jason nickte.

»Aber hör mal, weshalb ich dich eigentlich sprechen wollte«, kam sie nun endlich zu dem Thema, das sie auf dem Herzen hatte. »Du hast so viel für uns getan, und als wäre das alles nicht schon mehr als genug, möchte ich dich jetzt um ein Shirt und eine Jogginghose für Chloe bitten. Vielleicht auch noch ein paar Socken. Ich würde ja welche stricken, aber ganz so schnell bin ich dann leider doch nicht.«

Sie hatte kaum ausgesprochen, da antwortete Jason auch schon. »Aber natürlich, Maighread.« Er machte sogar ein betroffenes Gesicht. »Es tut mir leid, dass ich nicht von allein auf die Idee gekommen bin und es angeboten habe«, entschuldigte er sich. »Warte einen Moment, ich bin gleich wieder da.«

Während Maighread im Gastraum stand und auf Jason wartete, sah sie sich um. Der Raum hatte eine angenehme und einladende Atmosphäre. Sie war gern hier und hatte mit Joshua schon einige schöne Stunden hier verbracht.

Fast alle Möbel und die Wandvertäfelung waren aus dunklem Holz. Die Stuhlkissen und Eckbänke waren mit einem Tartanstoff in Rot, Blau, Grün und etwas Gelb bezogen.

An der Decke hingen mehrere dreiarmige Leuchter aus geschliffenem Glas, das wie Blütenkelche geformt war. Entlang der Holzvertäfelung gab es zusätzlich indirektes Licht. Das machte den Raum heimelig.

Jetzt, wo der Strom wieder da war, funktionierte auch die Heizung wieder, und es wurde langsam wärmer, was Maighreads wohliges Gefühl noch verstärkte.

Wenn sie schon in einem Schneesturm hatte gefangen sein müssen, dann war das hier der perfekte Ort gewesen.

»Schau mal, Maighread. Was meinst du, ist das okay?« Jason hatte eine graue Jogginghose, ein grauweißes langärmliges Shirt und dunkelblaue – und wie Maighread sofort sah: gekaufte – Socken dabei.

»Perfekt«, sagte sie und nahm Jason die Sachen ab. »Und jetzt weiß ich auch, für wen ich demnächst Socken stricken werde.«

»Nicht deine schlechteste Idee, Maighread«, antwortete Jason grinsend. »Ich werde dich sicher nicht davon abhalten.«

»Abgemacht. Die nächsten fünf Paar sind für dich.«

»In zehn Minuten ist das Frühstück fertig«, verkündete Eilidh, die kurz den Kopf aus der Küche herausstreckte. »Ihr könnt den Tisch decken«, kommandierte sie.

»Das übernehme ich«, sagte Jason.

»Und wir helfen dir«, sagten Vivian und Amely. Maighread hatte mit halbem Ohr mitbekommen, dass Amely Vivian Bilder von ihren Alpakas gezeigt hatte.

Maighread ging in das Kaminzimmer zurück. Nur noch Gwendolyn, Scott, Chloe und Sheona waren da.

Das Baby in der weißen Wiege sah so unfassbar süß aus, dass Maighread gleich noch ein Foto machen musste.

Dann wandte sie sich an Chloe, die zum Glück noch nicht schlief, sondern ihre Tochter wiegte.

»Ich habe etwas zum Anziehen für dich«, verkündete Maighread, und Chloe lächelte dankbar.

»Ich habe schon überlegt, wie ich später wohl am besten in das Auto steigen werde«, sagte sie.

»Apropos Auto, eigentlich wollte ich einen Krankenwagen rufen, aber Chloe weigert sich. Sie möchte nachher direkt nach Hause«, erklärte Scott.

»Was denkst du darüber?«, fragte Maighread. Immerhin war Scott Arzt. Wenn es jemand beurteilen konnte, dann er.

»Na ja, wenn es nach mir ginge, dann wäre ein Krankenwagen auf dem Weg. Das wäre das Sicherste. Aber es geht Chloe und Sheona gut, sie haben das alles super überstanden. Ich denke, ich kann es verantworten, meine beiden Frauen mit nach Hause zu nehmen. Morgen werde ich Chloe dann zur Nachuntersuchung in die Ambulanz bringen und bei der Gelegenheit Sheona von einem Kinderarzt untersuchen lassen. So sollte das in Ordnung sein.«

Maighread nickte. »Das klingt nach einem guten Plan. Chloe, ich helfe dir jetzt noch beim Anziehen, dann versuchst du, ein bisschen zu schlafen, während wir drüben frühstücken. Oder möchtest du auch erst etwas essen?«

Chloe winkte ab. »Ich bin viel zu müde. Anziehen und schlafen klingt perfekt.« Sagte es und gähnte laut.

»Eilidh, das ist wieder einmal grandios«, lobte Peter und leckte sich über die Lippen, während sein Blick über den reich gedeckten Tisch wanderte.

Eilidh hatte wirklich an alles gedacht. Es gab von Porridge über Rührei bis hin zu Marmeladentoast und Bohnen mit Würstchen einfach alles. Natürlich Tee und Kaffee, und auch der Rest Früchtepunsch wartete darauf, jemandes Gaumen zu erfreuen. Und natürlich eine Portion Truthahn mit allem Drum und Dran für Scott.

»Nach so einer Nacht haben wir alle uns das aber wirklich verdient«, meinte Elisabeth, und Maighread griff über den Tisch nach der Hand ihrer Großmutter.

»Ihr habt das ganz wunderbar durchgestanden, Granny«, sagte sie. »Aber jetzt siehst du wirklich müde aus.«

»Was daran liegen könnte, dass ich es auch bin«, antwortete Elisabeth und schenkte Maighread ein Lächeln. »Müde, aber glücklich«, sagte sie. »Und unfassbar stolz auf dich, mein Kind. Du hast das fantastisch gemacht und warst Chloe eine unschätzbare Hilfe. Ach, weißt du, das ist doch eine sehr angenehme Kombination von guten Gefühlen. Ich kann es kaum erwarten, mich später unter meine Decke zu kuscheln und mit einem Lächeln in der Seele einzuschlafen.«

Während Maighread ihrer Granny zulächelte, nahm Peter sich eine ordentliche Portion Rührei und Toast.

»Eilidh, sag, wie war das noch gleich«, zog er jetzt das Gespräch an sich. »Runder Bauch Junge und spitzer Bauch Mädchen? Oder doch umgekehrt?« Er grinste sie sehr breit an.

»Ach, du olle Quatschbirne«, murrte Eilidh. »Das war ja klar, dass du jetzt damit kommst.«

Man konnte sehen, dass sie sich ärgerte – vermutlich am meisten über sich selbst. Sie schien nach einem passenden Konter zu suchen.

»Nur raus damit«, sagte Peter, ganz offensichtlich nicht gewillt, Eilidh so schnell von der Angel zu lassen.

»Na ja«, sagte sie schließlich. »Das beweist doch nur, dass auch die sichersten Zeichen nicht unfehlbar sind. Aber vielleicht hatte ich das ja auch falsch herum in Erinnerung. Weißt du was, Peter McDurmann? Ich werde das in Erfahrung bringen, und wir sprechen beim nächsten Baby noch mal darüber. Dann werden wir ja sehen.«

Beim nächsten Baby?

Maighread warf Joshua einen Blick zu, und aus dem Augenwinkel konnte sie erkennen, dass auch Peter und Amely sich ansahen. Die Frage, wen das wohl betreffen würde, lag überdeutlich in der Luft.

Als Maighread den Ausdruck in Joshuas Augen sah, begann ihr Herz, heftig zu pochen. Er schien wild entschlossen. Und Maighread würde nicht Nein sagen. Wie könnte sie? Sheona hatte sie verzaubert.

Draußen hörte man den Schneepflug näher kommen. Jason stand auf und ging eilig hinaus. Ein paar Minuten später kam er mit einem zufriedenen Gesichtsausdruck wieder zurück.

»Sie räumen den Parkplatz gleich mit«, sagte er. »Dann muss ich später nur noch zwischen den Autos und am Rand schippen.«

»Das heißt, die Straßen sind wieder frei?«, fragte Scott.

»Ja, geräumt, gestreut und wieder für den Verkehr freigegeben«, antwortete Jason.

»Ausgezeichnet.« Scott nickte zufrieden. »Sagt mal, könnte einer von euch mich nach dem Frühstück runterfahren? Ich würde gern mein Auto holen. Da habe ich die Babyschale drin und kann Sheona sicher transportieren.«

»Wenn ihr noch kurz warten könntet, bis die Küche wieder klar Schiff ist, wäre es wundervoll, wenn ihr uns drei alten Ladys mitnehmen würdet. Ich glaube, wir sind froh, wenn wir uns in unseren Betten ausstrecken können«, bat Eilidh.

»Vergiss die Küche«, sagte Jason. »Du hast genug geholfen. Das Aufräumen übernehme ich.«

»Und ich helfe dir«, sagte Vivian.

»Ich kann auch noch helfen«, sagte Amely. »Zu dritt haben wir alles ganz schnell wieder in Schuss.«

»Wunderbar!« Eilidh stimmte, ohne lange überredet werden zu müssen, zu. Maighread ahnte, wie müde sie sein musste, um den Vorschlag so kampflos anzunehmen.

»Joshua, Maighread, könntet ihr Amely dann später nach Hause fahren? Oder soll ich noch mal hochkommen?«, fragte Peter.

Maighread schüttelte den Kopf. »Spar dir die Fahrerei. Das machen wir doch gern, oder, Joshua?«

Der nickte. »Selbstverständlich. Wir bleiben bei Chloe, bis Scott wieder hier ist, und fahren dann, wenn Scott seine Ladies sicher im Auto hat, alle zusammen hinunter.«

Maighread nahm sich noch eine Tasse Kaffee und einen Toast. Es war schon ihr dritter, und eine Schale Porridge hatte sie auch schon verdrückt. Nach dieser Nacht hatte sie einen Bärenhunger. Allen anderen schien es ähnlich zu gehen, denn sie griffen herzhaft zu.

Doch irgendwann waren auch die hungrigsten Mägen gefüllt.

»Gehst du ein bisschen mit mir raus?«, fragte Maighread Joshua. »Wenn ich jetzt sitzen bleibe, schlafe ich ein und wache vermutlich erst in ein paar Tagen wieder auf.«

Joshua nickte. »Das könnte mir auch passieren«, stimmte er ihr zu. »Also lass uns lieber in Bewegung bleiben und dann nachher zu Hause ordentlich ausschlafen.« Er stand auf. »Na dann, komm. Hoch mit dir! Molly, Bonny, Lennox, ihr auch. Hoch mit euch. Es geht in den Schnee«, rief er.

Schon tänzelten die drei Hunde aufgeregt winselnd um ihn herum. Sie schienen es bereits geahnt zu haben. Wieder einmal war Maighread überzeugt, dass diese Fellnasen jedes Wort verstehen konnten.

»Und wir fahren dann«, sagte Peter. Die Grannys suchten ihre Sachen zusammen und waren in kürzester Zeit abfahrbereit.

Als Maighread und Joshua vor das Haus traten, riss die Wolkendecke auf, und die Sonne brach durch.

Sie standen Arm in Arm da und bestaunten die funkelnde und glitzernde Schneelandschaft. Es wirkte alles so friedlich, dass Maighread sich gar nicht mehr vorstellen konnte, wie bedrohlich der Sturm noch vor ein paar Stunden gewesen war. Nur die Hunde hatten keinen Sinn für den Zauber dieses Anblicks. Sie tobten und jagten ausgelassen durch den Schnee und hatten ihren Spaß.

»Der erste Tag in Sheonas Leben«, sagte Maighread. »Ist das nicht unglaublich?«

Joshua nickte stumm. Maighread hob ihren Blick und sah, dass in seinen Augen Tränen glitzerten.

»Du warst unglaublich, Maighread«, sagte er und küsste sie.

»Das waren wir, glaube ich, in dieser Nacht alle«, sagte Maighread sehr viel später. »Und weißt du, was wir jetzt Unglaubliches machen?«, fragte Maighread und schubste Joshua übermütig.

»Eine Schneeballschlacht?«, fragte er und bückte sich bereits nach Munition.

Doch Maighread schüttelte den Kopf. »Nein«, sagte sie. »Wir schippen Jason den restlichen Platz frei und bauen für Chloe, Scott und Sheona eine kleine Schneemannfamilie. Was meinst du?«

»Das gefällt mir.« Joshua nickte. »Komm, lass uns schippen, während die anderen drinnen klar Schiff machen. Und dann holen wir sie und bauen die Familie gemeinsam – als Abschluss dieser doch sehr besonderen Babyparty.«

»Wartet«, rief Maighread. »Ich hole etwas Wolle, dann können wir der Schneefrau zumindest eine Wollkette umlegen, wenn wir schon keinen Schal haben.«

»Und ich hole etwas vom Anfeuerholz, das sieht als Nase bestimmt genauso gut aus wie die obligatorische Karotte«, entschied Jason.

»Und hier kommt das Baby«, sagten Joshua und Vivian und legten dem Schneepapa das Schneebaby in die Arme.

Einen Moment betrachteten sie alle ihr Kunstwerk. Dann brachen sie gleichzeitig in lautes Gelächter aus.

»Einen Kunstpreis werden wir damit wohl nicht gewinnen«, sagte Maighread und prustete schon wieder los.

»Aber der Preis für Freundschaft und Zusammenhalt gehört euch«, bekannte Vivian. »Daran gibt es keinen Zweifel.«

»Apropos Preis«, wechselte Maighread das Thema. »Was machst du denn mit dem Auto? Hast du schon einen Plan? Können wir dir irgendwie helfen?«

»Danke, aber Jason hat schon seinen Freund Thomas angerufen. Er wird sich das ansehen. Und Jason hat mich eingeladen, ein paar Tage zu bleiben.«

Maighread jubelte innerlich, bemühte sich aber, sich nichts anmerken zu lassen. Natürlich merkte Vivian trotzdem, in welche Richtung Maighreads Fantasie spazierte.

»War ja klar«, murrte sie, musste aber gleichzeitig auch lachen. »Lass stecken, Maighread. Er hat mir sein Gästezimmer angeboten, und ich habe es angenommen. Nicht mehr und nicht weniger.«

»Okay, wenn du es sagst.« Maighread zuckte mit den Schultern. Sie würden ja sehen, ob dieses »nicht mehr« nicht vielleicht noch geändert würde. Natürlich hütete sie sich, diesen Gedanken auszusprechen.

»Hört mal, Scott müsste eigentlich jeden Moment kommen. Ich gehe mal rein und sehe nach Chloe und Sheona. Ihr könnt ja noch ein bisschen an euren bildhauerischen Fähigkeiten arbeiten«, neckte sie.

Maighread hatte großen Spaß gehabt mit allen im Schnee. Aber jetzt musste sie einfach noch mal einen Blick auf Sheona werfen. Und sich natürlich vergewissern, dass es Chloe gut ging. Vielleicht war sie wach und hatte jetzt Hunger.

Ganz leise öffnete sie die Tür und trat in das Kaminzimmer.

Chloe saß auf dem Sofa. Sheona lag in ihrem Arm und an ihrer Brust. Sie saugte gierig, und Chloe sah ihr lächelnd dabei zu. Als sie spürte, dass jemand ins Zimmer gekommen war, hob sie den Blick.

»Maighread«, sagte sie. »Komm, setz dich zu uns.«

»Du hast die wunderschönste Tochter, die eine Mutter sich nur wünschen kann«, sagte Maighread und sah dem Baby andächtig beim Trinken zu.

»Danke für diese ganz besondere Baby Shower«, sagte Chloe.

Maighread grinste. »Es war mir eine große Ehre und ein Vergnügen«, sagte sie, und sosehr sie gelitten hatte, sosehr sie mit ihren Ängsten zu kämpfen gehabt hatte – sie meinte es auch wirklich so.

»Darf ich auch zu euch kommen?«, fragte Joshua von der Tür aus.

»Natürlich«, bejahte Chloe die Frage. »Und alle anderen auch. Herein mit euch.«

Maighread hatte sich dieses Mal ihr Strickzeug und ihr Strickjournal mitgebracht und arbeitete schon wieder fleißig an ihrem Tuch.

»Wann so ein Baby wohl die Stricknadeln halten kann?«, fragte sie und verstand gar nicht, weshalb alle lachten. Das war doch eine absolut vernünftige Frage. Oder etwa nicht?

Maighreads Strickanleitungen

Wie immer, am Ende einer Geschichte, teile ich hier ein paar meiner Anleitungen mit dir, die ich während Maighreads Abenteuern auf der Nadel habe.

Lass dich verführen, dann kannst du den Zauber erleben, den ich selbst beim Stricken immer fühle. Und solltest du einmal nicht weiterwissen – Maighreads YouTube-Kanal »Der kleine Strickladen« gibt es auch außerhalb dieser Geschichte.

Da Maighread so viel zu tun hat, durfte ich – Susanne Oswald – das Schreiben und auch den YouTube-Kanal für sie übernehmen. Ich freue mich sehr, wenn du vorbeischaust, einen lieben Gruß, ein Abonnement oder ein »Gefällt mir« dalässt.

Sehen wir uns?

www.youtube.com/derkleinestrickladen

Anders als in »Maighreads Strickbuch« und kommenden Strickbüchern können im Roman keine Fotos der Strickstücke abgedruckt werden. Wenn du wissen möchtest, wie die Sachen aussehen, findest du aber im Netz Bilder dazu. Auf der Website *www.derkleinestrickladen.de*, auf meiner Facebook-Autorenseite, auf Instagram, in der Facebookgruppe »Stricken, lesen und mehr mit Susanne Oswald und Nicola«, in der Facebookgruppe »Woolhouse – Stricken, Häkeln & mehr« oder auf Instagram unter #derkleineStrickladen.

Ich wünsche dir ganz viel Spaß beim Nacharbeiten und freue mich, wenn du in den sozialen Netzwerken Bilder deiner Werke postest und sie mit #derkleineStrickladen versiehst.

Abkürzungen

Allgemein:

R	Reihe
Rd	Runde
M	Masche
Fd	Faden
MM	Maschenmarkierer
wdh	wiederholen
NS	Nadelstärke
LL	Lauflänge
Fb	Farbnummer

Häkeln:

KM	Kettmasche
LM	Luftmasche
fM	feste Masche
hStb	halbes Stäbchen
Stb	Stäbchen
dStb	doppeltes Stäbchen
WlM	Wendeluftmasche
SlM	Steigeluftmasche
vRStb	vorderes Reliefstäbchen
vhRStb	vorderes halbes Reliefstäbchen
vdRStb	vorderes doppeltes Reliefstäbchen

Stricken:

re	rechte Maschen
li	linke Maschen
RM	Randmasche: letzte Masche wie zum Linksstricken abheben, Faden vor der Arbeit. Erste Masche rechts stricken.
kfb	in dieselbe Masche erst vorn und dann hinten einstechen (dadurch wird eine Masche zugenommen)
kfbfb	in dieselbe Masche erst vorne, dann hinten, wieder vorne und noch mal hinten einstechen (man hat drei Maschen zugenommen)
kfbfbf	in dieselbe Masche erst vorne, dann hinten, wieder vorne, noch mal hinten und ein letztes Mal vorn einstechen (man hat vier Maschen zugenommen)
MB	Bobble (Noppe)
2 M überz. zsm.	die erste Masche wie zum Rechtsstricken abheben, die zweite Masche rechts stricken, die abgehobene Masche überziehen
2 M re zsm.	zwei Maschen rechts zusammenstricken
reverzsm	rechtsverschränkt zusammenstricken
lizsm	links zusammenstricken
U	Umschlag, der in der nächsten Reihe offen (also nicht verschränkt) gestrickt wird, damit sich ein kleines Loch ergibt
U verschr.	ein Umschlag, der in der nächsten Reihe verschränkt gestrickt wird, damit sich kein Loch ergibt
tafM	tiefer gestochen aufnehmen aus der folgenden (noch nicht gestrickten) Masche

tavM	tiefer gestochen aufnehmen aus der vorherigen (gerade gestrickten) Masche
Abh.	wie zum Linksstricken abheben, Faden hinter der Arbeit
Abh.Fd.v.d.A.	wie zum Linksstricken abheben, Faden vor der Arbeit
verdp	verdoppeln

Flowers of Callwell-Tuch

Hinweis: Die Mengenangabe der Wolle gilt für das komplette Set.

Wolle: *Exquisite* 4ply, West Yorkshire Spinners (LL 400 m / 100 g) in Dusk 200 g, in Chantilly 100 g

Alternativwolle: *Regia Premium* (LL 400 m / 100 g) in Teal (Fb 64) 200 g, in Leinen (Fb 5) 100 g

Rundstricknadel 3,5 mm, 150 cm lang (Alternativwolle NS 3)
Häkelnadel 3,5 mm (Alternativwolle NS 3)
18 MM

Form
Halbrund

Größe (nach dem Baden)
210 cm auf 80 cm

Maschenprobe
Glatt rechts mit *Exquisite* und Nd. 3,5 mm oder *Regia Premium Silk* und Nd. 3,0 mm (evtl. auch 3,5 mm) sind 22 M und 33 R = 10x10 cm

Grundmuster
1.–3. R: alle M re
4. R: alle M li

Maschen verdoppeln

Rechte M: Tiefer stechen, das Füßchen stricken und zur Masche auf die linke Nadel rutschen lassen.

Linke M: M auf die rechte Nadel nehmen. Mit der linken Nadel den Maschenkragen hochholen, stricken und zur rübergehobenen Masche auf die Nadel rutschen lassen und die doppelte Masche auf die linke Nadel holen.

Blütenmuster (Mustersatz 17 M)

Achtung, die Maschenzahl nimmt im Musterverlauf zu und am Ende wieder ab, sodass es in der letzten Reihe wieder 17 M sind.

1. R: 1 U, 1 M re, (3 M li, 1 M re) 4x, 1 U
2. R: alle M li
3. R: 1 M re, 1 U, 1 M re, (3 M li, 1 M re) 4x, 1 U, 1 M re
4. R: alle M li
5. R: 2 M re, 1 U, 1 M re, (3 M li, 1 M re) 4x, 1 U, 2 M re
6. R: alle M li
7. R: 3 M re, 1 U, 1 M re, (2 M lizsm, 1 M li, 1 M re) 4x, 1 U, 3 M re
8. R: alle M li
9. R: 4 M re, 1 U, 1 M re, (2 M lizsm, 1 M re) 4x, 1 U, 4 M re
10. R: alle M li
11. R: 5 M re, 1 U, 1 M re, (3 M reverzsm, 1 M re) 2x, 1 U, 5 M re
12. R: alle M li
13. R: 6 M re, 1 U, 2 M reverzsm, 1 MB, 2 M reverzsm, 1 U, 6 M re
14. R: alle M li

Noppe/Bobble
1. R: 1 Kfbfbf
2. R: 5 M li
3. R: 5 M re und 4 M überziehen
4. R: 1 M re (um die Noppe zu fixieren)

Glatt rechts: Hinreihe rechts, Rückreihe links
Kraus rechts: Hin- und Rückreihe rechts
Hinweis: Zu den einzelnen Themen findest du auf dem YouTube-Kanal »Der kleine Strickladen« Tutorials.
Jetzt geht es los:
Farbe: *Dusk (Teal)*
301 M anschlagen (am besten mit einem gehäkelten Anschlag)
1.–8. R: 1 RM, Grundmuster, 1 RM
Farbe: *Chantilly (Leinen)*
9.–12. R: 1 RM, Grundmuster, 1 RM
Farbe: *Dusk (Teal)*
13.–16. R: 1 RM, Grundmuster, 1 RM
Ab Reihe 17 beginnen die verkürzten Reihen. Immer (in Hin- und Rückreihe) die vorletzte M verdoppeln und wenden. Die nicht gestrickten M bleiben stillgelegt auf der Nadel.
In den Rückreihen unabhängig vom Muster immer die ersten zwei und die viert- und drittletzte M li.
17. R: RM, all M re bis vorletzte M, 1 M verdp, wenden
18. R: 2 M li, alle M re bis viertletzte M, 2 M li, 1 M verdp, wenden
19. R: alle M re bis vorletzte M, 1 M verdp, wenden
20. R: alle M li bis zur vorletzten M, 1 M verdp, wenden
Nach diesem Schema bis Reihe 40 arbeiten.
In R 40 sind rechts und links je 24 M stillgelegt.

Ab 41. R glatt rechts plus Blütenmuster nach folgender Aufteilung (MM setzen).

41. R: 19 M re, (Blütenmuster, 1 re) 12x, 16 M re, 1 M verdp, wenden

42. R: alle M li bis zur vorletzten M, 1 M verdp, wenden

43. R: 17 M re, (Blütenmuster, 1 re) 12x, 14 M re, 1 M verdp, wenden

So weiter bis R 54.

55.–66. R: 3x wie Reihe 17–20

Farbe: *Chantilly (Leinen)*

67.–78. R: 3x wie Reihe 17–20

79. R: 17 M re, (Blütenmuster, 1 M re) 8x, 14 M re, 1 M verdp, wenden

Bis 92. R: wie Reihe 42–54 (nur weniger M)

93.–104. R: 3x wie Reihe 17–20

Farbe: *Dusk (Teal)*

105.–116. R: 3x wie Reihe 17–20

117. R: 15 M re, (Blütenmuster, 1 M re) 4x, 12 M re, 1 M verdp, wenden

Bis 130. R: wie Reihe 41–54 (nur weniger M)

131.–142. R: 3x wie Reihe 17–20

Jetzt werden die stillgelegten Maschen wieder aktiviert. Dazu wird Reihe 143 bis zum Ende und Reihe 144 dann über die gesamte Länge gestrickt (301 M). Die doppelten Maschen werden dabei als eine Masche gestrickt.

143.–144. R: 1 RM, glatt rechts, 1 RM

In den Reihen 145, 149 und 153 jeweils über die Reihe verteilt 6 M zunehmen.

145.–148. R: 1 RM, kraus rechts, 1 RM

Farbe: *Chantilly (Leinen)*

149.–152. R: 1 RM, kraus rechts, 1 RM

Farbe: *Dusk (Teal)*
153.–156. R: 1 RM, kraus rechts, 1 RM
Farbe: *Chantilly (Leinen)*
157.–158. R: 1 RM, glatt rechts, 1 RM
159.–172. R: 1 RM, 6 M glatt re, (Blütenmuster, 1 M re) 17x, 5 M glatt re, 1 RM
173.–175. R: 1 RM, kraus rechts, 1 RM
176. R: alle M elastisch abketten

Die Fäden vernähen. Das Tuch baden, spannen und trocknen – schon kannst du es um deine Schultern legen und genießen.

Flowers of Callwell-Handstulpen

Hinweis: Die Mengenangabe der Wolle gilt für das komplette Set.

Wolle: *Exquisite* 4ply, West Yorkshire Spinners (LL 400 m / 100 g) in Dusk 200 g, in Chantilly 100 g

Alternativwolle: *Regia Premium Silk* (LL 400 m / 100 g) in Teal (Fb 64) 200 g, in Leinen (Fb 5) 100 g

Nadelspiel: 2,0 mm
2 MM
Größe
Einheitsgröße

Maschenprobe
Glatt rechts mit *Exquisite* oder *Regia Premium Silk* und Nd. 2,0 mm sind 24 M und 40 R = 10x10 cm

Grundmuster
1. Rd: alle M re
2. Rd: alle M li
3.–4. Rd: alle M re

Blütenmuster (Mustersatz 17 M)
Achtung, die Maschenzahl nimmt im Musterverlauf zu und am Ende wieder ab, sodass es in der letzten Reihe wieder 17 M sind.

1. Rd: 1 U, 1 M re, (3 M li, 1 M re) 4x, 1 U
2. Rd: alle M re
3. Rd: 1 M re, 1 U, 1 M re, (3 M li, 1 M re) 4x, 1 U, 1 M re
4. Rd: alle M re
5. Rd: 2 M re, 1 U, 1 M re, (3 M li, 1 M re) 4x, 1 U, 2 M re
6. Rd: alle M re
7. Rd: 3 M re, 1 U, 1 M re, (2 M lizsm, 1 M li, 1 Mre) 4x, 1 U, 3 M re
8. Rd: alle M re
9. Rd: 4 M re, 1 U, 1 M re, (2 M lizsm, 1 M re) 4x, 1 U, 4 M re
10. Rd: alle M re
11. Rd: 5 M re, 1 U, 1 M re, (3 M reverzsm, 1 M re) 2x, 1 U, 5 M re
12. Rd: alle M re
13. Rd: 6 M re, 1 U, 2 M reverzsm, 1 MB, 2 M reverzsm, 1 U, 6 M re
14. Rd: alle M re

Noppe/Bobble (alles aus einer Masche)
1. R: 1 M Kfbfbf (wenden)
2. R: 5 M li (wenden)
3. R: 5 M re und 4 M überziehen
4. R: 1 M re (um die Noppe zu fixieren)

Hinweis:
Den Bobble kann man auch ohne Wenden stricken. Hierzu und zu vielen anderen Themen findest du auf dem YouTube-Kanal »Der kleine Strickladen« Tutorials.

Rippenmuster
1 M rechts, 1 M links im Wechsel str.

Rechte Stulpe

Farbe: *Dusk (Teal)*

48 M anschlagen und zur Rd schließen

1.–16. Rd: Rippenmuster

17.–24. Rd: Grundmuster

Farbe: *Chantilly (Leinen)*

25.–32. Rd: Grundmuster

Farbe: *Dusk (Teal)*

33.–40. Rd: Grundmuster

41. Rd: 15 M re, MM, 1x Blütenmuster, MM, 3 M re, MM, 1 tavM, 2 M re, 1 tafM, MM, 11 M re

42. Rd: 15 M re, MM, 1x Blütenmuster, MM, 3 M re, MM, 4 M re, MM, 11 M re

43. Rd: 15 M re, MM, 1x Blütenmuster, MM, 3 M re, MM, 1 tavM, 4 M re, 1 tafM, MM, 11 M re

44. Rd: 15 M re, MM, 1x Blütenmuster, MM, 3 M re, MM, 6 M re, MM, 11 M re

45. Rd: 15 M re, MM, 1x Blütenmuster, MM, 3 M re, MM, 1 tavM, 6 M re, 1 tafM, MM, 11 M re

46. Rd: 15 M re, MM, 1x Blütenmuster, MM, 3 M re, MM, 8 M re, MM, 11 M re

47. Rd: 15 M re, MM, 1x Blütenmuster, MM, 3 M re, MM, 1 tavM, 8 M re, 1 tafM, MM, 11 M re

48. Rd: 15 re, MM, 1x Blütenmuster, MM, 3 M re, MM, 10 M re, MM, 11 M re

49. Rd: 15 M re, MM, 1x Blütenmuster, MM, 3 M re, MM, 1 tavM, 10 M re, 1 tafM, MM, 11 M re

50. Rd: 15 M re, MM, 1x Blütenmuster, MM, 3 M re, MM, 12 M re, MM, 11 M re

51. Rd: 15 M re, MM, 1x Blütenmuster, MM, 3 M re, MM, 1 tavM, 12 M re, 1 tafM, MM, 11 M re

52. Rd: 15 M re, MM, 1x Blütenmuster, MM, 3 M re, MM, 14 M re, MM, 11 M re
53. Rd: 15 M re, MM, 1x Blütenmuster, MM, 3 M re, MM, 1 tavM, 14 M re, 1 tafM, MM, 11 M re
54. Rd: 15 M re, MM, 1x Blütenmuster, MM, 3 M re, MM weg, 1 M re, 14 M stilllegen, 1 re, MM weg, 11 M re

Achtung! Die zuletzt aufgenommenen Maschen sollen an dieser Stelle nicht mehr zum Daumen, sondern zum Hauptteil, damit es wieder 48 Maschen sind! Die Verbindung hinter den stillgelegten Daumenmaschen vorbei gut anziehen. Ein kleines Loch entsteht, das wird später beim Vernähen geschlossen.

55.–62. Rd: Grundmuster
Farbe: *Chantilly (Leinen)*
63.–70. Rd: Grundmuster
Farbe: *Dusk (Teal)*
71.–78. Rd: Grundmuster
79.–84. Rd: Rippmuster
85. Rd: alle M elastisch abketten

Daumen
Linke Stulpe in *Dusk*, rechte Stulpe in *Chantilly* arbeiten.
Die stillgelegten M auf die Nadel nehmen und beim Übergang zur Hand zwei M zusätzlich aufnehmen.
12 Rd. alle M re, 3 Rd. Rippmuster und elastisch abketten.

Linke Stulpe:
Wie die rechte Stulpe arb, nur der Daumen wird versetzt, damit die Farbwechselkante unter der Hand liegt. Das heißt, die Rd mit dem Daumenkeil sind anders aufgeteilt:

41. Rd: 11 M re, MM, 1 tavM, 2 M re, 1 tafM, MM, 3 M re, MM, 1x Blütenmuster, MM, 15 M re
42. Rd: 11 M re, MM, 4 M re, MM, 3 M re, MM, 1x Blütenmuster, MM, 15 M re
43. Rd: 11 M re, MM, 1 tavM, 4 M re, 1 tafM, MM, 3 M re, MM, 1x Blütenmuster, MM, 15 M re
44. Rd: 11 M re, MM, 6 M re, MM, 3 M re, MM, 1x Blütenmuster, MM, 15 M re
45. Rd: 11 M re, MM, 1 tavM, 6 M re, 1 tafM, MM, 3 M re, MM, 1x Blütenmuster, MM, 15 M re
46. Rd: 11 M re, MM, 8 M re, MM, 3 M re, MM, 1x Blütenmuster, MM, 15 M re
47. Rd: 11 M re, MM, 1 tavM, 8 M re, 1 tafM, MM, 3 M re, MM, 1x Blütenmuster, MM, 15 M re
48. Rd: 11 M re, MM, 10 M re, MM, 3 M re, MM, 1x Blütenmuster, MM, 15 M re
49. Rd: 11 M re, MM, 1 tavM, 10 M re, 1 tafM, MM, 3 M re, MM, 1x Blütenmuster, MM, 15 M re
50. Rd: 11 M re, MM, 12 M re, MM, 3 M re, MM, 1x Blütenmuster, MM, 15 M re
51. Rd: 11 M re, MM, 1 tavM, 12 M re, 1 tafM, MM, 3 M re, MM, 1x Blütenmuster, MM, 15 M re
52. Rd: 11 M re, MM, 14 M re, MM, 3 M re, MM, 1x Blütenmuster, MM, 15 M re
53. Rd: 11 M re, MM, 1 tavM, 14 M re, 1 tafM, MM, 3 M re, MM, 1x Blütenmuster, MM, 15 M re
54. Rd: 11 M re, MM weg, 1 M re, 14 M stilllegen, 1 M re, MM weg, 3 M re, MM, 1x Blütenmuster, MM, 15 M re
Weiter bis zum Ende wie bei der rechten Stulpe.

Deine Flowers-of-Callwell-Handstulpen sind nun fast fertig. Noch die Fäden vernähen, und schon kannst du hineinschlüpfen und die warmen Hände genießen.

Flowers of Callwell-Beanie

Hinweis: Die Mengenangabe der Wolle gilt für das komplette Set.

Wolle: *Exquisite* 4ply, West Yorkshire Spinners (LL 400 m / 100 g) in Dusk 200 g, in Chantilly 100 g

Alternativwolle: *Regia Premium Silk* (LL 400 m / 100 g) in Teal (Fb 64) 200 g, in Leinen (Fb 5) 100 g

Nadelstärke: 2 mm
Rundstricknadel 40 cm Seil oder länger und mit Magic Loop arbeiten
7 MM

Größe
Kopfumfang 55–60 cm
Die Größe kann angepasst werden, dafür entsprechend mehr oder weniger Maschen anschlagen und das Rippenbündchen stricken. Nach dem Bund bei Bedarf Maschen zunehmen, damit die Zahl durch 18 teilbar ist.

Maschenprobe
Glatt rechts mit *Exquisite* oder *Regia Premium Silk* und Nd. 2,0 mm sind 24 M und 40 R = 10x10 cm

Grundmuster
1. Rd: alle M re

2. Rd: alle M li
3.–4. Rd: alle M re

Blütenmuster (Mustersatz 17 M)
Achtung, die Maschenzahl nimmt im Musterverlauf zu und am Ende wieder ab, sodass es in der letzten Reihe wieder 17 M sind.
1. Rd: 1 U, 1 M re, (3 M li, 1 M re) 4x, 1 U
2. Rd: alle M re
3. Rd: 1 M re, 1 U, 1 M re, (3 M li, 1 M re) 4x, 1 U, 1 M re
4. Rd: alle M re
5. Rd: 2 M re, 1 U, 1 M re, (3 M li, 1 M re) 4x, 1 U, 2 M re
6. Rd: alle M re
7. Rd: 3 M re, 1 U, 1 M re, (2 M lizsm, 1 M li, 1 M re) 4x, 1 U, 3 M re
8. Rd: alle M re
9. Rd: 4 M re, 1 U, 1 M re, (2 M lizsm, 1 M re) 4x, 1 U, 4 M re
10. Rd: alle M re
11. Rd: 5 M re, 1 U, 1 M re, (3 M reverzsm, 1 M re) 2x, 1 U, 5 M re
12. Rd: alle M re
13. Rd: 6 M re, 1 U, 2 M reverzsm, 1 MB, 2 M reverzsm, 1 U, 6 M re
14. Rd: alle M re

Noppe/Bobble (alles aus einer Masche)
1. R: 1 M Kfbfbf (wenden)
2. R: 5 M li (wenden)
3. R: 5 M re und 4 M überziehen
4. R: 1 M re (um die Noppe zu fixieren)

Hinweis:
Den Bobble kann man auch ohne Wenden stricken. Hierzu und zu vielen anderen Themen findest du auf dem YouTube-Kanal »Der kleine Strickladen« Tutorials.

Rippenmuster
1 M rechts, 1 M links im Wechsel str.

Farbe: *Dusk (Teal)*
126 M anschlagen und zur Runde schließen
1.–16. Rd: Rippenmuster
17.–24. Rd: Grundmuster
Farbe: *Chantilly (Leinen)*
25.–32. Rd: Grundmuster
Farbe: *Dusk (Teal)*
33.–40. Rd: Grundmuster
Alle 18 M einen MM setzen
41.–54. Rd: 18x (Blütenmuster, 1 M re)
55.–62. Rd: Grundmuster
Farbe: *Chantilly (Leinen)*
63.–70. Rd: Grundmuster
Farbe: *Dusk (Teal)*
71.–78. Rd: Grundmuster
Ab 79. Rd glatt rechts – dabei jede zweite Runde jeweils die beiden M hinter dem MM rezsm, bis in jedem Abschnitt 9 M übrig sind.
Dann in jeder Rd. die beiden M hinter dem MM rezsm bis zu 7 M Rest gesamt. Faden abschneiden und durch die letzten M ziehen.
Alle Fäden vernähen und fertig. Deine Beanie mit dem Touch einer Baskenmütze wird garantiert ein Hingucker sein.

Tea Cozy

Wolle: *Hygge*, Novita, in Off White 200 g (LL 100 g / 60 m)
Bunte Wollreste für Häkelblumen ganz nach deinem Geschmack.

Häkelnadel 10 mm für das Tea Cozy
Häkelnadel für die Blumen – je nachdem, welche Wollreste du verwendest

Größe: ca. 50 cm Umfang und 25 cm Höhe – es wird oben gebündelt.
Die Größe kann angepasst werden, einfach mehr oder weniger Luftmaschen anschlagen und bei Bedarf mehr oder weniger Reihen mit halben Reliefstäbchen arbeiten.

Cosy-Körper
40 LM anschlagen und mit einer KM zur Runde schließen
1.Rd: 40 Fm, 1 KM, 1 Slm
2. Rd: 40 FM, 1 KM, 2 Slm
3. Rd: 40 hStb, 1 KM, 1 Slm
4. Rd: 40 vhRStb, 1 KM, 1 Wlm
Wenden, jetzt werden Vorder- und Rückseite getrennt gearbeitet, es geht in Reihen weiter

Vorderseite
5. R: 20 vhRStb, 2 Wlm
6. R: 20 vRStb, 2 Wlm
7. R: 20 vRStb, 3 Wlm
8. R: 20 vdRStb, 3 Wlm

9. R: 20 vdRStb, 2 Wlm
10. R: 20 vRStb, 2 Wlm
11. R: 20 vRStb, 1 Wlm
12. R: 20 vhRStb, 1 Wlm

Rückseite

Faden so ansetzen, dass die erste neue Reihe (die 6. Reihe im Häkelstück, so wird auch gezählt) von außen gehäkelt wird.
6. R: 20 vRStb, 2 Wlm
7. R: 20 vRStb, 3 Wlm
8. R: 20 vdRStb, 3 Wlm
9. R: 20 vdRStb, 2 Wlm
10. R: 20 vRStb, 2 Wlm
11. R: 20 vRStb, 1 Wlm
12. R: 20 vhRStb, 1 Wlm
Ab jetzt wird wieder in Runden gearbeitet.
13. Rd: 40 fM, 1 KM, 1 Slm
14. Rd: 40 fM, 1 KM, 3 Slm
15. Rd: 40 Stb, 1 KM
16. Rd: (3 LM, 1 M überspringen, 1 KM) – wiederholen bis Rd-Ende
17. u. 18. Rd: (3 LM, in den LM-Bogen der unteren Reihe eine KM) – wiederholen bis Rd-Ende
Fäden vernähen.
Aus bunten Wollresten unterschiedliche Kordeln arbeiten und nach Belieben durch die Maschen und Schleifen binden. Mit einer Kordel Vorder- und Rückteil unter dem Henkel verbinden. Es können auch zusätzlich Häkelblümchen als Verzierung genutzt werden.

Ge-DANKE-n zum Schluss

Wieder ist ein Abenteuer rund um Maighread und ihren kleinen Strickladen vorbei, und ich habe jede Sekunde mit der Bande aus Callwell genossen.

Auch in dieser Geschichte habe ich wieder Fiktion und Wirklichkeit ineinanderfließen lassen. Ihr, meine Leserinnen und Leser, kennt das bereits.

Oft werde ich gefragt: Wo genau ist der kleine Strickladen denn? Und hier muss ich Euch leider enttäuschen. Callwell und den kleinen Strickladen gibt es nicht. Aber der Loch Lomond ist auf jeden Fall eine Reise wert.

Das Label »Der kleine Strickladen« existiert aber wirklich, und die Welt um den kleinen Strickladen herum wird immer größer und schöner.

So gibt es bereits mehrere Bobbel, die unter diesem Brand auf dem Markt sind. Bei *www.woolhouse.de* kannst du das gesamte »Der kleine Strickladen«-Bobbel-Sortiment, viele Sets zu meinen Anleitungen und auch die Bücher finden.

Im Januar 2023 erschien »Maighreads Strickbuch« und landete gleich im ersten Monat auf Platz 2 der Spiegelbestsellerliste. Der absolute Wahnsinn, damit hat sich ein großer Traum für mich erfüllt.

Im Herbst 2023 erscheint nicht nur dieser fünfte Band der Reihe, sondern auch »Mein Strickjournal«, ein Bullet Journal rund ums Stricken, und die Strickbox, an der Maighread in der Geschichte arbeitet.

»Der kleine Strickladen in den Highlands. Maighreads wunderbare Strickbox. Mit Anleitungen und Material für 3 Modelle«

In der Geschenkbox findet ihr 250 gr. Wolle mit Merinoanteil, eine Rundstricknadel (4 mm, Länge: 100 cm), eine Garnschale und Anleitungen für einen Kurzschal, eine Mütze und Handstulpen.

Herausgeber der Strickbox ist der frechverlag, und ihr findet sie direkt dort im Shop, aber auch in Buchhandlungen und Wollgeschäften.

Das alles wäre ohne ein fantastisches Team und viele Menschen, die daran mitwirken, gar nicht möglich.

Neben den Verlagsteams von HarperCollins und dem frechverlag danke ich ganz besonders meiner Agentin Beate Riess, die mir immer zur Seite steht und mich mit Rat und Tat unterstützt.

Meine langjährige Lektorin Christiane Branscheid kennt die Bande aus Callwell fast so gut wie ich. Deshalb bin ich besonders dankbar, dass sie auch dieser Geschichte wieder mit viel Gefühl und Know-how den Feinschliff gegeben hat.

Mein Mann Bernd hat mich während des Schreibens wieder wunderbar umsorgt und darauf geachtet, dass ich zumindest hin und wieder aus meinem Zimmer herauskam. Und er erträgt mich auch mit einem Lächeln, wenn ich zwar anwesend bin, ihm aber nicht zuhöre, weil ich mit den Gedanken noch in der Geschichte stecke. Das muss Liebe sein. 😊

Ein Dankeschön geht an meine Teststrickerinnen, die selbst dann nicht verzweifeln, wenn ich im ersten Entwurf den einen oder anderen Fallstrick in die Anleitungen einbaue. Andrea, Claudia, Ines, Marion, Michaele, Saskia – ihr seid super, und ich bin von Herzen froh, dass es euch gibt!

Mein letzter großer Dank geht an dich – meine Leserin, meinen Leser!

Durch Euch, durch die Begeisterung und die fantastische Unterstützung in den sozialen Netzwerken, ist das alles erst möglich. Es ist schön, dass es Euch gibt!

Ich bin glücklich und unglaublich gespannt, wo die Reise noch hingehen wird.

Voller Dankbarkeit für all die Liebe und schönen Momente,

Eure Susanne